Das Lesen von Lyrik ist
»eine höchst ökonomische Form geistiger Beschleunigung«.
Joseph Brodsky

In seiner Rede zur Eröffnung der Turiner Buchmesse sagte Brodsky: »Um einen guten literarischen Geschmack zu entwickeln, gibt es nur den einen Weg – Lyrik zu lesen. Je mehr Lyrik man liest, desto intoleranter wird man gegen Weitschweifigkeit jeder Art.« Unter Brodskys Anleitung macht das Lesen von Gedichten das größte Vergnügen. Wenn er Rilkes *Orpheus. Eurydike. Hermes* von 1904 Zeile für Zeile bespricht, die mythischen Quellen freilegt, die Verwendung von Vers- und Reimmaß diskutiert, den Zeithorizont abmißt, in dem es entstand, dann erschafft er den Text vor unseren Augen gleichsam noch einmal. Sein Gefühl für Sprache, seine Intelligenz im Aufspüren von verborgenen Bedeutungen, seine klugen (und oft witzigen) Nebenbemerkungen dienen ausschließlich den untersuchten Versen, von deren unverzichtbarer Bedeutung für unsere menschliche Gattung er zutiefst überzeugt ist. Es gab nur wenige Dichter in unserer Zeit, die so ernst, so klug und unterhaltsam für die Poesie geworben haben.

Der vorliegende Band enthält sechs Essays. Er wird eröffnet mit einem Brief an Horaz, einen der Urväter der europäischen Lyrik; es folgen drei große »Lyrikaufführungen« im Brodskyschen Stil – über vier Gedichte von Thomas Hardy, das Rilke Gedicht, den amerikanischen Lyriker Robert Frost; abschließend eine Erinnerung an Stephen Spender und die Rede, die Brodsky aus Anlaß der Ernennung zum amerikanischen ›Poet Laureate‹ 1991 in der Kongreßbibliothek in Washington hielt.

Joseph Brodsky, geboren 1940 in Leningrad, 1972 aus der Sowjetunion ausgebürgert, lebte seither in den USA. 1987 erhielt er den Nobelpreis für Literatur. Joseph Brodsky starb am 28. Januar 1996 in New York. Im *Fischer Taschenbuch Verlag* erschienen: ›Römische Elegien und andere Gedichte‹ (Bd. 9540), ›Erinnerungen an Leningrad‹ (Bd. 9539), ›Flucht aus Byzanz‹ (Bd. 9542), ›Der sterbliche Dichter‹ (Bd. 14597).

Unsere Adresse im Internet: www.fischer-tb.de

Joseph Brodsky

Von Schmerz und Vernunft

Hardy, Rilke, Frost und andere

Aus dem Amerikanischen
von Sylvia List

Fischer Taschenbuch Verlag

Mit freundlicher Genehmigung des Autors erscheint die deutsche Ausgabe seiner Essays in zwei Bänden

2. Auflage: Oktober 2002

Veröffentlicht im Fischer Taschenbuch Verlag,
einem Unternehmen der S. Fischer Verlags GmbH,
Frankfurt am Main, Februar 1999

Lizenzausgabe mit freundlicher Genehmigung
des Carl Hanser Verlags München Wien
Die Originalausgabe erschien 1995
unter dem Titel ›On Grief and Reason‹
bei Farrar, Straus & Giroux, New York

Druck und Bindung: Clausen & Bosse, Leck
Printed in Germany
ISBN 3-596-14176-1

Inhalt

Brief an Horaz
9

Werbung um Unbelebtes
Vier Gedichte von Thomas Hardy
45

Neunzig Jahre später
117

Von Schmerz und Vernunft
177

In Memoriam Stephen Spender
233

Ein unbescheidener Vorschlag
265

Blessed be all metrical rules that forbid
automatic responses, force us to have second
thoughts, free us from the fetters of Self.
W. H. Auden

Dank sei den metrischen Regeln, sie wehren
mechanischer Antwort, zwingen zum Nachdenken
uns, lösen die Fesseln des Selbst.

Brief an Horaz

Mein lieber Horaz,

wenn es stimmt, was Sueton erzählt, daß Du Deine Schlafzimmerwände mit Spiegeln ausgeschlagen hast, um den Beischlaf aus jedem Blickwinkel zu genießen, findest Du diesen Brief vielleicht etwas langweilig. Andererseits könnte es Dir Vergnügen machen, daß er aus einem Teil der Welt zu Dir kommt, deren Existenz Du nie vermutet hättest, und zudem noch an die zweitausend Jahre nach Deinem Tod. Als Reflexion nicht übel, oder?

Du warst, glaube ich, siebenundfünfzig, als Du 8 v. Chr. starbst, obwohl Du weder von Christus etwas wußtest noch von einem kommenden neuen Jahrtausend. Was mich betrifft, ich bin jetzt vierundfünfzig; mein eigenes Jahrtausend hat auch nur noch wenige Jahre vor sich. Was immer die Zukunft an Neuem bereithält – auch ich sehe nichts davon voraus. Also denke ich mir, Horaz, wir können uns von Mann zu Mann unterhalten. Und ich kann genausogut mit einer Art Umkleideraumgeschichte anfangen.

Letzte Nacht lag ich im Bett, las Deine *Oden* wieder und stieß auf die an Deinen Dichterkollegen Rufus Valgius, in der Du ihn zu überreden suchst, sich über den Verlust seines Sohnes (nach Meinung der einen) oder seines Liebhabers (nach Meinung anderer) nicht so sehr zu grämen. Du fährst ein paar Strophen lang fort mit Deinen Exempla, erzählst ihm, daß der und der diese und soundso jene Person verloren habe, und dann schlägst Du Rufus vor, er solle zur Krönung der Selbsttherapie darangehen, die jüngsten Triumphe des Augustus zu preisen. Du erwähnst mehrere kürzliche Eroberungszüge, unter anderem, daß man den Skythen ein Stück Land weggeschnappt habe.

Das müssen wohl die Geloni gewesen sein; aber darauf kommt es nicht an. Komisch, ich hatte diese Ode zuvor nicht bemerkt. Meine Leute – naja, wenn man das so sagen kann – werden von großen Dichtern des römischen Altertums nicht allzu oft erwähnt. Mit den Griechen ist es etwas anderes, da wir mit ihnen einige Berührung hatten. Doch selbst bei ihnen ist für uns nicht viel zu holen. Ein paar Häppchen bei Homer (um die Strabon später so viel Wind macht!), ein Dutzend Zeilen bei Aischylos, nicht viel mehr bei Euripides. Erwähnungen am Rande allenfalls; aber Nomaden haben es nicht besser verdient. Von den Römern, hatte ich bislang gedacht, habe nur der arme Ovid uns beachtet; aber er hatte schließlich keine Wahl. Bei Vergil findet sich praktisch nichts über uns, erst recht nicht bei Catull und Properz, schon gar nicht bei Lukrez. Und nun auf einmal, siehe da, ein Brosamen von Deinem Tisch.

Vielleicht, sagte ich mir, finde ich, wenn ich ihn nur kräftig genug ritze, einen Hinweis auf den Teil der Welt, in dem ich mich jetzt aufhalte. Wer weiß, er kann doch eine Phantasievorstellung gehabt haben, eine Vision. In diesem Gewerbe kommt so etwas vor.

Aber Du warst nie Visionär. Ein schräger Vogel, unberechenbar, das ja, aber kein Visionär. Einem schmerzgebeugten Kumpel raten, andere Töne anzuschlagen und des Kaisers Siege zu besingen – das konntest du; aber sich ein anderes Land und einen anderen Himmel vorstellen – dafür müßten wir uns wohl an Ovid halten. Oder auf ein neues Jahrtausend warten. Im großen und ganzen wart Ihr lateinischen Dichter besser in Betrachtung und Grübelei als in Mutmaßung. Ich nehme an, weil das Imperium auch so schon groß genug war, um an der eigenen Vorstellungskraft zu zerren.

Da lag ich also gut zweitausend Jahre später in einer kalten Februarnacht an diesem (für Dich) unvorstellbaren Ort quer über meinem ungemachten Bett. Das einzige, was ich mit Dir gemein habe, dachte ich, sind der Breitengrad und natürlich der kleine Band deiner gesammelten Werke in russischer Übersetzung. Zu der Zeit, als Du all das schriebst, hatten wir ja keine Sprache. Wir waren nicht einmal wir; wir waren Geloni, Getae, Budini usw.; nur Blasen in unserem künftigen Genpool. Die zweitausend Jahre waren also nicht ganz umsonst. Jetzt können wir Dich in unserer eigenen stark flektierten

Sprache lesen, die sich mit ihrer berühmten Kautschuksyntax zur Übersetzung von Deinesgleichen hervorragend eignet.

Trotzdem schreibe ich Dir dies in einer Sprache, mit deren Alphabet Du vertrauter bist. Erheblich vertrauter, sollte ich hinzufügen, als ich es bin. Das Kyrillische würde Dich nur noch mehr verwirren, obwohl Du zweifellos die griechischen Schriftzeichen erkennen würdest. Natürlich ist die Entfernung zwischen uns zu groß, als daß man sich Gedanken darum machen müßte, daß man sie vergrößert – oder eben auch darum, wie sie zu verringern wäre. Doch der Anblick lateinischer Buchstaben könnte Dir ein gewisser Trost sein, ganz gleich, wie verwirrend ihr Gebrauch sich ausnimmt.

So lag ich also mit dem Bändchen Deiner *Carmina* auf meinem Bett. Die Heizung war an, aber die kalte Nacht draußen war stärker. Ich wohne hier in einem kleinen zweigeschossigen Holzbau, und mein Schlafzimmer ist oben. Als ich zur Decke hinaufsah, konnte ich die Kälte fast durch mein Walmdach einsickern sehen: eine Art Nebelspalter. Keine Spiegel hier. In einem gewissen Alter macht man sich nichts mehr aus seinem Spiegelbild, ob man Gesellschaft hat oder nicht; vor allem, wenn nicht. Deshalb frage ich mich, ob Sueton die Wahrheit sagt. Obwohl ich mir vorstelle, daß Du auch in der Hinsicht ganz schön hitzig warst. Deine berühmte Ausgeglichenheit! Außerdem wird es bei aller Übereinstimmung der Breitengrade in Rom nie so kalt. Vor ein paar tausend Jahren war das Klima vielleicht anders; Deine Zeilen bestätigen das jedoch nicht. Wie auch immer, ich wurde müde.

Und ich erinnerte mich an eine Schönheit, die ich einmal in Deiner Stadt gekannt hatte. Sie wohnte in Suburra, in einer kleinen Wohnung voller Blumentöpfe, in der es jedoch nach den zerbröselnden Taschenbüchern roch, mit denen die Räume vollgestopft waren. Sie waren überall, aber meistens auf bis zur Decke reichenden Regalen (die Decke war zugegebenermaßen niedrig). Die meisten gehörten nicht ihr, sondern ihrer Nachbarin auf der anderen Seite des Flurs, von der ich eine Menge hörte, der ich aber nie begegnete. Die Nachbarin war eine alte Frau, eine Witwe, die in Leptis Magna in Libyen geboren war und ihr gesamtes Leben dort verbracht hatte. Sie war Italienierin jüdischer Herkunft – oder vielleicht war es ihr Mann, der Jude war. Jedenfalls, als er starb und es in Libyen anfing, ungemütlich zu werden, verkaufte die alte Dame ihr Haus, packte ihr Zeug zusammen und kam nach Rom. Ihre Wohnung war anscheinend noch kleiner als die meiner zärtlichen Gespielin und vollgestopft mit allem, was sich im Lauf eines Lebens ansammelt. Daher hatten die beiden Frauen, die alte und die junge, eine Abmachung getroffen, nach der das Schlafzimmer letzterer wie ein regelrechtes Antiquariat auszusehen begann. Was im Widerspruch zu diesem Eindruck stand, war weniger das Bett als der große Spiegel in seinem schweren Rahmen, der an einem wackligen Büchergestell direkt gegenüber dem Bett lehnte, etwas instabil und so schräg, daß, wann immer ich oder meine zärtliche Gespielin es Dir nachtun wollten, wir unsere Hälse ganz fürchterlich recken und verrenken mußten. Andernfalls zeigte der Spiegel nur noch mehr Taschenbücher. In den frühen Morgenstunden konnte er einem das Gefühl geben, durchsichtig zu sein.

All das ist lange Jahre her, auch wenn mich etwas in die Rippen stößt, damit ich murmele: Jahrhunderte. Vom Gefühl her träfe das zu. Ja, psychisch ist die Entfernung zwischen jenem Zimmer in Suburra und meinem derzeitigen Revier größer als zwischen Dir und mir. Was heißen soll, daß in keinem der beiden Fälle der Begriff »Jahrtausende« anwendbar ist. Oder, daß Deine Wirklichkeit eigentlich für mich größer ist als die meiner privaten Erinnerung. Überdies kommt der Name Leptis Magna beidem in die Quere. Ich habe es immer besuchen wollen; ja, es wurde eine Art fixer Idee von mir, als ich erst einmal angefangen hatte, Deine Stadt und ganz allgemein die Mittelmeerküsten häufiger aufzusuchen. Und zwar nicht zuletzt deswegen, weil es dort in einem Bad ein Bodenmosaik gibt mit dem einzigen erhaltenen Porträt Vergils, und dazu noch einem, das zu seinen Lebzeiten angefertigt wurde! So hat man mir gesagt; aber vielleicht ist es in Tunesien. Jedenfalls in Afrika. Wenn einem kalt ist, erinnert man sich an Afrika. Und wenn es heiß ist auch.

Ach, was würde ich nicht darum geben zu wissen, wie Ihr vier ausgesehen habt! Um der Lyrik ein Gesicht zu geben, vom Epos nicht zu reden. Ich gäbe mich mit einem Mosaik zufrieden, obwohl ich ein Fresko bevorzugen würde. Schlimmstenfalls würde ich mich mit Marmor abfinden, außer daß Marmor zu gleichmacherisch ist – in Marmor wird jeder blond – und zu fragwürdig. Irgendwie habe ich mit Dir die geringsten Probleme, d. h. Dich kann ich mir am leichtesten vorstellen. Wenn das, was Sueton uns über Dein Äußeres erzählt, zutrifft – wenigstens irgend etwas in seinem Bericht muß doch stimmen! – und Du klein und beleibt warst, dann hast du höchstwahrscheinlich ausgesehen wie Eugenio Montale oder Charlie Chaplin in der Zeit seines *King in New York*. Derjenige, den ich mir ums Leben nicht vorstellen kann, ist Ovid. Sogar Properz ist einfacher: spindeldürr, kränklich, besessen von seinem ebenso spindeldürren, kränklichen Rotschopf und damit vorstellbar. Sagen wir, eine Kreuzung von William Powell und Zbigniew Cybulski. Aber Ovid nicht, obwohl er länger lebte als Ihr alle. Leider aber nicht in einer Gegend, wo man Porträts gemeißelt hätte. Oder Mosaiken gelegt. Oder sich mit Freskos abgegeben. Und falls irgend etwas Derartiges gemacht worden war, bevor Dein geliebter Augustus ihn aus Rom hinauswarf, hatte man es zweifelsohne zerstört. Um die erhabenen Gefühle nicht zu beleidigen. Und später – nun ja, später war jede Marmortafel recht. Wie wir in Nordskythien – für Euch Hyperborea – zu sagen pflegten: Papier ist geduldig, und in Deinen Tagen war Marmor eine Art Papier.

Du meinst, ich schweife ab, aber ich versuche nur, den Zug meiner Gedanken zu rekonstruieren, der mich letzte Nacht an ein ungewöhnlich lebhaft gezeichnetes Ziel entführt hat. Sicher, der Zug fuhr etwas im Zickzack; aber nicht allzu sehr. Denn auf die eine oder andere Weise habe ich immer an Euch vier gedacht, besonders an Ovid. An Publius Ovidius Naso. Und nicht wegen einer besonderen Affinität. Egal, wie ähnlich meine Lebensumstände den seinen einem Betrachter dann und wann erscheinen mögen, ich werde keine *Metamorphosen* hervorbringen. Außerdem können zweiundzwanzig Jahre in dieser Gegend hier es nicht mit zehn in Sarmatien aufnehmen. Ganz zu schweigen davon, daß ich mein Drittes Rom habe zerfallen sehen. Ich habe meine Eitelkeit, aber sie hat ihre Grenzen. Jetzt, da das Alter sie zieht, sind sie spürbarer als zuvor. Doch selbst als ein von zu Hause an den Polarkreis gejagter junger Hund habe ich mir nie eingebildet, sein Double zu spielen. Obwohl mein Imperium damals noch tatsächlich ewig schien und man sich den ganzen Winter lang auf dem Eis unserer vielen Deltas herumtreiben konnte.

Nein, von Nasos Gesicht habe ich mir nie ein Bild machen können. Bisweilen sehe ich ihn von James Mason gespielt – Schmerz und Schalk im haselnußbraunen feuchten Blick; ein andermal jedoch ist es Paul Newmans wintergraues Starren. Aber nun war Naso auch ein sehr proteischer Typ, dessen Laren zweifellos Janus vorstand. Seid Ihr zwei miteinander ausgekommen, oder war der Altersunterschied zu groß, als daß Ihr Euch bemüht hättet? Immerhin zweiundzwanzig Jahre. Du mußt ihn gekannt haben, zumindest durch Maecenas. Oder hast Du ihn einfach für zu frivol gehalten, hast es kommen sehen? Hat es böses Blut zwischen Euch gegeben? Er muß Dich für lächerlich loyal gehalten haben, für einen echten Konservativen auf die irgendwie drollige Art und Weise eines Selfmademans. Und für Dich war er bloß ein Punk, ein Adelsarsch, privilegiert von der Wiege an usw. Nicht wie Du und Anthony Perkins' Vergil, praktisch Arbeiterkinder, nur fünf Jahre auseinander. Oder ist Dir das zuviel Karl-Marx-Lektüre und Kino, Horaz? Vielleicht. Aber warte, noch etwas. Dr. Freud kommt noch, denn was wäre das für eine

Traumdeutung, wenn sie nicht durch den guten alten Sigi gefiltert würde? Denn mein gutes altes Unterbewußtsein war es, wohin der gerade erwähnte Zug meiner Gedanken mich letzte Nacht gebracht hat, und das mit einigem Tempo.

Trotzdem, Naso war bedeutender als Ihr beide – nun, zumindest was mich betrifft. Metrisch freilich monotoner; aber das ist Vergil auch. Und Properz bei aller Gefühlsintensität ebenso. Mein Latein stinkt nun einmal zum Himmel; darum lese ich Euch alle auf Russisch. Es kommt mit Deinem asklepiadeischen Vers sehr viel überzeugender zurecht als die Sprache, in der ich dies schreibe, auch wenn ihr Alphabet noch so vertraut scheint. Diese Sprache kann einfach nicht mit Daktylen umgehen. Die Deine Stärke waren. Genauer, die Stärke des Lateinischen. Und Deine *Carmina* sind natürlich deren Schaukasten. Also muß ich mich darauf beschränken, das Zeug nach der Qualität des Einfalls zu beurteilen. (Hier hast Du ein Argument zu Deiner Verteidigung, falls Du eins brauchst.) Und deshalb schlägt Naso Euch alle.

Nichtsdestoweniger kann ich mir kein Bild von Euren Gesichtern machen, besonders von seinem nicht; nicht einmal im Traum. Komisch, nicht wahr, keine Ahnung zu haben, wie die, die man am genauesten zu kennen meint, ausgesehen haben? Nichts ist nämlich entlarvender als die Art und Weise, wie einer Jamben und Trochäen gebraucht. Und aus dem gleichen Grund sind die, die keine Metren verwenden, immer ein verschlossenes Buch, selbst wenn man sie physisch in- und auswendig kennt. Wie hat John Clare es gesagt? »Even those whom I knew best / Are strange, nay! stranger than the rest.« (Selbst die, die ich am besten kannte, / sind fremd, nein, fremder als die übrigen.) Metrisch jedenfalls, Flaccus, warst Du der Facettenreichste von ihnen. Kein Wunder also, daß dieser schnaubende und keuchende Zug Dich als Lokführer genommen hat, als er sein Jahrtausend verließ und auf Deines zusteuerte, dem Elektrizität wohl ziemlich fremd war. Weshalb ich im Dunkeln reise.

Kaum etwas ist langweiliger als die Träume anderer Leute, außer sie sind Alpträume oder stark libidinös. Dieser, Flaccus, gehörte zu letzterer Kategorie. Ich war in einem sehr spärlich möblierten Schlafzimmer, in einem Bett neben einem seeschlangenähnlichen, allerdings extrem staubigen Heizkörper. Die Wände waren vollkommen nackt, aber ich war überzeugt, in Rom zu sein. Ja, ich war sicher, daß ich in Suburra war, in der Wohnung meiner schönen Freundin aus alten Tagen. Nur daß sie nicht da war. Auch die Taschenbücher nicht und der Spiegel. Aber die braunen Blumentöpfe standen ganz unversehrt da und verströmten weniger den Duft ihrer Pflanzen als die Farbe des Tons: die ganze Szene war in Farbschattierungen von Terrakotta mit Sepia gehalten. Dadurch wußte ich, daß ich in Rom war.

Alles war in Terrakotta mit Sepia. Sogar die verkrumpelten Laken. Sogar das Mieder des Ziels meiner Zuneigung. Sogar jene kaum sichtbaren Teile ihrer Anatomie, denen auch in Deinen Tagen, stelle ich mir vor, Sonnenbräune nicht gut getan hätte. Die ganze Sache war durch und durch monochrom; hätte ich mich selber sehen können, wäre auch ich in Sepia gewesen, das spürte ich. Doch es gab keinen Spiegel. Denk an die griechischen Vasen mit ihrer umlaufenden vielfigurigen Bemalung, und Du kriegst einen Begriff.

Es war die kraftvollste Aktion dieser Art, an der ich je beteiligt war, ob im wirklichen Leben oder in meiner Phantasie. Eine Unterscheidung, die angesichts der Art dieses Briefes längst entbehrlich sein sollte. Womit ich sagen will, daß ich von meinem Stehvermögen wie von meiner Konkupiszenz gleichermaßen beeindruckt war. Angesichts meines Alters und erst recht meiner kardiovaskulären Malaise lege ich Wert auf diese ehrenvolle Feststellung, ob Traum oder nicht. Zugegeben, das Ziel meiner Zuneigung – ein längst erreichtes Ziel – war deutlich jünger als ich, aber um keine so gewaltige Spanne. Der fragliche Körper schien in seinen späten Dreißigern zu sein, knochig, aber dennoch sehr biegsam und ge-

ist: an Dich persönlich und alle übrigen. Denn wenn man Verse schreibt, findet man sein unmittelbarstes Publikum nicht bei seinen Zeitgenossen, schon gar nicht in der Nachwelt, sondern bei seinen Vorgängern. Bei denen, die einem Sprache und Formen gaben. Offen gestanden, weißt Du das sehr viel besser als ich. Wer schrieb jene asklepiadeischen, sapphischen, alkäischen Verse und jene Hexameter, und an wen waren sie gerichtet? An den Kaiser? Maecenas? Rufus? Varus? Lydia und Glyceria? Als ob die von Trochäen und Daktylen auch nur das geringste verstanden oder sich etwas daraus gemacht hätten! Und ebensowenig hattest Du es auf mich abgesehen. Nein, Du wandtest Dich an Asklepiades, an Alkaios und Sappho, an Homer selbst. Du wolltest zuallererst von Ihnen geschätzt werden. Denn wo ist der Kaiser? Offensichtlich in seinem Palast oder Skythen verprügeln. Und Maecenas ist auf seinem Landhaus. Dito Rufus und Varus. Und Lydia hat einen Kunden, und Glyceria ist nicht in der Stadt. Wohingegen Deine geliebten Griechen hier sind, an Ort und Stelle, in Deinem Kopf, oder sollte ich sagen, in Deinem Herzen, denn Du kanntest sie sicher in- und auswendig. Sie waren Dein bestes Publikum, da Du sie in jedem Augenblick rufen konntest. Sie sind es vor allem, denen Du Eindruck zu machen suchst. Ungeachtet der fremden Sprache. Tatsächlich ist es leichter, sie auf Lateinisch zu beeindrucken: auf Griechisch hättest Du nicht die muttersprachliche Ausdrucksskala. Und sie reagierten. Sie sagten, yeah, wir sind beeindruckt. Darum sind Deine Zeilen so verschlungen, so voller Enjambements und Modifikatoren, darum ist Deine Argumentation immer so unvorhersehbar. Darum rätst Du Deinem schmerzgebeugten Kumpel, die Triumphe des Augustus zu preisen.

Wenn Du also das mit ihnen machen konntest, warum soll ich es nicht mit Dir können? Der Sprachunterschied zumindest ist da; eine Bedingung damit erfüllt. Auf die eine oder andere Weise habe ich Dich angesprochen, vor allem, wenn ich jambische Trimeter verwende. Und nun lasse ich dem einen Brief folgen. Wer weiß, ich könnte Dich noch herbeirufen, Du könntest Dich schließlich noch mehr als bisher schon in meinen Versen materialisieren. Soviel ich weiß, schlagen Logaöden mit Daktylen jede althergebrachte Séance als Beschwörungsmethode. In unserem Gewerbe nennt man so etwas Pastiche. Ist der Beat eines Klassikers erst einmal in jemandes System eingeflossen, hält auch sein Geist Einzug. Und Du bist ein Klassiker, Flaccus, nicht wahr, in mehr als einer Hinsicht, was allein schon komplex genug wäre.

Und wen gibt es denn sonst auf dieser Welt, mit dem man ohne Widerwillen reden könnte, vor allem wenn man durch seinen Werdegang misanthropisch geprägt ist. Aus diesem Grund, nicht aus Eitelkeit, hoffe ich, daß Du meine Jamben und Trochäen auf irgendeine jenseitige Weise kennenlernst. Es sind schon seltsamere Dinge geschehen, und meine Feder hat wenigstens das Ihre dazu getan. Ich würde natürlich viel lieber mit Naso oder Properz reden, aber mit Dir habe ich metrisch mehr gemein. Sie blieben bei elegischen Distichen und Hexameter; beides verwende ich selten. Also ist dies hier eine Sache zwischen Dir und mir, auch wenn das für alle anderen anmaßend klingt. Aber nicht für Dich. »All the literati keep / An imaginary friend« (Alle Literaten halten sich / einen imaginären Freund), sagt Auden. Warum sollte ich eine Ausnahme sein?

Äußerstenfalls kann ich mich vor meinen Spiegel setzen und mit ihm reden. Das käme dem ziemlich nahe, obwohl ich nicht glaube, daß Du ausgesehen hast wie ich. Doch wenn es um die menschliche Erscheinung geht, hat die Natur letztlich nicht so sehr viele Möglichkeiten. Welches sind sie? Ein Augenpaar, ein Mund, eine Nase, ein Oval. Trotz all deren Vielfalt muß die Natur sich einfach innerhalb von zweitausend Jahren wiederholen. Selbst ein Gott täte das. Darum könnte ich leicht behaupten, das Gesicht im Spiegel sei letztlich Deines, Du seist ich. Wer könnte das nachprüfen, und wie? Als Beschwörungstrick dürfte es funktionieren. Doch ich fürchte, ich gehe zu weit: Ich würde mir nie einen Brief schreiben. Selbst wenn ich Dir gliche wie ein Ei dem anderen. Bleib also gesichtslos, Flaccus, bleib unbeschworen. Auf diese Weise überdauerst Du vielleicht noch zwei weitere Jahrtausende. Andernfalls könnte es passieren, daß jedesmal, wenn ich eine Frau besteige, sie denkt, sie hätte es mit Horaz zu tun. Nun, in gewisser Weise stimmt das, ob Traum oder nicht. Nirgends bricht die Zeit so leicht zusammen wie im eigenen Kopf. Darum denken wir so gern an Geschichte, oder nicht? Wenn ich in Bezug auf die Möglichkeiten der Natur recht habe, ist Geschichte, wie wenn man sich mit Spiegeln umgibt, wie wenn man in einem Bordell lebt.

Zweitausend Jahre – wovon? Nach wessen Zählung, Flaccus? Sicher nicht nach metrischen Begriffen. Tetrameter sind Tetrameter, egal wann und egal wo. Ob auf Griechisch, Lateinisch, Russisch oder Englisch. Ebenso Daktylen, ebenso Anapäste. Und so weiter. Zweitausend Jahre also in welchem Sinn? Wenn es um zusammenbrechende Zeit geht, schlägt unsere Branche die Geschichte, fürchte ich, und riecht ziemlich beißend nach Geographie. Euterpe und Urania haben miteinander gemein, daß sie beide älter sind als Klio. Du beginnst Deinem Rufus Valgius seinen anhaltenden Kummer auszureden, indem Du an den Seegang des Mare Caspium erinnerst; selbst er, schreibst Du, bleibt nicht immer rauh. Das bedeutet, daß Du von diesem *mare* wußtest – vor zweitausend Jahren –, über einen griechischen Autor zweifellos, da Deine Leute ihre Angeln nicht so weit auswarfen. Zunächst war es dies, nehme ich an, was dieses *mare* für Dich als römischen Dichter interessant machte. Ein exotischer Name und darüber hinaus einer, der den fernsten Punkt Eurer Pax Romana, wenn nicht der bekannten Welt, mit einbegriff. Dazu ein griechischer (eigentlich vielleicht sogar ein persischer, doch Du konntest nur im Griechischen auf ihn stoßen). Die Hauptsache an »Caspium« aber ist, daß das Wort daktylisch ist. Darum steht es am Ende der zweiten Zeile, wo das Metrum jedes Gedichts etabliert wird. Und Du tröstest Rufus in asklepiadeischen Strophen.

Wohingegen ich jenes Caspium ein- oder zweimal überquerte. Als ich achtzehn oder neunzehn war, vielleicht auch zwanzig. Als Du – bin ich versucht zu sagen – in Athen warst und Dein Griechisch lerntest. In jenen Tagen war die Entfernung zwischen Caspium und Hellas und erst recht Rom in gewissem Sinn noch größer als zweitausend Jahre früher; sie war, offen gesagt, unüberwindlich. Darum sind wir einander nicht begegnet. Das *mare* selbst war spiegelglatt und blank, vor allem vor seiner Westküste. Weniger dank der begünstigenden Nähe zur Zivilisation als dank ausgedehnter Ölteppiche, wie man sie in jenen Gegenden beständig antraf. (Ich würde sagen, hier wurden wirklich die Wogen mit Öl geglättet, aber ich fürchte, Du würdest die Anspielung nicht mitbekommen.) Ich lag auf dem heißen Oberdeck eines dreckigen Dampfers, hungrig und ohne eine Kopeke, aber trotzdem glücklich, weil ich an Geographie teilhatte. Wenn man mit dem Schiff fährt, tut man das immer. Hätte ich zu jener Zeit Deine Mahnung an Rufus gelesen, hätte ich erkannt, daß ich auch an Lyrik teilhatte. Mehr an einem Daktylus als an einem klaren Horizont.

Aber in jenen Tagen war ich kein großer Leser. In jenen Tagen arbeitete ich in Asien: Klettertouren und Wüstentrecks. Suche nach Uranvorkommen im wesentlichen. Du weißt nicht, was das für ein Zeug ist, und ich werde Dich nicht mit einer Erklärung langweilen, Flaccus. Obwohl »Uranium« auch wieder ein daktylisches Wort ist. Wie kommt es Dir vor, ein Wort zu lernen, das Du nicht gebrauchen kannst? Und ausgerechnet – das Dir! – ein griechisches? Gräßlich, denke ich mir; wie mir Dein Latein. Wenn ich sicherer darin wäre, könnte ich Dich vielleicht doch heraufbeschwören. Andererseits, vielleicht nicht: Ich wäre für Dich bloß ein weiterer lateinischer Autor, und damit wäre der Bruch programmiert.

Jedenfalls hatte ich in jenen Tagen noch keinen von Euch

gelesen außer – wenn mir meine Erinnerung keinen Streich spielt – Vergil, d.h. sein Epos. Ich entsinne mich, daß ich mir nicht viel daraus machte, teils weil vor dem Hintergrund jener Berge und Wüsten nur wenige Dinge bestehen konnten; hauptsächlich aber weil das Epos ziemlich durchdringend nach Auftragswerk riecht. In jenen Tagen hatte man eine feine Nase für so etwas. Außerdem wurde ich aus 99 Prozent seiner Exempla nicht schlau, was mich ziemlich häufig behinderte. Was erwartest Du von einem Achtzehnjährigen aus Hyperborea? Ich komme mit diesen Dingen jetzt besser zurecht, aber es hat mein Leben lang gedauert. Insgesamt finde ich, daß Ihr alle es mit den Anspielungen etwas übertreibt; oft kommen sie einem wie Füllsel vor. Obwohl sie natürlich klanglich – vor allem die griechischen – Wunder für die Textur tun.

Was mich in der *Aeneis* wohl am meisten nervte, war diese rückwirkende Prophezeiung des Anchises, wenn der alte Mann vorhersagt, was bereits stattgefunden hat. Hier, dachte ich, ist Dein Freund etwas zu weit gegangen. Ich habe nichts gegen den Einfall, aber die Toten sollten etwas mehr Phantasie entwickeln dürfen. Sie sollten mehr wissen dürfen als bloß die Ahnenlinie des Augustus; schließlich sind sie keine Orakel. Welche Verschwendung dieser atemberaubenden, verschreckenden Idee, daß die Seelen ein Anrecht auf eine zweite Verkörperung haben und darauf, von der Lethe zu trinken, um sich von ihren früheren Erinnerungen zu reinigen! Sie auf Wegbereiter des augenblicklichen Herrschers zu reduzieren! Und dabei könnten sie Christen werden, Barbarossas, Diderots, Kommunisten, Hegels, wir! Und die nach uns kommen, Bastarde und Mutanten in mehr als einer Hinsicht! Das wäre eine wirkliche Prophezeiung, ein wirklicher Aufschwung der Phantasie. Statt dessen wärmt er die offizielle Vorgeschichte wieder auf und serviert sie als heiße Neuigkeit. Die Toten unterliegen nicht den Kausalitätsgesetzen, das ist das erste. Ihnen steht das Wissen über die Zeit zur Verfügung – über alle Zeit. So viel hätte er von Lukrez lernen können; Dein

Freund war ein gebildeter Mann. Mehr noch, er hatte einen unglaublichen metaphysischen Instinkt, einen Riecher für die geistige Unterfütterung von Dingen: seine Seelen sind viel weniger körperlich als die Dantes. Echte *manes*: gasförmig und ungreifbar. Man ist versucht zu sagen, seine Scholastik hier sei im Grunde mittelalterlich. Doch das wäre eine Herabsetzung. Weil Eure Zukunft sich in metaphysischer Hinsicht als weitaus weniger phantasievoll erwies als Eure griechische Vergangenheit. Denn was ist ewiges Leben für eine Seele verglichen mit einer zweiten Verkörperung? Was ist für sie das Paradies nach dem pythagoreischen Versprechen eines neuen Leibs? Bloß Arbeitslosigkeit. Doch was immer seine Quellen waren – Pythagoras, Platons *Phaidros*, seine eigene Phantasie –, er verschenkt das alles zugunsten des kaiserlichen Stammbaums.

Gut, es war sein Epos; er hatte das Recht, damit zu tun, was er wollte. Aber, offen gesagt, finde ich das unverzeihlich. Das Versagen der Phantasie in diesem wie in anderen Fällen ist es, was dem Monotheismus den Weg zum Triumph freigemacht hat. Einer, schätze ich, ist immer handgreiflicher als viele; und nach jenem gigantischen griechisch-römischen Eintopf aus Göttern und Helden war eine solche Sehnsucht nach etwas Handgreiflicherem, Kohärenterem wohl unvermeidlich. Mit anderen Worten, Flaccus, trotz all seiner ausladenden Gestik erflehte Dein Freund bloß metaphysische Sicherheit. Was, fürchte ich, ein Widerspruch in sich ist; das Anziehendste am Polytheismus ist möglicherweise, daß er sie nicht bieten kann. Aber ich nehme an, die Gegend bevölkerte sich zu sehr, als daß man irgendwelcher Unsicherheit hätte frönen mögen. Vor allem deshalb macht Dein Freund das Ganze, Metaphysik und alles übrige, an seinem geliebten Kaiser fest. Bürgerkriege, würde ich sagen, können für die geistige Orientierung der Leute Wunder wirken.

Aber es bringt nichts, so mit Dir zu reden. Ihr alle liebtet Augustus, oder etwa nicht? Sogar Naso, obwohl ihn anscheinend das gewöhnlich über allen Verdacht erhabene Gefühlsleben des Kaisers mehr interessierte als dessen territoriale Eroberungen. Aber schließlich war Naso ja, anders als Dein Freund, ein *homme à femmes.* Auch das gehört zu den Dingen, die es erschweren, sich ein Bild von ihm zu machen, weshalb ich zwischen James Mason und Paul Newman schwanke. Ein *homme à femmes* ist ein Jedermann: was nicht bedeutet, daß man ihm mehr vertrauen kann als einem Pädophilen. Und doch klingt sein Bericht von dem, was zwischen Dido und Aeneas vorfiel, ein wenig überzeugender als der Deines Freundes. Nasos Dido behauptet, Aeneas habe sie und Karthago in solcher Eile verlassen – erinnere Dich, ein Sturm drohte, und Aeneas muß nach sieben Jahren als Spielball der Wellen auf hoher See von Stürmen die Nase voll gehabt haben –, nicht weil er dem Gebot seiner göttlichen Mutter folgte, sondern weil sie von ihm schwanger war. Darum begeht sie Selbstmord: ihr Ruf ist ruiniert. Sie ist schließlich Königin. Naso läßt seine Dido sogar bezweifeln, daß wirklich Venus Aeneas' Mutter war, war sie doch die Göttin der Liebe, und Abreise ist eine eigenartige (wenn auch nicht völlig neue) Art und Weise, dieses Gefühl zu zeigen. Zweifellos nimmt Naso Deinen Freund hier auf die Schippe. Zweifellos ist seine Darstellung des Aeneas unschmeichelhaft und angesichts dessen, daß die Legende von Roms trojanischem Ursprung vom dritten Jahrhundert v. Chr. an offizielle historische Orthodoxie war, restlos unpatriotisch. Ebenso steht außer Zweifel, daß Vergil nie Nasos *Heroiden* gelesen hat; andernfalls wäre seine Behandlung Didos in der Unterwelt weniger verwerflich. Er schiebt sie nämlich einfach zusammen mit ihrem früheren Gatten Sychaeus in einen entfernten Winkel des Elysiums ab, wo die beiden einander vergeben und trösten. Ein Rentnerpaar im Altersheim. Damit sie dem Helden aus dem Weg ist. Um ihm alle Seelenqual zu ersparen, um ihm zu der Prophezeiung zu verhelfen. Weil das den besseren Stoff abgibt. Also keine zweite Verkörperung für Didos Seele.

Du wirst dagegenhalten, daß ich Maßstäbe auf ihn anwende, die sich im Lauf zweier Jahrtausende entwickelt haben. Du bist ein guter Freund, Flaccus, aber das ist Unsinn. Ich beurteile ihn nach seinen eigenen Maßstäben, die allerdings in den *Bucolica* und *Georgica* augenfälliger sind als in seinem Epos. Spiel nicht den Unschuldigen: Ihr hattet alle im Minimum sieben Jahrhunderte Lyrik im Rücken. Fünf auf griechisch und zwei in Eurem Latein. Denk an Euripides, denk an seine *Alkestis*: die skandalöse Auseinandersetzung des König Admetos mit seinen Eltern in der Hochzeitsszene schlägt jeden Dostojewskij um Längen – auch wenn Du die Anspielung wohl nicht verstehst. Die bedeutet, sie schlägt jeden psychologischen Roman. Was etwas ist, worin wir es in Hyperborea vor hundert Jahren zur Meisterschaft gebracht hatten. In Seelenqual sind wir da draußen ganz groß. Mit Prophezeiungen ist es etwas anderes. Was heißt, daß zweitausend Jahre nicht umsonst waren.

Nein, es sind seine Maßstäbe, vermittels der *Georgica*. Basierend auf Lukrez und Hesiod. In diesem Gewerbe, Flaccus, gibt es keine großen Geheimnisse. Nur kleine schuldige. Darin, muß ich hinzufügen, liegt ihre Schönheit. Und das kleine schuldige Geheimnis der *Georgica* ist, daß ihr Autor im Unterschied zu Lukrez – und ebenso Hesiod – keine übergreifende Philosophie besaß. Zumindest war er kein Atomist und kein Epikureer. Bestenfalls, stelle ich mir vor, hoffte er, die Gesamtzahl seiner Zeilen werde sich zu einer Weltsicht summieren, falls ihm das überhaupt wichtig war. Denn er war ein Schwamm, und zwar ein melancholischer. Für ihn war die beste – wenn nicht einzige – Methode, die Welt zu verstehen, ihren Inhalt zu registrieren, und falls er in den *Bucolica* oder *Georgica* irgend etwas ausgelassen hatte, hat er es in seinem Epos nachgeholt. Er war tatsächlich ein epischer Dichter; ein epischer Realist, wenn Du so willst, denn rein zahlenmäßig gesehen, ist die Realität selbst ziemlich episch. Die kumulierte Wirkung seiner Produktion auf meine Denkfähigkeit war immer die Empfindung, daß dieser Mann die Welt spezifiziert hat, und das auf eine ziemlich pedantische Art. Ob er von Pflanzen oder Planeten redet, von Samen oder Seelen, von den Handlungen und Wandlungen der Menschen von Rom, seine Nahaufnahmen blenden und binden zugleich; aber das tun die Dinge selbst auch, lieber Flaccus, oder? Nein, Dein Freund war kein Atomist, kein Epikureer; noch war er Stoiker. Falls er an ein Prinzip glaubte, war es die Erneuerung des Lebens, und seine Bienen in den *Georgica* sind um nichts besser als jene für eine zweite Verkörperung vorgemerkten Seelen in der *Aeneis*.

Vielleicht sind sie doch besser, und zwar nicht, weil sie am Ende nicht »Caesar, Caesar« summen, sondern weil der Ton in den *Georgica* ein Ton absoluter Distanz ist. Vielleicht liegt es an jenen alten Tagen des Umherstreifens in den Bergen und Wüsten Zentralasiens, daß ich diesen Ton so besonders anziehend finde. Damals war es vermutlich das Unpersönliche der Landschaft, in der ich mich befand, das sich meiner Großhirnrinde einprägte. Jetzt, eine Lebensspanne später, könnte ich diese Vorliebe für Monotonie der Menschheitsperspektive anlasten. Beidem zugrunde liegt natürlich eine Ahnung, daß Distanz das Endprodukt vieler intensiver Bindungen ist. Oder die moderne Vorliebe für eine neutrale Stimme, wie sie für die belehrenden Genres Deiner Zeit so typisch war. Oder beides, was wahrscheinlicher ist. Und selbst wenn das unpersönliche monotone Surren der *Georgica* nichts ist als ein Pastiche nach Lukrez – was ich stark vermute –, ist es immer noch anziehend. Wegen seiner impliziten Objektivität und expliziten Ähnlichkeit mit dem monotonen Lärm der Tage und Jahre; mit dem Geräusch vergehender Zeit. Das völlige Fehlen einer Geschichte, das Fehlen von Personen in den *Georgica* reflektieren gewissermaßen den Blick der Zeit auf jedwede existentielle Kategorie. Ich erinnere mich sogar, daß ich damals dachte, daß die Zeit, hätte sie eine eigene Feder und wollte sie ein Gedicht schreiben, Blätter, Gras, Erde, Wind, Schafe, Pferde, Bäume, Kühe, Bienen usw. in ihre Zeilen aufnehmen würde. Aber uns nicht. Höchstens unsere Seelen.

Darum sind es wirklich seine Maßstäbe. Und das Epos ist trotz all seiner Glanzstellen, aber auch ihretwegen, im Hinblick auf diese Maßstäbe eine Enttäuschung. Er wollte schlicht und einfach eine Geschichte erzählen. Und eine Geschichte muß zwangsläufig uns enthalten. Das heißt diejenigen, über die die Zeit hinweggeht. Noch dazu war die Geschichte nicht von ihm. Nein, gib mir meine *Georgica* jeden Tag, den Du willst. Oder eher jede Nacht, wenn ich meine derzeitigen Lesegewohnheiten bedenke. Obwohl ich bekennen muß, daß selbst in jenen alten Tagen, als die Spermienzahl weit höher war, Hexameter meine Träume trocken und ereignislos sein ließen. Logaöden sind anscheinend sehr viel potenter.

Zweitausend Jahre dies, zweitausend Jahre das! Stell Dir einmal vor, Flaccus, ich hätte letzte Nacht Gesellschaft gehabt. Und stell Dir eine – hm – Übersetzung dieses Traums in die Wirklichkeit vor. Nun ja, die halbe Menschheit muß so gezeugt worden sein, oder? Wärst Du nicht dafür verantwortlich, zumindest teilweise? Wo wären dann jene zweitausend Jahre; und müßte ich nicht den Sprößling Horaz nennen? Betrachte also diesen Brief als beschmutztes Laken, wenn nicht als Deinen eigenen Fehltritt.

Und betrachte ferner den Teil der Welt, aus dem ich Dir schreibe, als Randgebiet der Pax Romana, Ozean hin oder her, Entfernung oder nicht. Wir haben hier alle möglichen Flugapparate, um damit umzugehen, außerdem eine Republik, noch dazu mit eingebautem primus inter pares. Und Tetrameter sind, wie ich schon sagte, noch immer Tetrameter. Sie allein kommen schon mit jedem Jahrtausend zurecht, vom Raum oder dem Unterbewußten gar nicht zu reden. Ich hause hier nun seit zweiundzwanzig Jahren und habe keinen Unterschied bemerkt. Hier werde ich sterben, aller Wahrscheinlichkeit nach. Darum kannst Du mich beim Wort nehmen: Tetrameter sind noch immer Tetrameter, und für Trimeter gilt dasselbe. Und so weiter.

Natürlich war es ein Flugapparat, der mich vor zweiundzwanzig Jahren von Hyperborea hierher gebracht hat, obwohl ich diesen Flug genausogut meinen Reimen und Metren zuschreiben kann. Außer daß diese sich zu einer noch größeren Entfernung zwischen mir und dem guten alten Hyperborea summieren könnten, als Dein daktylisches Caspium es mit der tatsächlichen Ausdehnung Eurer Pax Romana tut. Apparate – fliegende zumal – schieben das Unvermeidliche nur auf: Du gewinnst Zeit, aber die Zeit kann den Raum nur bedingt irreführen; am Ende holt der Raum auf. Was sind schließlich Jahre? Was können sie messen außer dem Verfall unserer Epidermis, unseres Denkvermögens? Dieser Tage gerade saß ich hier mit einem anderen Hyperboreer in einem Café, und als wir so von unserer alten Stadt im Delta redeten, kam mir plötzlich in den Sinn, daß, hätte ich vor zweiundzwanzig Jahren einen Holzspan in jenes Delta geworfen, er bei den vorherrschenden Winden und Strömungen den Ozean überquert und mittlerweile die Gestade erreicht haben könnte, wo ich hause, um meinen Verfall mitzuerleben. So holt Raum die Zeit ein, mein lieber Flaccus; so geht man wirklich fort von Hyperborea.

Oder: so dehnt man die Pax Romana aus. Notfalls durch Träume. Die, wenn man es sich recht überlegt, nur eine weitere – vielleicht die letzte – Form von Erneuerung des Lebens sind, vor allem wenn man keine Gesellschaft hat. Und man endet damit auch nicht beim Kaiser, ist in dieser Hinsicht sogar den Bienen überlegen. Obwohl, wiederhole ich, es nichts bringt, so mit Dir zu reden, weil Deine Empfindungen für ihn sich in nichts von denen Vergils unterschieden. Ebensowenig wie Eure Methoden, sie mitzuteilen. Auch Du predigst menschlichem Schmerz den Ruhm des Augustus, bürdest diese Aufgabe – was Dir hoch angerechnet sei – allerdings nicht müßigen Seelen, sondern der Geographie und Mythologie auf. So löblich das ist, es setzt voraus, fürchte ich, daß Augustus entweder beide besitzt oder von beiden unterstützt wird. Ach, Flaccus, da hättest Du gleich Hexameter nehmen können. Asklepiadeische Strophen sind einfach zu gut für solches Zeug, zu lyrisch. Ja, Du hast recht: nichts läßt Snobismus besser gedeihen als eine Diktatur.

Nun ja, ich nehme an, ich reagiere auf so etwas einfach allergisch. Wenn ich Euch keine gehässigeren Vorwürfe mache, dann, weil ich nicht Euer Zeitgenosse bin: ich bin nicht er, weil ich fast Du bin. Denn ich habe in Deinen Metren geschrieben, vor allem in diesem. Und das, wie gesagt, läßt mich »Caspium«, »Niphaten« und »Gelonos« schätzen, die am Ende Deiner Zeilen stehen und das Imperium erweitern. Das tun auch »aquilonibus« und »vespero«, aber nach oben. Mein Gegenstand war freilich bescheidener; außerdem habe ich Reim verwendet. Die einzige Möglichkeit, mich völlig mit Dir zu überlappen, wäre, mir selbst die Aufgabe zu stellen, all Deine Strophenschemata in dieser Zunge oder in meinem heimatlichen Hyperboreisch zu wiederholen. Oder aber, Dich in eine der beiden Sprachen zu übersetzen. Bei näherer Überlegung eine einleuchtende Übung, weitaus einleuchtender als, sagen wir, ein Nachbilden der Hexameter und Distichen Ovids. Schließlich sind Deine gesammelten Werke kein so umfangreiches Buch, und die *Carmina* selbst bloß neunundfünfzig unterschiedlich lange Stücke. Doch ich fürchte, der Hund ist zu alt für alte wie für neue Tricks; ich hätte früher daran denken sollen. Wir sind dazu bestimmt, weiterhin getrennt zu sein, bestenfalls Brieffreunde zu bleiben. Nicht für lange, fürchte ich, aber hoffentlich lange genug, Dir ab und zu nahe zu sein. Selbst wenn es nicht nahe genug ist, um Dein Gesicht zu erkennen. Mit anderen Worten, ich bin zu meinen Träumen verdammt; doch diese Verdammnis ist willkommen.

Weil der fragliche Körper so etwas ganz Spezielles ist. Sein größter Reiz, Flaccus, ist der völlige Mangel an Egozentrik, die so oft seine Nachfolger und, so behaupte ich, auch die Griechen plagt. Nur selten steht die erste Person Singular im Vordergrund – wenn das auch zum Teil an der Grammatik liegt. In einer so stark flektierten Sprache ist es schwierig, die eigene Misere ins Visier zu nehmen. Obwohl Catull es fertiggebracht hat, darum wird er auch so allgemein geliebt. Aber für Euch vier, selbst für Properz, den leidenschaftlichsten von Euch allen, kam das nicht in Frage. Und bestimmt nicht für Deinen Freund, so wie er Mensch und Natur *sui generis* behandelte. Am wenigsten für Naso, was angesichts einiger seiner Themen der Grund sein muß, daß die Romantiker sich so heftig gegen ihn wandten. Mir in meiner Besitzerrolle (nach vergangener letzter Nacht) jedoch gefällt es ausnehmend. Wenn man es sich recht überlegt, ist Mangel an Egozentrik für einen Körper vielleicht die beste Verteidigung.

Das ist sie – jedenfalls in meinen Tagen und meinem Alter. Eigentlich, Flaccus, warst Du von Euch allen der egozentrischste. Was heißt, der greifbarste. Aber auch das ist weniger eine Angelegenheit der Pronomen; es sind wiederum Deine besonderen Metren. Abgehoben gegen die wuchernden Hexameter der anderen, lassen sie eine einzigartige Sensibilität vermuten, eine Person, die man beurteilen kann, während die anderen weitgehend undurchsichtig bleiben. Ein Verhältnis wie von Solo zu Chor. Vielleicht entschieden die anderen sich gerade aus Demut, zur Tarnung für diese monoton surrenden Hexameter. Oder sie wollten sich einfach an die Regeln halten. Und Hexameter war in diesem Spiel die Norm; anders ausgedrückt, terrakottafarben. Natürlich sind Deine Logaöden deswegen keine Mogelei; dennoch, sie erhellen Individualität eher, als daß sie sie verdunkeln. Darum hat Dich in den folgenden zweitausend Jahren praktisch jeder, einschließlich der Romantiker, so bereitwillig in die Arme geschlossen. Was mich in meiner Besitzerrolle naturgemäß aufbringt. Du warst sozusagen der ungebräunte Teil des Körpers, sein intimer Marmor.

Und mit der Zeit wurdest Du immer weißer: immer begehrenswerter. Du suggeriertest, man könne Egozentriker sein und trotzdem mit einem Kaiser richtig umgehen; es sei nur eine Frage des rechten Mittelwegs. Musik für so viele Ohren! Was aber, wenn Dein rechter Mittelweg, Deine berühmte Ausgeglichenheit nur Ausfluß Deines phlegmatischen Temperaments waren, das leicht als persönliche Weisheit durchging? Sagen wir, wie Vergils Melancholie. Aber unähnlich den cholerischen Ausbrüchen von Properz. Und ganz gewiß unähnlich Nasos sanguinischem Streben. In ihm haben wir jemanden, der nicht einen Zoll jener breiten Straße gepflastert hat, die zum Monotheismus führte. Jemanden, dem es an Ausgeglichenheit mangelte und der kein System hatte, erst recht keine Weisheit oder Philosophie. Seine Phantasie ließ sich nicht verbiegen, weder durch eigene Einsicht noch durch eine Doktrin. Nur durch Hexameter; besser noch durch Distichen.

Auf die eine oder andere Weise hat er mich praktisch alles gelehrt, einschließlich der Deutung von Träumen. Die mit der Deutung der Wirklichkeit beginnt. Neben ihm ist jemand wie der Wiener Doktor – es macht nichts, wenn Du die Anspielung nicht verstehst – der reinste Kinderkram. Du auch, ehrlich gesagt. Und Vergil genauso. Grob gesagt, besteht Naso darauf, daß in dieser Welt *ein Ding das andere ist*. Daß Wirklichkeit letztlich eine einzige große rhetorische Figur ist, und man noch von Glück reden kann, wenn es bloß ein Polyptoton oder ein Chiasmus ist. Bei ihm wird aus einem Menschen ein Objekt und umgekehrt, und zwar mittels der immanenten grammatischen Logik, wie ein Aussagesatz, aus dem ein Nebensatz keimt. Bei Naso ist der Grundtenor das Vehikel, Flaccus, und/oder andersherum, und die Quelle all dessen ist das Tintenfaß. Solange ein Tropfen jener schwarzen Flüssigkeit darin war, würde er weitermachen – was heißt, die Welt würde weiter bestehen. Klingt das nach »Im Anfang war das Wort«? Nun ja, nicht für Dich. Für ihn allerdings wäre diese Sentenz nichts Neues, und er würde hinzusetzen, daß auch im Ende ein Wort sein wird. Gib ihm irgend etwas, und er wird es erweitern – oder von innen nach außen kehren –, was ja auch ein Erweitern ist. Für ihn war die Sprache eine Gottesgabe, genauer, ihre Grammatik. Noch genauer gesagt, war für ihn die Welt die Sprache: ein Ding war das andere, und was wirklicher war, war Zufall. Jedenfalls, wenn das eine Ding greifbar war, mußte das andere es auch sein. Oft in derselben Zeile, vor allem bei Hexameter: es gibt da eine große Zäsur. Falls nicht, dann in der nächsten Zeile; vor allem wenn es sich um ein Distichon handelt. Metren waren für ihn gleichfalls eine Gottesgabe.

Er würde das sofort bestätigen, Flaccus, und Du auch. Erinnerst Du Dich, wie er in *Tristia* rückblickend erwähnt, daß er sich dabei ertappte, inmitten des Sturms, in den das Schiff auf seiner Fahrt ins Exil (meine Gegend etwa, die Peripherie von Hyperborea) geriet, Verse zu schreiben? Natürlich nicht. Das war gut sechzehn Jahre nach Deinem Tod. Andererseits, wo ist man besser informiert als in der Unterwelt? Wozu also mache ich mir Sorgen wegen der Anspielungen: Du bekommst sie ja alle mit. Und Metren sind immer Metren, besonders in der Unterwelt. Jamben und Daktylen währen ewig wie Stars and Stripes. Wann und wo immer. Kein Wunder, daß er schließlich im lokalen Dialekt zu schreiben anfing. Solange es Vokale und Konsonanten gab, konnte er weitermachen, Pax Romana oder nicht. Was ist denn eine Fremdsprache letztlich anderes als bloß ein weiterer Satz von Synonymen. Außerdem hatten meine guten alten Geloni keine *écriture*. Und hätten sie eine gehabt, wäre es für ihn, das Metamorphosengenie, nur natürlich gewesen, sich in ein fremdes Alphabet zu verwandeln.

Auch so läßt sich, wenn Du so willst, die Pax Romana ausdehnen. Obgleich das nie geschah. Er setzte nie einen Fuß in unseren Genpool. Die Sprache reichte ihm, obwohl: er hat praktisch diese ganzen zweitausend Jahre gebraucht, um ins Kyrillische zu finden. Aber ein Leben ohne Alphabet hat auch sein Gutes! Das Dasein kann sehr ergreifend sein, wenn es nur mündlich ist. Was nämlich eine *écriture* betraf, hatten meine Nomaden es nicht eilig. Zum Krakeln und Kritzeln muß man Siedler sein: einer, der nirgendwo hin muß. Darum gedeihen Kulturen besser auf Inseln, Flaccus: nimm beispielsweise Deine geliebten Griechen. Oder in Städten. Was ist eine Stadt wenn nicht eine von Raum umgebene Insel? Jedenfalls, wenn er sich tatsächlich, wie er erzählt, in den lokalen Dialekt hineindrängelte, geschah das weniger aus Notwendigkeit, nicht um sich bei den Einheimischen beliebt zu machen, sondern weil Vers ein Allesfresser ist: er beansprucht alles. Wie die Hexameter: nicht umsonst wuchern sie so. Distichen noch mehr.

Allzu lange Briefe sind überall die Pest, Flaccus, auch im Jenseits. Mittlerweile, schätze ich, hast Du aufgehört zu lesen, es langt Dir. Verständlich, nach diesen Anwürfen gegen Deinen Kumpel und dem Lob für Ovid quasi auf Deine Kosten. Ich mache weiter, denn, wie schon gesagt, mit wem soll ich sonst reden? Selbst angenommen, daß diese pythagoreische Phantasielehre von den tugendhaften Seelen, die alle tausend Jahre eine zweite Verkörperung erfahren, wahr ist und Du bis heute mindestens zwei Gelegenheiten gehabt hast, scheint diese Quote nun, nachdem Auden tot ist und das Jahrtausend nur noch vier Jahre vor sich hat, erschöpft zu sein. Also wieder zurück zu Deinem originalen Selbst, auch wenn ich den Verdacht habe, daß Du inzwischen aufgehört hast zu lesen. In unserem Gewerbe ist es durchaus üblich, die Leere anzureden. Darum kannst Du mich mit Deinem Nichtvorhandensein nicht überraschen, noch ich Dich mit meiner Ausdauer.

Außerdem habe ich ein berechtigtes Interesse – und Du auch. Da ist dieser Traum, der einst Deine Wirklichkeit war. Interpretiert man ihn, bekommt man zwei für eins. Und genau darum geht es bei Naso. Für ihn war ein Ding ein anderes; für ihn, würde ich sagen, war A B. Für ihn wurde – nein, *war* – ein Körper, erst recht der eines Mädchens, ein Stein, ein Fluß, ein Vogel, ein Baum, ein Klang, ein Stern. Und rate, warum? Weil etwa ein laufendes Mädchen mit aufgelöstem Haar im Profil aussieht wie ein Fluß? Oder, auf dem Ruhebett schlafend, wie ein Stein? Oder, mit hochgereckten

Armen, wie ein Baum oder Vogel? Oder, wenn sie sich den Blicken entzieht und theoretisch überall ist, wie ein Klang? Und, triumphierend oder fern, wie ein Stern? Wohl kaum. Das würde genügen für einen guten Vergleich, während Naso auf etwas aus war, das nicht einmal Metapher war. Sein Spiel war Morphologie und sein Gewinn Metamorphose. In der dieselbe Substanz eine andere Form annimmt. Das Entscheidende ist die Identität der Substanz. Und im Unterschied zu Euch übrigen brachte er es fertig, die schlichte Wahrheit zu erfassen, daß wir alle aus dem Zeug zusammengesetzt sind, aus dem die Welt besteht. Wir alle enthalten ja Wasser, Quarz, Wasserstoff, Fasern usw., wenn auch in unterschiedlichen Proportionen. Die neu gemischt werden können zu diesem Mädchen. Kein Wunder, daß sie ein Baum wird. Nur eine Verschiebung in ihrer Zellstruktur. Sowieso ist die Verschiebung vom Belebten zum Unbelebten bei unserer Spezies der Trend. Du an Deinem jetzigen Ort weißt, was ich meine.

Erst recht kein Wunder also, daß ein Körper – der der lateinischen Lyrik des Goldenen Zeitalters – letzte Nacht Ziel meiner unermüdlichen Zuneigung war. Nun ja, betrachte es vielleicht als einen letzten Atemzug Eurer vereinten pythagoreischen Quote. Und Dein Teil war der, der als letzter unterging; weil er weniger mit Hexametern belastet war. Und schreib die Behendigkeit, mit der jener Körper der Banalität des Betts zu entkommen suchte, seiner Flucht davor zu, daß ich Dich in Übersetzung las. Denn ich bin an Reim gewöhnt, und Hexameter wollen von ihm nichts wissen. Und Du, der Du ihm in Deinen Logaöden am nächsten kamst, wurdest auch von den Hexametern angezogen: Du langtest nach dem Heizkörper, Du wolltest untertauchen. Und bei aller Unermüdlichkeit meiner Betätigung, die für die lebenslange Lektüre Deiner Verse stand – kein Wortspiel! –, wurde es nie ein nasser Traum, nicht weil ich vierundfünfzig bin, sondern genau deshalb, weil Ihr alle reimlos wart. Daher der Terrakottaschimmer jenes Goldenen Zeitalters; daher auch das Fehlen

Deines geliebten Spiegels und nicht zuletzt seines vergoldeten Rahmens.

Und weißt Du, warum er nicht da war? Weil ich, wie gesagt, an Reim gewöhnt bin. Und Reim, mein lieber Flaccus, ist selbst schon Metamorphose, und Metamorphose ist kein Spiegel. Reim ist, wenn ein Ding sich in das andere verwandelt, ohne seine Substanz, den Klang, zu verändern. Zumindest was Sprache betrifft. Er ist eine Verdichtung von Nasos Ansatz, vielleicht, wenn Du so willst, eine Destillation. Natürlich kommt Naso selbst dem schon erschreckend nahe in der Szene mit Narcissus und Echo. Näher als Du, ehrlich gesagt, dem er doch metrisch unterlegen ist. Ich sage »erschreckend«, denn hätte er es geschafft, wären wir alle für die nächsten zweitausend Jahre aus dem Geschäft gewesen. Zum Glück hielt hexametrische Trägheit ihn davon ab, vor allem in jener Szene; zum Glück bestand der Mythos selber darauf, Blick und Gehör getrennt zu halten. Denn damit haben wir uns in den vergangenen zweitausend Jahren befaßt: das eine auf das andere zu pfropfen, seine Sehweise mit Deinen Metren zu verschmelzen. Es ist eine Goldmine, Flaccus, eine Vollzeitbeschäftigung, und kein Spiegel kann lebenslange Lektüre widerspiegeln.

Dies müßte zumindest die Hälfte des fraglichen Körpers erklären und sein Bemühen, sich mir zu entziehen. Wäre mein Latein besser, hätte dieser Traum vielleicht nie stattgefunden. Nun, in einem gewissen Alter hat man anscheinend Gründe, seiner Unwissenheit dankbar zu sein. Denn Metren sind noch immer Metren, Flaccus, und Anatomie ist noch immer Anatomie. Man mag behaupten, den ganzen Körper zu besitzen, selbst wenn dessen oberer Teil irgendwo zwischen der Matratze und dem Heizkörper abgetaucht ist: solange dieser Teil Vergil oder Properz gehört. Er ist noch immer gebräunt, ist noch immer terrakottafarben, weil er noch immer in Hexametern und Pentametern ist. Man dürfte sogar schließen, daß es kein Traum ist, weil ein Gehirn nicht von sich selbst träumen kann: höchstwahrscheinlich ist es Wirklichkeit, weil es Tautologie ist.

Bloß weil es das Wort gibt, »Traum«, folgt daraus noch nicht, daß die Wirklichkeit eine Alternative hat. Ein Traum, Flaccus, ist bestenfalls eine momentane Metamorphose: sehr viel kürzer während als die eines Reims. Darum habe ich hier auch nicht gereimt – nicht, weil Du die Mühe nicht zu schätzen gewußt hättest. Die Unterwelt ist, nehme ich an, ein polyglottes Königreich. Und wenn ich überhaupt zum Schreiben Zuflucht genommen habe, dann weil die Interpretation eines Traums – insbesondere eines erotischen – genaugenommen eine Lektüre ist. Also etwas zutiefst Antimetamorphes, denn sie ist das Auftrennen eines Gewebes; Faden für Faden, Zeile für Zeile. Und ihre wiederholende Natur verrät sie am Ende: sie verlangt nach einem Gleichheitszeichen zwischen Lektüre und erotischer Bemühung. Die erotisch ist, weil sich wiederholend. Seiten umblättern: das ist es, und das tust Du mittlerweile, Flaccus, oder solltest es tun. Na schön, dies ist ein Weg, Dich heraufzubeschwören, nicht wahr? Weil Wiederholung nun einmal das primäre Merkmal von Wirklichkeit ist.

Wenn ich eines Tages in Deinem Teil der Unterwelt lande, wird meine gasförmige Wesenheit Deine gasförmige Wesenheit fragen, ob Du diesen Brief gelesen hast. Und sollte Deine gasförmige Wesenheit antworten: nein, wäre meine nicht beleidigt. Im Gegenteil, sie wird hocherfreut sein über diesen Beweis, daß die Wirklichkeit sich bis ins Schattenreich erstreckt. Denn zunächst einmal hast Du ja nie etwas von mir gelesen. In dieser Hinsicht wirst Du vielen Leuten über uns gleichen, die keinen von uns je gelesen haben. Das ist zumindest eines der Dinge, die die Wirklichkeit ausmachen.

Doch sollte Deine gasförmige Wesenheit mit Ja antworten, wäre meine gasförmige Wesenheit auch nicht sonderlich besorgt, Dich mit meinem Brief vielleicht gekränkt zu haben, vor allem mit dessen schlüpfrigen Stellen. Als lateinischer Autor wärst Du der erste, einen Ansatz zu würdigen, der von einer Sprache ausgelöst wurde, in der »Lyrik« weiblich ist. Und was den »Körper« betrifft – was kann man schon von einem Mann im allgemeinen, noch dazu einem Hyperboreer, erwarten, ganz zu schweigen von der kalten Februarnacht. Ich müßte Dich nicht einmal daran erinnern, daß es nur ein Traum war. Zumindest nächst dem Tod ist Traum Wirklichkeit.

Darum könnten wir glänzend miteinander auskommen. Was die Sprache betrifft, ist das Reich, wie gesagt, höchstwahrscheinlich poly- oder supraglott. Außerdem wärst Du ja gerade erst zurück von der Ausschöpfung Deiner pythagoreischen Quote als Auden und müßtest noch etwas Englisch können. Daran würde ich Dich vielleicht erkennen. Obwohl er natürlich ein viel bedeutenderer Dichter war als Du. Darum war Dir auch daran gelegen, seine Gestalt anzunehmen, als Du das letzte Mal bei uns warst, in der Wirklichkeit.

Schlimmstenfalls können wir über Metren kommunizieren. Ich kann die erste asklepiadeische Strophe ungeachtet all ihrer Daktylen ohne Mühe klopfen. Die zweite auch und die sapphische erst recht. Das könnte funktionieren; wie bei Anstaltsinsassen. Metren sind schließlich Metren, selbst in der Unterwelt, da sie Zeiteinheiten sind. Aus diesem Grund kennt man sie in Elysium möglicherweise heute besser als in der Eselswelt droben. Darum hat man, wenn man sie verwendet, eher das Gefühl, mit Deinesgleichen zu kommunizieren als mit der Wirklichkeit.

Und selbstverständlich hätte ich gern, daß Du mich Naso vorstellst. Denn ich würde ihn nicht von Ansehen kennen, da er niemals eines anderen Gestalt angenommen hat. Ich schätze, seine Distichen und Hexameter sind schuld daran. In den vergangenen zweitausend Jahren haben sich immer weniger Leute an ihnen versucht. Auch hier wieder Auden? Aber selbst er machte aus dem Hexameter zweimal drei Hebungen. Darum würde ich einen Plausch mit Naso gar nicht anstreben. Alles, worum ich bitten könnte, wäre, ihn anzusehen. Selbst unter Seelen dürfte er eine Rarität sein.

Wegen all der übrigen werde ich Dich nicht belästigen. Nicht einmal wegen Vergil: er ist in so vielerlei Gestalt wieder in der Wirklichkeit gewesen. Noch wegen Tibullus, Gallus, Varus und der anderen: Euer Goldenes Zeitalter war ziemlich bevölkert, aber Elysium ist kein Ort für Affinitäten, und ich werde nicht als Tourist dort sein. Properz werde ich wohl selbst aufsuchen. Ich glaube, es dürfte relativ leicht sein, ihn ausfindig zu machen: er muß sich unter den *manes*, an deren Existenz er in der Wirklichkeit so fest glaubte, sehr wohl fühlen.

Nein, Ihr beide wärt mir genug. Den eigenen Geschmack in der Unterwelt beizubehalten heißt die Wirklichkeit in das Schattenreich ausdehnen. Ich hoffe, zumindest anfangs dazu imstande zu sein. Ach, Flaccus! Gleich der Pax Romana möchte die Wirklichkeit sich ausdehnen. Darum träumt sie; darum bleibt sie sich treu noch im Tod.

1995

Werbung um Unbelebtes

Vier Gedichte von Thomas Hardy

I

Vor etwa einem Jahrzehnt erklärte ein prominenter englischer Kritiker in der Besprechung eines Gedichtbands von Seamus Heaney in einer amerikanischen Zeitschrift, daß die Popularität dieses irischen Lyrikers in England, insbesondere in den dortigen akademischen Kreisen, kennzeichnend sei für den stumpfsinnigen Lesegeschmack des englischen Publikums und daß trotz der langanhaltenden physischen Präsenz der Herren Eliot und Pound auf britischem Boden die Moderne dort nie Fuß gefaßt habe. Der zweite Teil dieser Bemerkung (keinesfalls der erste, weil in jenem Land und erst recht in jenem Milieu, wo jeder dem anderen das Schlechteste wünscht, Boshaftigkeit die beste Versicherung ist) weckte mein Interesse, weil er so sehnsuchtsvoll wie überzeugend klang.

Kurz darauf hatte ich Gelegenheit, diesen Kritiker persönlich kennenzulernen, und obwohl man bei Tisch nicht von Geschäften reden soll, fragte ich ihn, warum seiner Meinung nach die Moderne in seinem Land so schlecht dastehe. Er antwortete, die Dichtergeneration, die die entscheidende Veränderung hätte bewirken können, sei im Ersten Weltkrieg ausradiert worden. Ich fand diese Antwort angesichts der Natur des Mediums etwas zu mechanistisch, zu marxistisch, wenn Sie so wollen, da sie die Literatur zu sehr der Geschichte unterordnete. Doch war dieser Mann Kritiker, und Kritiker gehen so vor.

Ich meinte, es müsse eine andere Erklärung geben – wenn nicht für das Los der Moderne auf jener Seite des Atlantik, dann doch dafür, daß formaler Vers dort offenbar derzeit lebensfähig war. Sicher gibt es dafür viele Gründe, die so augenfällig sind, daß man die Frage ganz beiseite schieben könnte. Das schiere Vergnügen, eine einprägsame Zeile zu schreiben oder zu lesen, wäre einer; die rein sprachliche Logik von Metrum und Rhythmus, das Bedürfnis danach, ist ein anderer. Aber heutzutage ist der Kopf darauf trainiert, in

Umwegen zu denken, und damals dachte ich mir nur, daß ein guter Reim das ist, was letztlich die Lyrik davor bewahrt, ein demographisches Phänomen zu werden. Damals schweiften meine Gedanken zu Thomas Hardy.

Vielleicht hatte ich letztlich doch nicht in solchen Umwegen gedacht, zumindest noch nicht. Vielleicht hatte das Wort »Erster Weltkrieg« etwas in meinem Gedächtnis ausgelöst, und mir fiel Hardys Zeile ein »After two thousand years of Mass / We got as far as poison gas« (Nach zweitausend Jahren Masse / haben wir es zum Giftgas gebracht). In dem Fall hatte ich noch geradeaus gedacht. Oder vielleicht war es der Begriff »Moderne« gewesen, der diese Gedanken auslöste. In dem Fall... Einer Minderheit anzugehören, dürfte den Bürger einer Demokratie eigentlich nicht beunruhigen; obwohl es ihn reizbar machen könnte. Wenn man einen Zeitraum mit einem politischen System vergleichen will, könnte man einen Großteil des kulturellen Klimas in diesem Jahrhundert gut und gerne als Diktatur bezeichnen: als die der Moderne. Oder, um es präziser zu sagen, dessen, was unter dieser Flagge segelte. Und vielleicht schweiften meine Gedanken deshalb zu Hardy, weil er damals – vor etwa einem Jahrzehnt – regelmäßig als »prämodern« eingeordnet zu werden begann.

Als Definition ist »prämodern« einigermaßen schmeichelhaft, weil sie stillschweigend voraussetzt, daß der so Definierte den Weg zu unseren – stilistisch gesprochen – gerechten und glücklichen Tagen gebahnt hat. Der Nachteil ist jedoch, daß sie den Autor umstandslos aufs Altenteil der Vergangenheit abschiebt, was ihm alle marginalen Vorteile wissenschaftlichen Interesses gewährt, ihn aber im Endeffekt seiner Relevanz beraubt. Die Vergangenheit ist sein Äquivalent einer silbernen Taschenuhr.

Keine Orthodoxie, eine neue schon gar nicht, ist zu ehrlicher nachträglicher Einsicht imstande, und die Moderne macht da keine Ausnahme. Während die Moderne von der Anwendung jenes Epithetons auf Thomas Hardy vermutlich profitiert, tut er es, fürchte ich, nicht. In beiden Fällen führt diese Definition in die Irre, denn Hardys dichterische Leistung hat die Entwicklung der modernen Lyrik, so wage ich zu behaupten, nicht unbedingt vorausahnen lassen, vielmehr ist sie darüber hinausgegangen, und das um eine ungeheuer weite Spanne. Hätte beispielsweise T. S. Eliot zu der Zeit, als er Laforgue las, statt dessen Thomas Hardy gelesen (wie meines Wissens Robert Frost es tat), wäre die Geschichte der englischsprachigen Lyrik in diesem Jahrhundert, zumindest ihre gegenwärtige Situation, möglicherweise um einiges fesselnder. Denn wo Eliot eine Handvoll Staub benötigt, um Schrecken zu spüren, genügt Hardy, wie er in »Shelley's Skylark« (Shelleys Lerche) zeigt, eine Prise.

II

All dies klingt Ihnen zweifellos ein wenig zu polemisch. Darüber hinaus könnten Sie sich fragen, gegen wen oder was der Mensch vor Ihnen sich eigentlich wehrt. Es stimmt, die Literatur über den Lyriker Thomas Hardy ist ziemlich dürftig. Es gibt zwei oder drei ausführliche Untersuchungen; sie sind im wesentlichen zu Büchern umgearbeitete Dissertationen. Es gibt auch zwei oder drei Biographien über ihn, einschließlich einer von ihm selbst verfaßten, obwohl auf dem Umschlag der Name seiner Frau steht. Es lohnt sich, sie zu lesen, vor allem letztere, falls Sie glauben – wie ich bei Ihnen erwarte –, daß das Leben eines Künstlers den Schlüssel zum Verständnis seines Werks enthält. Falls Sie das Gegenteil glauben, entgeht Ihnen nicht sehr viel, wenn Sie sie weglassen, da wir hier sind, um uns seinem Werk zu widmen.

Vermutlich wehre ich mich dagegen, diesen Dichter durch die Brille derer zu sehen, die ihm nachfolgten. Erstens, weil fast alle, die ihm nachfolgten, sich in relativer oder absoluter Unkenntnis der Existenz des Lyrikers Hardy betätigten – besonders auf dieser Seite des Atlantik. Allein schon der Mangel an Literatur über den Lyriker Hardy ist Beweis dieser Unkenntnis wie deren Widerhall in der Gegenwart. Zweitens, weil es wenig sinnvoll ist, das Größere durch die Brille des Kleineren zu betrachten, so lautstark und zahlreich es auch sein mag; unsere Disziplin ist keine Astronomie. Vor allem jedoch, weil der Romancier Hardy unser Sehvermögen vom ersten Moment an beeinträchtigt und ich von keinem Kritiker weiß, der der Versuchung widerstanden hätte, den Lyriker mit dem Prosaautor zu verketten, was unweigerlich eine Herabsetzung der Gedichte zur Folge hat – und sei es nur, weil Verse nicht des Kritikers eigenes Medium sind.

Ein Kritiker nämlich, der sich mit Hardys Werk beschäftigen soll, steht vor einem ziemlichen Durcheinander. Zunächst einmal, wenn das Leben eines Autors den Schlüssel zu seinem Werk enthält, wie überkommene Weisheit behauptet, dann stellt sich in Hardys Fall die Frage: welches Werk? Spiegelt sich dieses oder jenes Unglück in diesem Roman oder jenem Gedicht und warum nicht in beiden? Und wenn Roman, wozu dann ein Gedicht? Und umgekehrt? Vor allem da es etwa neun Romane und ungefähr tausend Gedichte in seinem Gesamtwerk gibt. Welches von ihnen ist, nach Freudschen Kategorien, eine Form von Sublimierung? Und wie kommt es, daß man bis zum reifen Alter von achtundachtzig sublimiert, denn Hardy schrieb bis ganz zum Ende Gedichte (sein zehnter und letzter Band erschien posthum)? Und sollte man wirklich Romanautor und Lyriker voneinander abgrenzen, oder wäre es nicht besser, sie nach dem Vorbild von Mutter Natur in einen Topf zu werfen?

Ich sage, trennen wir sie. In diesem Raum jedenfalls wollen wir das tun. Kurz gesagt, ein Lyriker sollte durch keine andere Brille gesehen werden als die seiner Gedichte. Außerdem war Thomas Hardy, technisch gesehen, nur sechsundzwanzig Jahre lang Romanautor. Und da er Lyrik neben seinen Romanen schrieb, ließe sich die Meinung vertreten, daß er sechzig Jahre lang ununterbrochen Lyriker war. Zumindest seine letzten dreißig Lebensjahre lang; nachdem *Jude the Obscure* – sein letzter und meiner Ansicht nach bedeutendster Roman – ungünstige Besprechungen erhalten hatte, gab er die Prosa völlig auf und konzentrierte sich auf Lyrik. Das allein – die dreißig Jahre Verseschreiben – sollte genügen, ihn für den Status eines Lyrikers zu qualifizieren. Schließlich sind dreißig Jahre auf diesem Gebiet die durchschnittliche Tätigkeits-, um nicht zu sagen Lebensdauer.

Machen wir also kurzen Prozeß mit Mutter Natur. Befassen wir uns mit des Dichters Gedichten. Oder, um es anders zu formulieren, lassen Sie uns dessen eingedenk sein, daß ein menschliches Kunstwerk ebenso organisch ist wie jedes Meisterstück der Natur, das, wenn wir unseren Naturkundlern glauben wollen, ebenfalls Ergebnis enormer Selektion ist. Sehen Sie, es gibt in dieser Welt grob gesagt zwei Möglichkeiten, natürlich zu sein. Eine ist, sich bis aufs Unterzeug auszuziehen oder noch mehr und sich gewissermaßen den Elementen auszusetzen. Das wäre der Weg à la D.H. Lawrence, wie er in der zweiten Jahrhunderthälfte von einer Reihe schwachköpfiger Schreiberlinge eingeschlagen wurde – bei uns hier ganz besonders, wie ich Ihnen leider sagen muß. Der andere Weg läßt sich am besten am Beispiel des folgenden Vierzeilers aufzeigen, der von dem großen russischen Lyriker Ossip Mandelstam verfaßt wurde:

> Ja die Natur ist nochmals Rom und spiegelt sich
> In ihm; wir sehen Bilder seines großen Atems
> In glashell-klarer Luft, dem Zirkus blauen Lichts,
> Im Felder-Forum und in Wäldchen-Kolonnaden.
>
> *(Deutsch von Ralph Dutli)*

Mandelstam ist, wie gesagt, Russe. Und doch kommt dieser Vierzeiler sehr gelegen, weil er merkwürdigerweise mehr mit Thomas Hardy zu tun hat als irgend etwas von D. H. Lawrence, einem Briten.

Wie auch immer, ich möchte jetzt mit Ihnen einige Gedichte von Thomas Hardy durchgehen, von denen ich hoffe, daß Sie sie inzwischen auswendig können. Wir wollen sie Zeile für Zeile durchgehen, damit Sie nicht nur Lust auf diesen Lyriker bekommen, sondern auch imstande sind, den Selektionsprozeß zu beobachten, der sich im Verlauf der dichterischen Arbeit vollzieht und der den in Darwins *The Origin of Species* beschriebenen Prozeß widerspiegelt und – wenn Sie nichts dagegen haben – überstrahlt, nicht zuletzt deshalb, weil Endergebnis des letzteren wir sind, nicht Mr. Hardys Gedichte. Lassen Sie mich also der restlos darwinistischen, logischen wie chronologischen Versuchung nachgeben, mich mit den Gedichten zu befassen, die in die schon erwähnte Phase von dreißig Jahren fallen, d. h. mit den Gedichten, die Thomas Hardy im zweiten Teil seiner dichterischen Laufbahn geschrieben hat und damit in diesem Jahrhundert: auf diese Weise bleibt der Romanautor aus dem Spiel.

III

Thomas Hardy wurde 1840 geboren und starb 1928. Sein Vater, ein Steinmetz, hatte nicht die Mittel, ihm eine Gelehrtenlaufbahn zu ermöglichen, und gab ihn statt dessen bei einem örtlichen Kirchenbaumeister in die Lehre. Hardy studierte jedoch auf eigene Faust die griechischen und lateinischen Klassiker und schrieb in seinen freien Stunden, bis der Erfolg von *Far from the Madding Crowd* ihm gestattete, mit vierunddreißig seinen Brotberuf aufzugeben. Damit läßt sich seine schriftstellerische Laufbahn, die 1871 begann, ziemlich säuberlich in zwei fast gleich große Zeitabschnitte aufteilen: die viktorianische und die moderne Periode, da Königin Victorias Tod praktischerweise in das Jahr 1901 fällt. Zwar ist klar, daß beide Begriffe nur Schlagworte sind, aber wir benutzen sie trotzdem aus Gründen der Ökonomie, um uns einiges Luftholen zu ersparen. Offenkundiges bedarf keiner

Überprüfung; was unseren Dichter betrifft, erfaßt das Wort »viktorianisch« insbesondere Robert Browning, Matthew Arnold, George Meredith, beide Rossettis, Algernon Charles Swinburne, natürlich Tennyson und wohl auch Gerard Manley Hopkins und A. E. Housman. Diesen hinzufügen könnte man Charles Darwin selbst, Carlyle, Disraeli, John Stuart Mill, Ruskin, Samuel Butler, Walter Pater. Aber machen wir hier Schluß: das müßte Ihnen eine allgemeine Vorstellung von den geistigen und stilistischen Parametern – oder Zwängen – vermitteln, wie sie damals für unseren Dichter galten. Kardinal Newman lassen wir lieber außen vor, weil unser Mann biologischer Determinist und Agnostiker war; auch die Schwestern Brontë, Dickens, Thackeray, Trollope, Robert Louis Stevenson und andere Prosaautoren wollen wir aus dem Spiel lassen, weil sie für Mr. Hardy Bedeutung hatten, als er einer von ihnen war, aber nicht, beispielsweise, als er daran ging, »The Darkling Thrush« (Die Schwarzdrossel) zu schreiben, die unser erstes Gedicht ist.

I leant upon a coppice gate
  When Frost was spectre-gray,
And Winter's dregs made desolate
  The weakening eye of day.
The tangled bine-stems scored the sky
  Like strings of broken lyres,
And all mankind that haunted nigh
  Had sought their household fires.

The land's sharp features seemed to be
  The Century's corpse outleant,
His crypt the cloudy canopy,
  The wind his death-lament.
The ancient pulse of germ and birth
  Was shrunken hard and dry,
And every spirit upon earth
  Seemed fervourless as I.

At once a voice arose among
 The bleak twigs overhead
In a full-hearted evensong
 Of joy illimited;
An aged thrush, frail, gaunt, and small,
 In blast-beruffled plume,
Had chosen thus to fling his soul
 Upon the growing gloom.

So little cause for carolings
 Of such ecstatic sound
Was written on terrestrial things
 Afar or nigh around,
That I could think there trembled through
 His happy good-night-air
Some blessed Hope, whereof he knew
 And I was unaware.

31. Dezember 1900

Zwar ist dieses zweiunddreißigzeilige Gedicht dasjenige, mit dem Thomas Hardy am häufigsten in Anthologien vertreten ist, doch ist es durchaus nicht sein typischstes, da es sehr flüssig ist. Genau darum aber findet es sich wohl so oft in Anthologien; obgleich es mit Ausnahme einer Zeile von praktisch jedem von Talent und, nun ja, Scharfblick hätte geschrieben werden können. Diese Eigenschaften sind in der englischen Lyrik nicht so selten, schon gar nicht um die Jahrhundertwende. Es ist ein sehr flüssiges, sehr lichtes Gedicht; von geschmeidiger Machart und in der Struktur so konservativ, daß es Balladeskes aufgreift; seine Erörterung des Themas ist klar und wohlbegründet. Mit anderen Worten, es enthält nur sehr wenig meisterlichen Hardy; und was meisterlicher Hardy ist, kann ich Ihnen genausogut jetzt gleich erzählen.

Thomas Hardy ist ein Dichter, der nach eigenem Eingeständnis »die glatte Zeile verabscheute«. Das klänge widernatürlich, gingen dem nicht sechs Jahrhunderte Verseschreiben voraus und säße ihm nicht jemand wie Tennyson im Nacken. Wenn man es sich recht überlegt, war seine Haltung der von Hopkins gar nicht so unähnlich, und in ihrer Art, damit umzugehen, unterschieden sie sich wohl auch nicht so sehr. Im großen und ganzen jedenfalls ist Thomas Hardy, da wo er meisterlich ist, der Dichter einer vollgestopften, überbeanspruchten Zeile, die von klirrenden Konsonanten und klaffenden Vokalen birst; einer äußerst verworrenen Syntax und einer unbeholfenen, schwerfälligen Ausdrucksweise, die noch verschlimmert wird durch eine scheinbare Wahllosigkeit des Vokabulars; von Auge, Ohr und Verstand verschreckenden Strophenformen, deren sich nie wiederholende Schemata beispiellos waren.

Warum drängt man ihn uns dann auf, mögen Sie fragen. Weil all dies Absicht war und – im Lichte dessen, was im restlichen Jahrhundert in der englischen Lyrik ablief – einigermaßen prophetisch. Zunächst einmal war die absichtliche Unbeholfenheit von Hardys Zeilen nicht einfach das natürliche Bemühen eines neuen Dichters um eine individuelle Sprache, obwohl sie diese Rolle auch spielte. Noch sollte man die rauhe Oberfläche nur als Auflehnung gegen den hohen Ton und Schliff der Nachromantiker sehen. Tatsächlich sind diese Eigenschaften der Nachromantiker durchaus bewundernswert, und die These, daß Hardy oder auch sonst irgendwer »sich gegen sie auflehnte«, sollte cum grano salis genommen werden, wenn überhaupt. Ich meine, es gibt eine andere, prosaischere und zugleich metaphysischere Erklärung für Hardys stilistisches Idiom, das an sich schon sowohl prosaisch als auch metaphysisch war.

Nun ja, Metaphysik ist immer prosaisch, oder etwa nicht? Je prosaischer sie ist, desto metaphysischer wird sie, denn die Dinge dieser Welt und ihre Interaktion sind die äußerste Grenze der Metaphysik: sie sind die Sprache, in der Materie sich manifestiert. Und die Syntax dieser Sprache ist in der Tat sehr verworren. Wie auch immer, worauf Hardy wirklich in seinen Gedichten aus war, war meiner Ansicht nach der Effekt von Wirklichkeitstreue, der Eindruck von Glaubhaftigkeit oder, wenn Sie so wollen, Authentizität in seiner Ausdrucksweise. Je unbeholfener die Sprache, dachte er vermutlich, desto wahrer klingt sie. Oder zumindest: je weniger kunstvoll, desto wahrer. Hier sollten wir vielleicht daran erinnern, daß er auch Romanautor war – wenn ich auch hoffe, daß wir dies zum letztenmal aufs Tapet bringen. Und Romanautoren denken so, oder nicht? Oder sagen wir es etwas dramatischer: er war ein Mann der Art, die so denkt, und das machte ihn zum Romanautor. Jedoch der Mann, der Romanautor wurde, war davor und danach Lyriker.

Und damit kommen wir zu etwas Entscheidendem für unser Verständnis des Lyrikers Hardy; dazu, was für ein Mensch er unserem Gefühl nach war oder, genauer, wie es in seinem Kopf aussah. Für den Augenblick müssen Sie, fürchte ich, mir meine Einschätzung einfach abnehmen; doch hoffe ich, sie innerhalb der nächsten halben Stunde durch seine Zeilen belegen zu können. Also: Thomas Hardy war, so meine ich, ein außerordentlich scharfsichtiger und gerissener Mann. »Gerissen« sage ich ohne negativen Beiklang, aber vielleicht sollte ich sagen »strategisch denkend«. Denn in der Tat plant er seine Gedichte: nicht wie Romane, sondern gerade als Gedichte. Mit anderen Worten, er weiß vom ersten Augenblick an, was ein Gedicht ist, wie es *beschaffen* sein muß; er hat eine gewisse Vorstellung davon, was bei seinen Zeilen herauskommen soll. Fast jedes seiner Werke läßt sich ziemlich säuberlich zerlegen in Exposition / Erörterung / Lösung, nicht unbedingt, weil sie tatsächlich so aufgebaut wurden, sondern weil Hardy instinktiv strukturierte. Das kommt bei ihm gewissermaßen von innen und spiegelt weniger seine Vertrautheit mit der zeitgenössischen lyrischen Szene wider als – wie bei Autodidakten oft der Fall – seine Lektüre der griechischen und römischen Klassiker.

Hardys starker Instinkt für Struktur erklärt auch, warum er sich als Stilist nie weiterentwickelte, warum seine Manier sich nie änderte. Vom Thema abgesehen, könnten seine frühen Gedichte gut und gern in seinen späten Bänden stehen und umgekehrt, und Daten wie Zuordnungen handhabte er ziemlich lässig. Seine größte Stärke war überdies nicht das Ohr, sondern das Auge, und seine Gedichte existierten für ihn, glaube ich, mehr als gedruckter denn als gesprochener Gegenstand; hätte er sie laut gelesen, wäre er selber ins Stottern gekommen, aber ich bezweifle, daß ihn das verlegen gemacht und zu Verbesserungen veranlaßt hätte. Anders ausgedrückt, für ihn war der wahre Sitz der Lyrik in seinem Kopf. Ganz gleich, wie öffentlich manche seiner Gedichte zu sein scheinen, im Grunde sind sie die geistige Vorstellung von öffentlicher Rede und verlangen gar nicht danach, tatsächlich vorgetragen zu werden. Selbst seine gefühlvollsten Stücke sind im wesentlichen geistige Gesten in eine Richtung, die wir in der Dichtung als Lyrismus kennen, und sie bleiben lieber auf dem Papier, als daß sie Ihren Lippen Bewegung verschaffen. Es fällt schwer, sich Mr. Hardy seine Zeilen in ein Mikrophon rezitierend vorzustellen; allerdings waren Mikrophone, glaube ich, damals noch nicht erfunden.

Warum drängt man ihn uns dann auf, mögen Sie hartnäckig nachfragen. Weil gerade diese Stimmlosigkeit, diese akustische Neutralität, wenn Sie so wollen, und diese Vorherrschaft des Rationalen über das Emotionale Hardy zu einer prophetischen Gestalt in der englischen Lyrik machen: deren Zukunft gefiel genau das. Auf merkwürdige Weise vermitteln seine Gedichte das Gefühl, als hielten sie Abstand zu sich selbst, als wären sie nicht so sehr Gedichte, sondern wahrten den Anschein, Gedichte zu sein. Hierin liegt eine neue Ästhetik, eine Ästhetik, die auf Kunstkonventionen nicht aus Emphase oder zwecks Selbstbehauptung besteht, sondern umgekehrt: als einer Art Tarnung, um mit dem Hintergrund, vor dem Kunst existiert, besser zu verschmelzen. Eine solche Ästhetik erweitert den Bereich der Kunst und läßt sie einen kräftigen Treffer landen, wann und wo er am wenigsten erwartet wird. Gerade da hat die Moderne sich blamiert, aber lassen wir das Vergangene ruhen.

Sie dürfen allerdings aus dem, was ich Ihnen erzählt habe, nicht schließen, Hardy sei kopflastiges Zeug. Im Gegenteil, seine Verse sind gänzlich bar jedweder hermetischen Geheimnisse. Einzigartig an ihm ist freilich seine außerordentliche Lust auf Unendliches, und anstatt daß die Zwänge der Konvention sie hemmen, scheinen sie sie noch zu verstärken. Aber so wirken Zwänge nun einmal auf eine normale, d.h. nicht egozentrische Intelligenz; und Unendliches ist der Standardtummelplatz der Lyrik. Im übrigen ist Hardy der Lyriker ein einigermaßen leichter Fall; Sie müssen sich nicht extra philosophisch warmlaufen, um ihn zu würdigen. Man könnte ihn sogar einen Realisten nennen, weil seine Dichtung enorm viel einfängt von der physischen und psychischen Realität seiner Zeit, die etwas pauschal als »viktorianisches England« bezeichnet wird.

Und doch würde man ihn nicht viktorianisch nennen. Weit mehr als seine Lebensdaten ist es die eben erwähnte Lust auf Unendliches, durch die er sich dieser und ebenso jeder anderen Definition entzieht – außer der als Dichter. Als eines Mannes, der Ihnen etwas über Ihr Leben erzählen kann, ganz unabhängig davon, wo und wann er seines gelebt hat. Nur daß man bei Hardy, wenn man »Dichter« sagt, keinen feurigen Erzähler vor sich sieht oder einen schwindsüchtigen Jüngling, der in Dunst und Hitze der Inspiration fieberhaft etwas hinkritzelt, sondern einen klarsichtigen, zunehmend bärbeißigen Mann, glatzköpfig, von mittlerer Größe, mit Schnauzbart und Adlerprofil, der oben in seinem Studierzimmer sorgfältig seine erbarmungslosen, wenn auch ungelenken Zeilen plant und gelegentlich über das, was dabei herauskommt, lacht.

Ich dränge ihn Ihnen nicht zuletzt wegen dieses Lachens auf. Für mich ist er eine sehr moderne Gestalt, und das nicht nur, weil seine Zeilen einen höheren Prozentsatz existentieller Wahrheit enthalten als die seiner Zeitgenossen, sondern weil sie sich unverkennbar ihrer selbst bewußt sind. Es ist, als sagten seine Gedichte einem: Ja, uns ist klar, daß wir ein Kunstprodukt sind, darum versuchen wir nicht, Sie mit unserer Wahrheit zu verführen; es ist uns auch eigentlich egal, wenn wir ein bißchen seltsam klingen. Wenn Sie, meine Jungen und Mädchen, diesen Dichter trotzdem schwierig finden, wenn seine Sprache Ihnen veraltet vorkommt, bedenken Sie, daß das Problem bei Ihnen liegen könnte anstatt bei dem Autor. Es gibt keine veraltete Sprache, es gibt nur einen verminderten Wortschatz. Darum spielt man heutzutage am Broadway keinen Shakespeare; offenbar hat das moderne Publikum mehr Mühe mit dessen Sprache als die Leute im Globe Theatre. Da haben Sie Ihren Fortschritt, bittesehr; und es gibt nichts Schwachsinnigeres als Rückschau vom Fortschrittsstandpunkt aus. Und nun auf zu »The Darkling Thrush«.

IV

»The Darkling Thrush« ist natürlich ein Gedicht der Jahrhundertwende. Aber angenommen, wir würden die Jahreszahl darunter nicht ansehen; angenommen, wir schlügen ein Buch auf und läsen es unvorbereitet. Normalerweise achtet man nicht auf das Datum unter einem Gedicht; überdies war Hardy, wie gesagt, alles andere als systematisch im Datieren seiner Werke. Stellen Sie sich also vor, Sie läsen es unvorbereitet, aus dem Stand, und bekämen die Jahreszahl erst am Schluß mit. Wovon, würden Sie sagen, handelt es?

Es ist ein Naturgedicht, würden Sie sagen, die Beschreibung einer Landschaft. An einem kalten grauen Wintertag streift ein Mann durch eine Landschaft, würden Sie sagen; er hält inne und betrachtet seine Umgebung. Es ist ein Bild der Trostlosigkeit, das von plötzlichem Vogelgezwitscher belebt wird, und das hebt seine Stimmung. Das würden Sie sagen, und Sie hätten recht; mehr noch, der Autor möchte, daß Sie genau das denken; ja, er besteht geradezu auf der Alltäglichkeit der Szene.

Warum? Weil er Ihnen endlich klarmachen möchte, daß ein neues Jahrhundert, eine neue Epoche – alles Neue – an einem grauen Tag anfängt, wenn man gedrückter Stimmung ist und nichts zu sehen ist, was das Auge fesselt. Daß am Anfang ein grauer Tag ist und nicht unbedingt das Wort. (In etwa sechs Jahren werden Sie nachprüfen können, ob er recht hatte oder nicht.) Für ein Gedicht zur Jahrhundertwende ist »The Darkling Thrush« bemerkenswert wenig eindringlich und frei von Jahrtausendgetue. Und zwar in einem solchen Maße, daß es fast gegen seine zeitliche Einordnung spricht; man fragt sich, ob die Jahreszahl nicht nachträglich unter das Gedicht gesetzt wurde, gestützt auf spätere Einsicht. Und wenn man ihn kennt, kann man sich das gut vorstellen, denn im Ausnutzen nachträglicher Einsicht war Hardy groß.

Wie auch immer, wir wollen mit diesem Naturgedicht fortfahren, wollen in Hardys Falle tappen. Es beginnt gleich in der ersten Zeile mit »coppice«*. Die Präzision bei der Benennung dieser speziellen Wuchsform zieht die Aufmerksamkeit des Lesers – vor allem eines modernen – auf sich, geht stillschweigend von der zentralen Bedeutung der Naturerscheinungen für das Gemüt des Sprechenden aus sowie von seiner Affinität zu ihnen. Sie schafft auch ein seltsames Sicherheitsgefühl am Beginn des Gedichts, da ein Mann, dem die Namen der Dickichte, Hecken und Pflanzen vertraut sind, schon per definitionem kaum wild oder auch nur gefährlich sein kann. Die Stimme, die wir in der ersten Zeile hören, ist die eines Verbündeten der Natur, und diese Natur, so gibt seine Sprache zu verstehen, ist im großen und ganzen menschenfreundlich. Außerdem lehnt er sich gegen dieses Forstgatter, das »coppice gate«, und ein Anlehnen signalisiert selten Aggression, nicht einmal geistige; wenn überhaupt, drückt es eher Aufnahme-

* Regelmäßig zurückgeschnittener Niederwald mit dichtem Unterholz. (Anm. d. Ü.)

bereitschaft aus. Auch läßt allein schon das »coppice gate« auf eine einigermaßen zivilisierte Natur schließen, die sich beinahe freiwillig an menschlichen Betrieb gewöhnt hat.

Das »spectre-gray« (geistergrau) in der zweiten Zeile könnte uns vielleicht warnen, wäre da nicht der mühlradgleiche Wechsel von vierfüßiger und dreifüßiger Zeile mit ihren Balladen- und Volksliedanklängen, die das Gespenstische von »spectre« so weit herunterspielen, daß wir eher »spectrum« als »spectre« hören und unsere Gedanken zum Reich der Farben hinüberwandern anstatt zu dem der heimatlosen Seelen. Was diese Zeile uns übermittelt, ist das Gefühl beherrschter Melancholie, um so mehr da sie das Metrum des Gedichts herstellt. »Gray« als Reimwort setzt die beiden *e*s in »spectre« in einer Art seufzendem Ausatmen frei. Wir hören ein wehmütiges *e-ih*, das mitsamt dem Bindestrich »shade« (Schatten) hier zu einem Farbton macht.*

Die nächsten beiden Zeilen, »And Winter's dregs made desolate / The weakening eye of day« (Und Winters Spuren machten das schwächer werdende Auge des Tages trostlos), legen das Vierzeilerschema fest, das in diesem zweiunddreißigzeiligen Gedicht durchgehalten wird, und erzählen uns im selben Atemzug, fürchte ich, etwas von den allgemeinen Ansichten des Autors über die Menschheit oder zumindest über deren Lebensräume. Die Entfernung zwischen jenem sich abschwächenden Auge des Tages, das vermutlich die Sonne ist, und jenen Spuren des Winters läßt letztere gewissermaßen den Boden umarmen und dabei das dem Winter unterstellte Weiß oder, wie hier wohl der Fall, Grau annehmen. Ich habe das bestimmte Gefühl, daß unser Dichter auf dörfliche Behausungen blickt, daß wir hier die Ansicht eines Tals haben, das auf die alte Trope von dem die Planeten bekümmernden menschlichen Schauspiel zurückgeht. Die »Spuren« sind na-

* Brodsky bezieht sich hier vermutlich auf eine frühere Fassung dieser Zeile, die nicht »When Frost was spectre-gray«, sondern »When shades were spectre-gray« lautete. (Anm. d. Ü.)

türlich nichts anderes als Bodensatz, das was zurückbleibt, wenn der Becher geleert ist. Darüber hinaus vermittelt die Wortverbindung »Winter's dregs« einem das Gefühl von einem Dichter, der die Sprache des achtzehnten und frühen neunzehnten Jahrhunderts entschlossen verabschiedet und mit beiden Füßen im zwanzigsten Jahrhundert steht.

Nun ja, zumindest mit einem Fuß, wie es sich für ein zur Jahrhundertwende geschriebenes Gedicht gehört. Zu den Extravergnügen, die die Lektüre Hardys bereitet, zählt die Beobachtung des ständigen Twostep der zeitgenössischen (also traditionellen) Sprache und seiner eigenen (das heißt modernen). Diese Dinge reiben sich im Gedicht aneinander, und damit dringt die Zukunft in die Gegenwart ein und ebenso in die Vergangenheit, an die die Sprache sich gewöhnt hat. Bei Hardy ist diese Reibung der Zeitstile so deutlich zu greifen, daß man den Eindruck hat, er gibt keinem Stil den Vorzug, schon gar nicht seinem eigenen, modernen. Auf eine wirklich neuartige Zeile, die einen stilistischen Durchbruch markiert, kann ohne weiteres eine Reihe so antiquierter Verse folgen, daß man deren Vorgänger darüber völlig vergißt. Nehmen Sie beispielsweise den zweiten Vierzeiler der ersten Strophe von »The Darkling Thrush«:

The tangled bine-stems scored the sky
  Like strings of broken lyres,
And all mankind that haunted nigh
  Had sought their household fires.

Die wirren Geißblattranken strichelten den Himmel
  wie Saiten geborstener Leiern,
und alle Menschen im näheren Umkreis
  hatten ihre häuslichen Feuer aufgesucht.

Die relativ moderne Bildersprache der ersten Zeile (durchaus vergleichbar der Anfangspassage von Frosts »Woodpile« [Holzstoß] in *North of Boston*) verkommt hier schnell zu einem Fin-de-siècle-Vergleich, der selbst zur Entstehungszeit des Gedichts den schalen Hauch der Nachahmung verströmt haben muß. Warum bemüht sich unser Dichter hier nicht um eine frischere Sprache, warum begnügt er sich mit offensichtlich viktorianischen – sogar Wordsworthschen – Tropen, warum versucht er nicht, seiner Zeit voraus zu sein, wozu er doch eindeutig imstande wäre?

Erstens, weil Lyrik noch kein Freistilrennen ist. Zweitens, weil das Gedicht sich in diesem Augenblick noch im Stadium der Exposition befindet. Die Exposition eines Gedichts ist der eigenartigste Teil, weil die Dichter an diesem Punkt meistens noch nicht wissen, welchen Weg das Gedicht nehmen wird. Daher neigen Expositionen dazu, lang zu sein, vor allem bei englischen Lyrikern und im neunzehnten Jahrhundert ganz besonders. Insgesamt besitzt man auf jener Seite des Atlantik einen größeren Vorrat an Anspielungen und Verweisen, während wir hier hauptsächlich auf uns selbst angewiesen sind. Fügen Sie dem das schiere Vergnügen des Verseschreibens hinzu, des Einarbeitens aller möglichen Echos in das von Ihnen verfertigte Gewebe, und Sie werden feststellen, daß dic Vorstellung, jemand sei »seiner Zeit voraus«, trotz ihres schmeichelnden Untertons im wesentlichen späterer Einsicht zu danken ist. Im zweiten Vierzeiler der ersten Strophe hinkt Hardy seiner Zeit klar hinterher, und es macht ihm nicht das geringste aus.

Vielmehr findet er es wunderbar. Hauptsächlich haben wir hier ein Echo der Ballade – ein Begriff, der sich von *ballare*, tanzen, herleitet. Sie ist ein Eckstein der Poetik Hardys. Jemand müßte einmal den Prozentsatz balladesker Metren im Schaffen dieses Lyrikers ausrechnen; er könnte leicht bei über fünfzig liegen. Das erklärt sich weniger daraus, daß der junge Thomas Hardy auf ländlichen Jahrmärkten die Fiedel zu spielen pflegte, als aus dem Hang der englischen Ballade zu Bluttat und Strafe, aus ihrem inhärenten Anklang an die *danse macabre*. Der Hauptreiz von Balladenweisen ist gerade das Tänzerische – das Spielerische, wenn Sie so wollen –, das sie vom ersten Ton an als Kunststück kennzeichnet. Eine Ballade – und das gilt auch für balladeske Metren – verkündet dem Leser: Sieh her, ich muß nicht ganz für bare Münze genommen werden; und Lyrik ist eine zu alte Kunst, um diese Gelegenheit, Selbstbewußtheit zur Schau zu stellen, nicht zu nutzen. Daß balladeske Weisen vorherrschen, deckt sich – »überlappt sich« ist das bessere Verb – bei Hardy daher einfach mit der Weltsicht des Agnostikers, rechtfertigt im Vorbeigehen eine alte Redewendung (»haunted nigh«) oder einen abgedroschenen Reim (»lyres« / »fires«), außer daß »lyres« uns auf die Selbstbezüglichkeit des Gedichts vorbereiten müßte.

Die nächste Strophe ist voll davon. Sie ist eine Verschmelzung von Exposition und Darlegung des Themas. (Des Landes scharf umrissene Züge schienen / des Jahrhunderts ausgestellter Leichnam zu sein, / seine Krypta der Wolkenbaldachin, / der Wind seine Totenklage.) Das Jahrhundertende ist hier als der Tod eines Mannes dargestellt, der wohl aufgebahrt daliegt. Um diese Behandlung besser würdigen zu können, müssen wir uns auf Hardys anderes Gewerbe besinnen: das des Kirchenbaumeisters. Von daher unternimmt er hier etwas ganz Erstaunliches, wenn er den Leichnam der Zeit in die Kirche der Elemente verlegt. Was dieses Unterfangen ihm kongenial macht, ist zunächst einmal der Umstand, daß sechzig Jahre des Jahrhunderts seine eigenen sind. In gewissem Sinn gehören ihm sowohl das Bauwerk als auch ein großer Anteil dessen, was darin ist. Diese zwiefache Affinität rührt nicht nur von der gegebenen Landschaft zu der gegebenen Jahreszeit her, sondern auch von seiner wohlgeübten Selbstmißbilligung, die bei einem Sechzigjährigen ja durchaus überzeugend ist.

The ancient pulse of germ and birth
  Was shrunken hard and dry,
And every spirit upon earth
  Seemed fervourless as I.

Der alte Pulsschlag von Keim und Geburt
war hart und trocken geworden,
und jede Seele auf Erden
schien glutleer zu sein wie ich.

Daß er noch etwa achtundzwanzig Jahre vor sich hatte (in deren Verlauf er mit vierundsiebzig noch einmal heiratete), besagt nichts, da er sich dessen nicht bewußt sein konnte. Ein forschendes Auge könnte hier sogar das »shrunken« (geschrumpft) aufs Korn nehmen und in jenem »pulse of germ and birth« etwas Euphemistisches wahrnehmen. Das wäre jedoch so verkleinernd wie irrelevant, denn der geistige Gestus dieses Vierzeilers ist weit großartiger und entschlossener als jede persönliche Klage. Er endet mit »I«, und die klaffende Zäsur nach »fervourless« verleiht diesem »as I« etwas ungeheuer Einzigartiges.

Nun ist die Exposition vorbei, und hätte das Gedicht hier aufgehört, hätten wir immerhin eine gute Naturskizze von der Art, wie sie das Korpus manches Dichterwerks aufbläht. Viele Gedichte, besonders die, die Natur zum Thema haben, sind im wesentlichen nämlich nichts als ausgedehnte Expositionen, die nicht mehr an ihr Ziel gelangt sind, abgelenkt gewissermaßen durch die Freude am Erreichten.

Nichts Derartiges geschieht je bei Hardy. Er scheint immer zu wissen, worauf er hinaus will, und Freude ist für ihn im Gedicht weder ein Prinzip noch berücksichtigenswert. Wohlklang ist ihm nicht wichtig, und er instrumentiert seine Zeilen ziemlich dürftig, bis er bei der schlagenden Zeile des Gedichts angelangt ist oder bei dem entscheidenden Punkt, den das Gedicht zu machen sucht. Darum fließen seine Expositionen nicht sonderlich sanft dahin; tun sie es doch – wie es in »The Darkling Thrush« der Fall ist –, steht dahinter mehr ein glücklicher Zufall als Absicht. Bei Hardy kommt das Hauptwagnis eines Gedichts immer erst gegen Ende. Im großen und ganzen vermittelt er den Eindruck, daß ein Vers für ihn nur Transportmittel ist, gerechtfertigt und vielleicht sogar geheiligt nur durch das Ziel des Gedichts. Sein Ohr ist selten besser als sein Auge, doch beide sind seinem Verstand unterlegen, der sie seinen Zwecken unterwirft und das manchmal schroff.

Was wir also bis hierher vor uns haben, ist ein Bild äußerster Trostlosigkeit, eines Mannes und einer Landschaft, die beide in ihr Todgeweihtsein eingesperrt sind. Die nächste Strophe bietet einen Schlüssel:

At once a voice arose among
  The bleak twigs overhead
In a full-hearted evensong
  Of joy illimited;
An aged thrush, frail, gaunt, and small
  In blast-beruffled plume,
Has chosen thus to fling his soul
  Upon the growing gloom.

Auf einmal stieg eine Stimme in
  den kahlen Zweigen droben auf
in einem von Herzen kommenden Abendgesang
  von unermeßlichem Jubel;
Eine ältliche Drossel, schwächlich, mager und klein,
  in windzerzaustem Federkleid,
hat ihre Seele so entgegenzuschleudern beschlossen
  der zunehmenden Düsternis.

Diese Strophe ist ein gefundener Schatz für jeden, der sich für Hardy interessiert. Nehmen wir die Geschichte für bare Münze und sehen wir zu, was unser Dichter vorhat. Er hat vor, einen Ausweg aus der Sackgasse der vorhergehenden Zeile aufzuzeigen. Aus Sackgassen hinaus kommt man nur himmelwärts oder rückwärts. »Arose« und »overhead« sagen Ihnen, welchen Weg unser Dichter wählt. Er steuert hier eine naturgetreue Elevation an; eine Epiphanie im Grunde, ein vollständiges Abheben mit klar umrissenen kirchlichen Konnotationen. Doch das Bemerkenswerte an diesem Abheben ist die Befangenheit, die den lyrischen Ausbruch von »In a full-hearted evensong / Of joy illimited« begleitet. Diese Befangenheit offenbart sich in der daktylischen Unterhöhlung von »evensong« wie von »illimited«: beide Wörter folgen auf eine Zäsur und klingen wie ein Ausatmen; als lösten sich diese Zeilen, die als Behauptungen beginnen, in seiner Kehle zu Vorbehalten auf.

Dies spiegelt weniger die begreifliche Schwierigkeit, die ein Agnostiker mit kirchlichem Vokabular haben mag, als vielmehr Hardys wahre Demut. Mit anderen Worten, das Abheben des Glaubens wird hier gehemmt von den ernstlichen Zweifeln des Sprechers, diese Mittel der Elevation benutzen zu dürfen. »An aged thrush, frail, gaunt, and small, / In blast-beruffled plume« ist natürlich Hardys Selbstporträt. Sein Adlerprofil war berühmt, und mit dem flatternden Haarbüschel über seinem Kahlschädel hatte sein Äußeres in der Tat etwas Vogelähnliches – ganz besonders im Alter, nach den vorhandenen Photographien zu urteilen. (»Gaunt« – mager, hager – ist sein Lieblingswort, geradezu eine Signatur, nicht zuletzt, weil es sich von der Literatursprache des achtzehnten und beginnenden neunzehnten Jahrhunderts so deutlich absetzt.)

Jedenfalls verhält sich der Vogel hier nicht nur wie ein Sänger oder Barde, sondern hat auch dessen äußere Kennzeichen. Dies ist unseres Dichters Entree in die Gefühlswelt des Vogels, und es bringt uns eine der großartigsten Zeilen der englischen Lyrik des zwanzigsten Jahrhunderts.

Es stellt sich heraus, daß eine ältliche Drossel von nicht sonderlich einnehmendem Äußeren

Had chosen thus to fling his soul
Upon the growing gloom.

Was das Auswählen betrifft, ist »fling« (werfen, schleudern) hier unschlagbar. Die äußere Ähnlichkeit zwischen Vogel und

Sänger vorausgesetzt, tut dieser Zweizeiler, indem er die Einstellung des einen zur Wirklichkeit bezeugt, dasselbe für den zweiten. Und müßte man die Philosophie bestimmen, die dieser Einstellung zugrunde liegt, würde man sicher endlos zwischen Epikureismus und Stoizismus schwanken. Zum Glück ist Terminologie nicht unser vordringliches Problem. Weitaus dringender ist die Notwendigkeit, diesen Zweizeiler in unseren Organismus einzusaugen, sagen wir, für die dunkle Jahreszeit.

Wäre das Gedicht hier zu Ende, hätten wir ein außerordentliches Stück moralischer Unterweisung; sie sind in der Lyrik dünn gesät, aber immerhin gibt es sie. Überdies sieht Lyrik die Überlegenheit des Tierreichs (insbesondere der Vögel) als erwiesen an. Ja, die Vorstellung von dieser Überlegenheit gehört zum typischen Zierat von Lyrik. An »The Darkling Thrush« nun ist ganz erstaunlich, daß der Autor eigentlich diese Vorstellung abwehrt, die er doch selbst übernommen hat und im Verlauf des Gedichts wieder an den Mann zu bringen sucht. Mehr noch, indem er das tut, wehrt er sich fast gegen die gelungensten aller seiner Zeilen. Worauf hofft er? Was treibt ihn?

Schwer zu sagen, außer daß er möglicherweise die eigene Glanzleistung nicht erkennt und daß das, was ihn ihr gegenüber blind macht, sein metaphysisches Verlangen ist. Eine andere Erklärung dafür, daß er hier mit der vierten Strophe weitermacht, ist diesem Verlangen nah verwandt: der Sinn für Symmetrie. Wer gebundenen Vers schreibt, wird immer vier achtzeiligen Strophen den Vorzug geben vor drei, und wir sollten den Kirchenbaumeister in Hardy nicht vergessen. Vierzeiler lassen sich mit klanglichen Quadern vergleichen. Als solche neigen sie dazu, eine Ordnung zu erzeugen, die am befriedigendsten ist, wenn durch vier teilbar. Die sechzehnzeilige Exposition erfordert naturgemäß – für Verstand, Ohr und Auge unseres Dichters – mindestens dieselbe Anzahl von Zeilen für den Rest.

Um es weniger idiosynkratisch auszudrücken: das Strophenschema bestimmt die Länge eines Gedichts ebenso, wie dessen Handlung es tut, wenn nicht mehr. »So little cause for carolings / Of such ecstatic sound« (So wenig Grund für Jubellieder / von so ekstatischem Klang) ist zwar, dramaturgisch gesehen, die Lösung, vor allem aber der von den vorangehenden vierundzwanzig Zeilen geschaffene klangliche Imperativ, der auf Auflösung drängt. Die Länge eines Gedichts, mit anderen Worten, ist sein Atem. Die erste Strophe ist Einatmen, die zweite Ausatmen, die dritte Einatmen ... Erraten Sie, wozu man die vierte Strophe braucht? Um den Zyklus zu vollenden.

Sie erinnern sich, daß dies ein Gedicht über den Blick in die Zukunft ist. Als solches muß es ausgewogen sein. Unser Mann, obzwar Dichter, ist kein Utopist; noch kann er sich die Pose eines Propheten oder Sehers erlauben. Das Thema selbst trägt per definitionem zu viel Ungenauigkeit in sich; also wird hier von einem Dichter Nüchternheit verlangt, ob er nun vom Temperament pessimistisch oder optimistisch veranlagt ist. Daher der absolut bemerkenswerte Sprachgehalt der vierten Strophe mit ihrer Verschmelzung von Juristensprache (»cause ... Was written« – Grund / Gegenstand / ›causa‹ ... wurde geschrieben) mit moderner Distanz (»on terrestrial things« – über irdische / terrestrische Dinge) und anheimelnd Archaischem (»Afar or nigh around« – fern oder nah).

»So little cause for carolings / Of such ecstatic sound / Was written on terrestrial things« verrät weniger das einmalig Zupackende unseres Dichters als vielmehr seine Unvoreingenommenheit gegenüber jeder Sprachebene, der er sich im Gedicht bedient. Hardys ganze Einstellung zur Poetik hat etwas erschreckend Demokratisches und ließe sich zusammengefaßt ausdrücken mit »solange es funktioniert«.

Achten sie auf den elegischen Anfang dieser Strophe, deren Ton wegen des »growing gloom« in der Zeile davor desto ergreifender ist. Der Ton steigt noch immer an, wir sind noch immer auf eine Elevation aus, auf einen Ausweg aus unserer

Sackgasse. »So little cause« – Zäsur – »for carolings / Of such ecstatic« – Zäsur – »sound . . . «. »Ecstatic« trägt einen Ausruf, ebenso wie – nach der Zäsur – »sound«.

Stimmlich ist dies die höchste Stelle der Strophe; selbst »whereof he knew / And I was unaware« (wovon sie wußte und ich nichts ahnte) ist einige Noten tiefer. Und doch hält der Dichter, so erkennen wir, selbst an diesem höchsten Punkt seine Stimme unter Kontrolle, weil »carolings / Of such ecstatic sound« das sind, wozu »a full-hearted evensong« herunterkommt; was heißen soll, daß die Wertung der Vogelstimme eine Zurückstufung erfahren hat, bei der Kirchensprache gewissermaßen durch Laienrede verdrängt wird. Und dann kommt dies unglaubliche »Was written on terrestrial things«, dessen Abgehobensein von irgendwelchen Einzelheiten vermutlich den Blickpunkt entweder des »weakening eye of day« oder zumindest des Vogels selbst zeigt, und darum haben wir hier das archaische – was heißen soll, unpersönliche – »Afar or nigh around«.

Das Pauschale und Unpersönliche sind allerdings keinem der beiden zuzuordnen, sondern eher ihrer Verschmelzung, wobei der Schmelztiegel die Seele des Dichters ist oder, wenn Sie so wollen, die Sprache selbst. Lassen Sie uns bei dieser außerordentlichen Zeile – »Was written on terrestrial things« – noch etwas länger verweilen, denn sie hat sich in dies Jahrhundertwendegedicht von dorther eingeschlichen, wo kein Dichter je zuvor gewesen ist.

Die Wortverbindung »terrestrial things« weist auf eine Distanz hin, deren Natur nicht eigentlich menschlich ist. Der Standpunkt, den man hier durch die Nachbarschaft zweier abstrakter Begriffe erlangt, ist streng genommen unbelebt. Das einzige Zeugnis menschlichen Wirkens ist, daß wir es mit tatsächlich »Geschriebenem« zu tun haben; das läßt einen spüren, daß die Sprache zu Anordnungen imstande ist, die ein menschliches Wesen bestenfalls auf die Funktion eines Schreibers reduzieren. Daß Sprache aus dem Reich nichtmenschlicher Wahrheiten und Abhängigkeiten ins Menschengebiet einströmt, daß sie letztlich die Stimme unbelebter Materie ist und daß Lyrik hie und da nur eben ihren Kräuseleffekt registriert.

Ich bin weit entfernt davon nahezulegen, daß Thomas Hardy gerade hierauf in dieser Zeile aus war. Eher war es das, worauf diese Zeile bei Thomas Hardy aus war, und er reagierte. Und als wäre er etwas verblüfft über das, was seiner Feder entfloß, versuchte er es mit Hilfe der vertraut viktorianischen Sprache von »Afar or nigh around« zu zähmen. Dennoch war die Sprache dieser Wortverbindung dazu bestimmt, in zunehmendem Maße die Sprache der Lyrik im zwanzigsten Jahrhundert zu werden. Es sind nur zwei oder drei Jahrzehnte von »terrestrial things« zu Audens »necessary murder« (notwendiger Mord) und »artificial wilderness« (künstliche Wildnis). Allein um der Zeile mit den »terrestrial things« willen ist »The Darkling Thrush« ein Jahrhundertwendegedicht.

Und daß Hardy auf die unbeseelte Stimme dieser Wortverbindung reagierte, lag offensichtlich daran, daß er darauf eingestellt war, auf so etwas zu achten – nicht nur dank seines Agnostizismus (was schon ausreichend wäre), sondern dank des aufwärtsgerichteten Vektors praktisch jedes Gedichts, dank dessen Hinstreben zur Epiphanie. Im Prinzip läuft ein Gedicht so weit die Seite hinunter, wie es geistig aufsteigt, und »The Darkling Thrush« hält sich eng an dieses Prinzip. Auf dieser Bahn ist Irrationales kein Hindernis, und die drei- und vierfüßigen Balladenzeilen zeugen von einer beträchtlichen Vertrautheit mit dem Irrationalen:

That I could think there trembled through
   His happy good-night-air
Some blessed Hope, whereof he knew
   And I was unaware.

Daß ich meinen konnte, durch
   ihre glückliche Gute-Nacht-Weise zittere

eine selige Hoffnung, von der sie wußte
und ich nichts ahnte.

Was unseren Autor zu dieser »seligen Hoffnung« bringt, ist vor allem der zentrifugale Impuls, den die Massierung von dreißig abwechselnd vier- und dreifüßigen Zeilen entwickelt, die auf stimmliche oder geistige Auflösung drängt oder auf beides. In diesem Sinn handelt dies Jahrhundertwendegedicht sehr von sich, von seiner Komposition, die – durch glücklichen Zufall – ebenso auf das Finale zustrebt, wie das Jahrhundert es tut. Ein Gedicht bietet hier einem Jahrhundert seine eigene, nicht notwendig rationale Version der Zukunft und macht dadurch das Jahrhundert möglich. Entgegen aller Wahrscheinlichkeit, entgegen dem Fehlen einer »causa«.

Und das Jahrhundert – das bald vorbei sein wird – hat sich bei diesem Gedicht prächtig revanchiert, wie wir in diesem Kollegraum sehen. Jedenfalls hat sich, was Prophezeiungen betrifft, »The Darkling Thrush« als nüchterner und genauer erwiesen als, sagen wir, »The Second Coming« von W. B. Yeats. Eine Drossel hat sich als verläßlichere Quelle erwiesen als ein Falke; vielleicht weil diese Drossel sich Mr. Hardy um die zwanzig Jahre früher gezeigt hat. Vielleicht weil Monotonie besser mit dem Idiom der Zeit harmoniert als ein Schrei.

Wenn also »The Darkling Thrush« ein Naturgedicht ist, ist es das nur zur Hälfte, da Sänger wie Vogel Ergebnis dieser Natur sind und nur einer von ihnen, um es plump auszudrücken, Hoffnung hegt. Es ist eher ein Gedicht über zwei Wahrnehmungen derselben Wirklichkeit, und damit ist es eindeutig philosophische Lyrik. Es gibt hier keine Hierarchie von Hoffnung und Hoffnungslosigkeit, die in dem Gedicht mit beachtlicher Unparteilichkeit verteilt sind – sicher nicht zwischen ihren Trägern, da unsere Drossel, wie ich versucht bin aufzuzeigen, nicht umsonst alt geworden (»aged«) ist. Sie ist herumgekommen, und ihre »selige Hoffnung« ist so begründet wie deren Fehlen. Die Zäsur in der letzten Zeile, die »unaware« isoliert, ist beredt genug, um Bedauern zu dämpfen und dem letzten Wort etwas Bejahendes zu geben. Die »selige Hoffnung« gilt schließlich der Zukunft; darum hat hier die Vernunft das letzte Wort.

V

Zwölf Jahre später – aber noch bevor der Raubvogel des irischen Sängers gen Bethlehem zog – sank das britische Passagierschiff *Titanic* auf seiner Jungfernfahrt nach dem Zusammenstoß mit einem Eisberg. Über 1500 Menschen starben. Das war vermutlich die erste von vielen Katastrophen, für die das von Thomas Hardys Drossel eingeführte Jahrhundert berühmt wurde.

»The Convergence of the Twain« (Das Zueinanderstreben der Zwei) wurde kaum zwei Wochen nach der Katastrophe geschrieben; es wurde kurz darauf veröffentlicht, am 14. Mai. Am 14. April war die *Titanic* gesunken. Mit anderen Worten, die wütende Kontroverse über die Unglücksursachen, der Prozeß gegen die Reederei, die erschütternden Berichte der Überlebenden usw. – all das stand noch bevor zu der Zeit, als das Gedicht verfaßt wurde. Von Seiten unseres Dichters entspricht das Gedicht damit einer Reaktion aus dem Bauch; mehr noch, über dem ersten Abdruck stand »Improvisiert zum Untergang der *Titanic*«.

Welche Saite schlug dieses Unglück also in Mr. Hardy an? »The Convergence of the Twain« wird von der Berufskritik üblicherweise entweder als Verurteilung des technischen Allmachtswahns des modernen Menschen rubriziert oder als der Gesang von der Strafe für Überheblichkeit und übertriebenen Luxus. Das Gedicht ist beides, ganz ohne Zweifel. Die *Titanic* war ein Wunder des modernen Schiffbaus wie an Protzigkeit. Nicht weniger als am Schiff scheint unser Dichter allerdings am Eisberg interessiert zu sein. Es ist die typische Dreiecksform des Eisbergs, die den Strophen des Gedichts Gestalt gibt. Und ebenso formt die unbelebte Natur des »Shape of Ice« den Inhalt des Gedichts.

Gleichzeitig, wäre anzumerken, deutet die Dreiecksform das Schiff an: indem sie auf die Standarddarstellung eines Segels anspielt. Auch könnte angesichts der baumeisterlichen Vergangenheit unseres Dichters diese Form für ihn die Nebenbedeutung eines kirchlichen Bauwerks oder einer Pyramide haben. (Jede Tragödie stellt letztlich ein Rätsel dar.) Im Vers wäre der Unterbau einer solchen Pyramide ein sechshebiges Metrum – Hexameter oder jambischer Trimeter, dessen Zäsur seine sechs Füße in zweimal drei teilt: praktisch das längste verfügbare Metrum und eines, dem Mr. Hardy besonders zugetan war, vielleicht weil er sich Griechisch selber beigebracht hatte.

Seine Vorliebe für figürlichen Vers (der von der griechischen Lyrik der alexandrinischen Zeit auf uns gekommen ist) darf zwar nicht überbetont werden, doch seine Unternehmungslust bei Strophenmustern war groß genug und ließ ihn auch das Bewußtsein für die visuelle Dimension seiner Gedichte genügend entwickeln, um so vorzugehen. Jedenfalls ist die Strophengestalt von »The Convergence of the Twain« eindeutig Absicht, wie die zwei dreihebigen Verse und der eine Hexameter zeigen (der normalerweise im Englischen eben durch zwei dreihebige Verse ausgedrückt wird – auch ein Zueinanderstreben von zweien), die vom Dreierreim zusammengehalten werden.

I

In a solitude of the sea
Deep from human vanity,
And the Pride of Life that planned her, stilly couches she.

II

Steel chambers, late the pyres
Of her salamandrine fires,
Cold currents thrid, and turn to rhythmic tidal lyres.

III

Over the mirrors meant
To glass the opulent
The sea-worm crawls – grotesque, slimed, dumb, indifferent.

IV

Jewels in joy designed
To ravish the sensuous mind
Lie lightless, all their sparkles bleared and black and blind.

V

Dim moon-eyed fishes near
Gaze at the gilded gear
And query: »What does this vaingloriousness down here?«

VI

Well: while was fashioning
This creature of cleaving wing,
The Immanent Will that stirs und urges everything

VII

Prepared a sinister mate
For her – so gaily great –
A Shape of Ice, for the time far and dissociate.

VIII

And as the smart ship grew
In stature, grace, and hue
In shadowy silent distance grew the Iceberg too.

IX

Alien they seemed to be:
Nor mortal eye could see
The intimate welding of their later history,

X

Or sign that they were bent
By paths coincident
On being anon twin halves of one august event,

XI

Till the Spinner of the Years
Said »Now!« And each one hears,
And consummation comes, and jars two hemispheres.

Hier haben Sie ein redliches Gelegenheitsgedicht in der Form einer öffentlichen Ansprache. Im Grunde ist es eine feierliche Rede; man hat das Gefühl, sie müßte von einer Kanzel herab gesprochen werden. Die Eingangszeile – »In a solitude of the sea« (In der Einsamkeit der See) – ist stimmlich wie visuell außerordentlich raumgreifend, verweist auf die Weite des Meereshorizonts und eine elementare Autonomie solchen Ausmaßes, daß sie ihre eigene Einsamkeit wahrzunehmen imstande ist.

Wenn nun die Eingangszeile die weite Oberfläche abtastet, trägt einen die zweite Zeile – »Deep from human vanity« (tief verborgen der Mencheneitelkeit) – weiter fort von der Sphäre der Menschen, geradewegs ins Herz dieses völlig abgeschiedenen Elements. Ja, die zweite Zeile ist die Aufforderung zu der Unterwasserfahrt, die die erste Hälfte des Gedichts – wieder eine sehr lange Exposition! – ausmacht. Gegen Ende der dritten Zeile ist der Leser mitten auf einer regelrechten Tauchexpedition.

Dreihebige Verszeilen sind eine heikle Sache. Klanglich mögen sie lohnend sein, aber inhaltlich sind sie naturgemäß beschränkt. Am Beginn des Gedichts helfen sie unserem Dichter, den Klangcharakter herzustellen; doch er will auch mit dem Gedicht vorankommen. Dafür nimmt er die dritte recht geräumige sechshebige Zeile her, in der er nun tatsächlich auf sehr geschäftsmäßige, tatendurstige Weise fortfährt:

And the Pride of Life that planned her, stilly couches she.

und dem Lebensstolz, der sie plante, ruht sie still.

Bemerkenswert an der ersten Hälfte der Zeile sind die gehäuften Hebungen und ebenso, was sie einführen: das rhetorische, abstrakte Konstrukt, das zu allem Überfluß auch noch groß geschrieben wird. Zwar ist »Pride of Life« (Lebensstolz) syntaktisch natürlich verbunden mit »human vanity« (Menscheneitelkeit), aber das hilft uns wenig, weil »human vanity« a) nicht groß geschrieben ist und b) immerhin ein klarerer und vertrauterer Begriff ist als »Pride of Life«. Ferner geben die beiden *n*s in »that planned her« einem das Gefühl von einer äußerst gepreßten Sprache – Typ Flaschenhals –, die besser zu einem Leitartikel paßt als zu einem Gedicht.

Kein Dichter, der bei Sinnen ist, würde versuchen, all dies in eine Halbzeile zu quetschen: es ist kaum aussprechbar. Andererseits gab es ja, wie wir angemerkt haben, noch keine Mikrophone. Tatsächlich läßt sich »And the Pride of Life that planned her« trotz der problematischen mechanischen Skandierung laut vortragen – die Wirkung ist die übertriebener Emphase und die Anstrengung dabei offensichtlich. Die Frage ist, warum tut Thomas Hardy das? Und die Antwort ist, weil er darauf vertraut, daß das Bild des am Meeresgrund ruhenden Schiffes und der Dreierreim diese Strophe tragen.

»Stilly couches she« ist nun wirklich ein wunderbares Gegengewicht zu dem unhandlichen Haufen von Hebungen, der dem vorangeht. Die beiden *l*s – ein »liquider« Konsonant – in »stilly« lassen das sanfte Wiegen des Schiffskörpers fast mitempfinden. Und der Reim hält die weibliche Natur des Schiffs fest umklammert, die schon das Verb »couches« betont. Angesichts der Absichten des Gedichts ist es in der Tat Zeit für diesen Wink.

Was sagt nun das Verhalten unseres Dichters in dieser Strophe und vor allem in deren dritter Zeile über ihn aus? Daß er ein guter Rechner ist (zumindest zählt er seine Hebungen). Auch, daß seine Feder weniger von einem Gefühl für Harmonie als von seiner zentralen Idee vorangetrieben wird und daß sein Dreierreim erst an zweiter Stelle eine klangliche Notwendigkeit, an erster Stelle aber ein struktureller Kunstgriff ist. Reimlich haben wir in dieser Strophe nichts Umwerfendes. Bestenfalls etwas äußerst Zweckdienliches und zugleich ein Echo auf das bisweilen Dunbar zugeschriebene wundervolle Gedicht aus dem 15. Jahrhundert:

In what estate so ever I be
Timor mortis conturbat me …
»All Christian people, behold and see:
This world is but a vanity
And replete with necessity.
Timor mortis conturbat me.«

Wo immer ich auch geh und steh,
Timor mortis conturbat me …
»All Christenvolk, schaut her und seht:
Die Welt ist eitel nur und öd
und übervoll von Not und Weh.
Timor mortis conturbat me.«

Es ist tatsächlich gut möglich, daß gerade dieses Gedicht »The Convergence of the Twain« in Gang gesetzt hat, weil es vor allem ein Gedicht über Eitelkeit und Not wie natürlich auch über Todesfurcht ist. Was jedoch den zweiundsiebzigjährigen Hardy in seinen Versen verstört, sind eben gerade Not bzw. Notwendigkeit.

Steel chambers, late the pyres
Of her salamandrine fires,
Cold currents thrid, and turn to rhythmic tidal lyres.

Stahlkammern, zuvor die Scheiterhaufen
ihrer salamanderartigen Feuer,
durchschlängeln kalte Strömungen und wandeln sich zu
rhythmischen Gezeitenleiern.

Wir sind hier wirklich auf Unterwasserfahrt, und obwohl die Reime um nichts besser werden (wir begegnen unserem alten Freund »Leiern«), ist diese Strophe eindrucksvoll wegen ihres visuellen Gehalts. Wir befinden uns eindeutig im Maschinenraum, und man sieht die gesamte Maschinerie in den zitternden Brechungen des Wassers. Das wirkliche Starwort in dieser Strophe ist »salamandrine«. Von den mythologischen und metallurgischen Konnotationen abgesehen, beschwört dieses viersilbige eidechsenhafte Epitheton auf wunderbare Weise die Zitterbewegung des dem Wasser genau entgegengesetzten Elements herauf: des Feuers. Gelöscht und doch durch Brechung gewissermaßen in Gang gehalten.

»Kalt« in »Cold currents thrid, and turn to rhythmic tidal lyres« unterstreicht diese Wandlung; insgesamt aber ist die Zeile hochinteressant, weil sie wohl eine verborgene Metapher zum Kompositionsvorgang dieses Gedichts enthält. An der Oberfläche – oder vielmehr darunter – haben wir die Bewegung der auf die Küste (oder eine Bucht oder einen geschützten kleinen Hafen) zurollenden Wellen, die wie das Horn einer Leier aussieht. Die Brecher sind dann ihre gespielten Saiten. Das Verbum »thrid« – eine archaische oder Dialektform von »thread« (ein-, auffädeln, sich schlängeln durch) – drückt nicht nur das Sichschlängeln von Ton und Bedeutung von Zeile zu Zeile aus, sondern evoziert klanglich auch die Dreiecksgestalt der dreizeiligen Strophe. Mit anderen Worten, mit dem Voranschreiten von »fire« zu »cold« gelangen wir hier zu einem Kunst-Stück, das auf künstlerisches Selbstbewußtsein im allgemeinen und angesichts der Behandlung einer großen Tragödie in diesem Gedicht bei Hardy im besonderen verweist. Denn, offen gesagt, fehlen »The Convergence of the Twain« jene »heftigen« Gefühle, wie sie angesichts der Zahl der verlorenen Menschenleben angebracht erscheinen könnten. Es ist ein gänzlich unsentimentales Werk, und in der zweiten Strophe enthüllt unser Autor ein wenig (höchstwahrscheinlich unbewußt) seine Vorgehensweise.

Over the mirrors meant
To glass the opulent
The sea-worm crawls – grotesque, slimed, dumb, indifferent.

Über die Spiegel, dazu gedacht,
die Begüterten widerzuspiegeln,
kriecht der Ringelwurm – grotesk, schleimig, stumm,
gleichgültig.

Von dieser Stelle rührt, glaube ich, der Ruf des Gedichts her, sozialkritisch zu sein. Natürlich ist es das, aber doch nur zum geringsten Teil. Die *Titanic* war tatsächlich ein schwimmender Palast. Ballsaal, Kasino und auch die Kabinen waren gebaut, um Luxus auf höchster Stufe neu zu definieren, ihre Ausstattung war verschwenderisch. Um das auszudrücken, verwendet der Autor das Verb »to glass«, das den Reichtum verdoppelt und zugleich dessen Eindimensionalität verrät: er hat Glasstärke. Doch ist Mr. Hardy, wie ich meine, in der hier gezeichneten Szene weniger an der Entlarvung der Reichen interessiert als an der Diskrepanz zwischen der Absicht und dem Ergebnis. Der über den Spiegel kriechende Ringelwurm steht nicht für das Wesen des Kapitalismus, sondern ist Gegensatz zu den Begüterten, den »opulent«.

Die Abfolge der negativen Epitheta zur näheren Bestimmung jenes Ringelwurms sagt uns eine ganze Menge über Mr. Hardy selbst. Um nämlich den Wert eines negativen Epithetons zu ermessen, sollte man es immer zunächst auf sich selbst anzuwenden versuchen. Als Lyriker und erst recht als Verfasser von Romanen wird Thomas Hardy das mehr als einmal getan haben. Darum kann und muß man diese Abfolge negativer Epitheta als Spiegelung seiner Hierarchie menschlicher Fehler sehen, wobei der schwerwiegendste an letzter Stelle steht. Und an letzter Stelle und dazu noch als Reimwort steht »indifferent«. Das macht »grotesque, slimed, dumb« zu geringeren Übeln. Zumindest sind sie das vom Standpunkt des Autors; und man kann nicht umhin, das auf »indifferent« lastende Gewicht in diesem Zusammenhang für vielleicht auf ihn selbst bezogen zu halten.

Jewels in joy designed
To ravish the sensuous mind
Lie lightless, all their sparkles bleared and black and blind.

Juwelen, mit Freuden entworfen,
um das sinnenfrohe Gemüt zu entzücken,
liegen lichtlos da, all ihr Funkeln eingetrübt, schwarz und blind.

Vielleicht kann ich jetzt mindestens so gut wie später darauf hinweisen, daß Hardy hier filmisch vorgeht, Einstellung für Einstellung, und daß er das 1912 tut, lange bevor Film zur täglichen – nun ja, nächtlichen – Wirklichkeit wurde. Ich glaube, ich habe irgendwo gesagt, daß die Lyrik die Montagetechnik erfunden hat, nicht Eisenstein. Die vertikale Anordnung von Strophen auf einer Seite *ist* ein Film. Vor ein paar Jahren zeigte eine Bergungsgesellschaft, die die *Titanic* zu heben versuchte, ihren Film über das Schiff im Fernsehen; er kam dem, womit wir uns hier befassen, erstaunlich nahe. Ihr Hauptinteresse galt offensichtlich dem Schiffstresor, der unter anderem ein Manuskript von Josephs Conrads neuestem Roman enthalten haben könnte, das der Autor seinem amerikanischen Verleger mit diesem Schiff zusandte, weil es das schnellste Postschiff sein sollte – ein Superlativ von vielen. Die Kamera kreiste unablässig in der Gegend des Tresors, aber es kam nichts dabei heraus. Thomas Hardy macht das sehr viel besser.

»Jewels in joy designed« glitzert regelrecht vor all den *j*s und *ss*. Dasselbe gilt von den schwirrenden und zischenden *ss* in der nächsten Zeile. Doch der faszinierendste Gebrauch von Alliteration findet sich in der dritten Zeile, wo das entzückte sinnenfrohe Gemüt seinen Glanz verliert, wenn alle *l*s der Zeile in »sparkles« unter Knistern und Krachen bersten und in »*bl*eared and *bl*ack and *bl*ind« die Juwelen in ebenso viele Blasen verwandeln, die zum Ende der Zeile aufsteigen. Die Alliteration löst sich vor unseren Augen buchstäblich auf.

Es ist lohnender, hier des Dichters Erfindungsgabe zu bewundern, als in diese Zeile eine Predigt über die vergängliche und zerstörerische Natur des Reichtums hineinzulesen. Selbst wenn es ihm um letzteres ginge, läge mehr Nachdruck auf dem Paradox als auf dem sozialen Kommentar. Wäre Thomas Hardy, als er »The Convergence of the Twain« schrieb, fünfzig Jahre jünger gewesen, hätte er vielleicht den sozialen Aspekt etwas schärfer herausgearbeitet, obwohl selbst das zweifelhaft ist. Wie die Sache stand, war er zweiundsiebzig und einigermaßen gut situiert; unter den 1500 Menschen, die beim Untergang der *Titanic* umkamen, waren zwei, die er persönlich kannte. Doch auf seiner Unterwasserfahrt hält er auch nach ihnen nicht Ausschau.

Dim moon-eyed fishes near
Gaze at the gilded gear
And query: »What does this vaingloriousness down here?«

Verschwommene mondäugige Fische in der Nähe
starren auf das vergoldete Gerät
und fragen: »Was tut diese Hoffärtigkeit hier unten?«

»Gaze at the gilded gear« hat sich in die zweite Zeile dieser Strophe offenbar aus rein alliterativer Trägheit eingeschlichen (beim Ausarbeiten der letzten Strophe hatte der Autor vermutlich noch andere Wortkombinationen erwogen, und diese ist bloß eines der Abfallprodukte), deren Zweck ist, das Protzige des Schiffs zu rekapitulieren. Die Fische sind hier wie durch ein Bullauge gesehen, daher die vergrößernde Wirkung, die die Fischaugen weitet und mondähnlich macht. Sehr viel folgenreicher jedoch ist die dritte Zeile dieser Strophe, die die Exposition abschließt und als Sprungbrett für das Hauptanliegen des Gedichts dient.

»And query: ›What does this vaingloriousness down here?‹« ist nicht nur eine rhetorische Wendung, mit der der Rest des Gedichts darauf ausgerichtet werden soll, die Antwort auf die von dieser Zeile gestellte Frage zu liefern. Es ist vor allem das erneute Einnehmen der Rednerpose, die von der überlangen Exposition etwas beeinträchtigt worden ist. Um das zu bewerkstelligen, begibt er sich auf eine höhere Sprachebene, indem er das juristensprachliche »query« (vgl. »inquirieren«) mit dem eindeutig kirchensprachlichen »vaingloriousness« verbindet. Dessen fünfsilbige ungeschlachte Masse ist eine wunderbare Beschwörung des schwerfällig auf dem Meeresgrund ruhenden Schiffs. Darüber hinaus deuten Juristen- wie Kirchensprache klar auf einen Stilwechsel und eine Veränderung des Blickwinkels der ganzen Rede.

Well: while was fashioning
This creature of cleaving wing,
The Immanent Will that stirs and urges everything

Prepared a sinister mate
For her – so gaily great –
A Shape of Ice, for the time far and dissociate.

Nun: während Gestalt annahm
dies Geschöpf mit schnittigem Flügel,
bereitete der immanente Wille, der alles bewegt und treibt,

einen unheilvollen Gatten
für sie – so heiter groß –,
eine Gestalt von Eis, vorerst noch fern und abgesondert.

Das »Well« hier wirkt entwaffnend und signalisiert gleichzeitig eine Umgruppierung. Es ist ein umgangssprachlicher Einfall, dazu da, das Publikum ein bißchen abzulenken – sollte »vaingloriousness« es alarmiert haben – und etwas zusätzliche Luft in die Lungen des Sprechers zu pumpen, der zu einem ausgedehnten, extrem befrachteten Satz ansetzt. In gewisser Übereinstimmung mit den Sprachmanierismen unseres vierzigsten Präsidenten zeigt »Well« hier an, daß der Filmteil des Gedichts vorüber ist und die Rede nun ernstlich beginnt. Es stellt sich heraus, daß ihr Gegenstand letztlich doch nicht Unterwasserfauna ist, sondern Mr. Hardys – und, seit den Tagen von Lukrez, der Lyrik ureigener – Kausalitätsbegriff.

»Well: while was fashioning / This creature of cleaving wing« informiert das Publikum – vor allem syntaktisch –, daß wir aus weiter Ferne beginnen. Wichtiger noch, der dem »Immanent Will« vorangehende Nebensatz nutzt das grammatikalische Geschlecht von Schiffen in unserer Sprache bis an die Grenze des Möglichen aus. Wir haben hier drei Wörter mit zunehmend weiblichen Konnotationen, deren Nähe zueinander sich zu dem Eindruck bewußter Betonung summiert. »Fashioning« (formen / bilden / gestalten) könnte eine relativ neutrale Bezugnahme auf den Schiffbau sein, wäre es nicht näher bestimmt durch »this creature« mit dessen Unterton von besonderer Zuneigung und wäre »dies Geschöpf« wiederum nicht erhellt durch »cleaving« (spaltend / zerschneidend). »Cleaving« bezeichnet die Bewegung des Schiffsbugs durch das Wasser, zugleich aber klingt darin ein Segeltyp an, ein weiß blinkender Klüver, der einer Klinge ähnelt. Jedenfalls treibt die Wortverbindung »cleaving wing« – und »wing« selbst ganz besonders, da es das Reimwort ist – den Ton in dieser Zeile genügend in die Höhe, so daß Mr. Hardy eine Idee einführen kann, die im Mittelpunkt seines gesamten geistigen Handelns steht, die des »Immanent Will that stirs and urges everything«.

Der Hexameter gibt der skeptischen Größe dieser Idee den

vollen Spielraum. Die Zäsur trennt Formel und Modifikator auf natürlichste Weise und läßt uns den fast donnernden Nachhall der Konsonanten in »Immanent Will« ebenso wie das Entschlossen-Anmaßende von »that stirs and urges everything« ausgiebig würdigen. Der zweite Teil dieser Zeile ist besonders eindrucksvoll dank der zurückgenommenen Daktylen – fast ein Zögern –, wie sie in »everything« nachweisbar sind. Als dritte in der Strophe trägt diese Zeile die Last des Lösungsstaus und gibt einem das Gefühl, das gesamte Gedicht sei um ihrer Aussage willen geschrieben.

Warum? Weil, wenn man von Mr. Hardys philosophischer Anschauung sprechen wollte (sofern man überhaupt von der Philosophie eines Dichters sprechen kann, was allein schon angesichts der allwissenden Natur der Sprache zwangsläufig verkleinernd wirkt), man zugeben müßte, daß die Idee des immanenten Willens darin an oberster Stelle stand. Das geht auf Schopenhauer zurück, den Sie so bald wie möglich kennenlernen sollten – weniger um Mr. Hardys willen als Ihretwegen. Schopenhauer wird Ihnen einige Umwege ersparen; genauer, seine Idee des Willens wird das tun, die er in *Die Welt als Wille und Vorstellung* eingeführt hat. Man kann jedem philosophischen System vorhalten, ein im wesentlichen solipsistisches, wenn nicht schlichtweg anthropomorphes Unterfangen zu sein. Im großen und ganzen sind sie es alle, eben weil sie *Systeme* sind und damit ein unterschiedliches – aber gewöhnlich recht hohes – Maß an Rationalität des Gesamtentwurfs voraussetzen. Diesem Vorwurf entgeht Schopenhauer mit seinem »Willen«, der sein Begriff für das innere Wesen der Welt der Erscheinungen ist; besser noch, für eine allgegenwärtige irrationale Kraft und deren blinden Drang, der in der Welt wirkt. Sein Wirken ist plan- und ziellos und ist nicht die Verkörperung rationaler oder moralischer Ordnung wie bei manchen Philosophen. Letztlich kann man natürlich auch dieser Idee vorwerfen, Selbstprojektion des Menschen zu sein. Doch hat sie im Vergleich zu anderen einen besseren Stand – mit ihrer entsetzlichen, sinnlosen Allwissenheit, die alle Formen des Daseinskampfs durchdringt und allein vom Gedicht in Worte gefaßt werden kann (aus Schopenhauers Sicht vermutlich allenfalls nachgeahmt). Kein Wunder, daß Thomas Hardy mit seinem Verlangen nach dem Unendlichen und Unbelebten diese Idee ins Visier nahm; kein Wunder, daß er sie groß schrieb in dieser Zeile, von der man meinen könnte, das ganze Gedicht sei ihretwegen geschrieben.

Das war es nicht:

Prepared a sinister mate
For her – so gaily great –
A Shape of Ice, for the time far and dissociate.

Denn wenn man jener Zeile vier Sterne gibt, wie soll man dann »A Shape of Ice, for the time far and dissociate« einstufen? Oder auch »a sinister mate«? Als Wortverbindung ist es 1912 so weit voraus! Es kommt geradewegs aus Auden. Zeilen wie diese sind ein Eindringen der Zukunft in die Gegenwart, sind Windstöße des immanenten Willens. Die Wahl von »mate« ist ganz großartig, denn es spielt nicht nur auf »shipmate« (Maat) an, sondern unterstreicht noch einmal das Weibliche des Schiffs, das eine Zeile weiter noch schärfer herausgestellt wird: »For her – so gaily great –«

Zunehmend wird klarer, was wir hier vor uns haben – nicht Zusammenstoß als Metapher für romantische Vereinigung, sondern umgekehrt: Vereinigung als Metapher für den Zusammenstoß. Die weibliche Natur des Schiffs und die männliche des Eisbergs sind eindeutig festgelegt. Außer daß es eben nicht der Eisberg ist. Das wahre Kennzeichen für unseres Dichters Genie ist, daß er eine Umschreibung anbietet: »a Shape of Ice«. Dessen Drohkraft ist der Fähigkeit des Lesers direkt proportional, »a shape« dem Negativpotential seiner Phantasie entsprechend Gestalt annehmen zu lassen. Mit anderen Worten, diese Umschreibung – eigentlich nur das *a* – schmuggelt den Leser als aktiven Teilnehmer in das Gedicht ein.

Praktisch dasselbe leistet »for the time far and dissociate«. Nun ist »far« (fern) als Epithet für Zeit ziemlich banal; jeder Dichter könnte das. Doch es braucht einen Hardy, um in einem Gedicht das restlos unpoetische »dissociate« zu benutzen. Das ist das Gute an seiner generellen stilistischen Nonchalance, die wir eingangs schon erläutert haben. Für diesen Dichter gibt es keine guten, schlechten oder neutralen Worte: entweder sie funktionieren oder nicht. Dies könnte man natürlich seinen Erfahrungen mit Prosa zuschreiben, wüßte man nicht von seinem häufig geäußerten Abscheu vor der glatten »juwelenbesetzten« Zeile.

Und »dissociate« ist etwa so glanzlos wie funktional. Es bezeugt nicht nur die Weitsicht des immanenten Willens, sondern auch die aus den Fugen geratene Natur der Zeit: nicht im Sinne Shakespeares, sondern im rein metaphysischen – soll heißen, äußerst wahrnehmbaren, fühlbaren, weltlichen – Sinn. Infolgedessen kann sich jedes Mitglied des Publikums, weil ins atomisierende Reich der Zeit versetzt, mit den vom Unglück Betroffenen identifizieren. Was »dissociate« letztlich rettet, ist natürlich, daß es das Reimwort der dritten, der sechshebigen Zeile ist und zugleich die Auflösung herbeiführt.

Eigentlich werden in den letzten beiden Strophen die Reime immer besser: interessant und unvorhersehbar. Um »dissociate« voll und ganz zu würdigen, müßte muß man die Reime der Strophe vertikal zu lesen suchen, spaltenweise. Man würde landen bei »mate – great – dissociate«. Das reicht, um einen schaudern zu machen, und dies keineswegs grundlos, da die Abfolge dem Autor eindeutig in den Sinn kam, bevor die Strophe fertig war. Ja, diese Abfolge war gerade, was ihm die Strophe fertigzustellen ermöglichte, und zwar so, wie er es dann tat.

> And as the smart ship grew
> In stature, grace, and hue
> In shadowy silent distance grew the Iceberg too.

Und als das elegante Schiff zunahm
an Statur, Anmut und Farbe,
wuchs in schattenhafter schweigender Ferne der Eisberg
auch.

Und so stellt sich heraus, daß wir es mit einem Brautpaar zu tun haben. Mit dem eleganten weiblichen Schiff, das seit frühen Tagen mit einer Gestalt von Eis verlobt ist. Eine Konstruktion mit der Natur. Beinahe eine Brünette mit einer Blondine. Etwas wuchs in den Docks von Plymouth heran, wuchs zu auf das, was »in shadowy silent distance« irgendwo im Nordatlantik heranwuchs. Die tonlose, verschwörerische »schattenhafte, schweigende Ferne« unterstreicht das Verschwiegene und Vertrauliche dieser Mitteilung, und die fast mechanische Handhabung der Hebungen – jedes Wort in dieser Strophe trägt eine – ist eine Art Echo des gemessenen Schritts der Zeit, des Tempos, in dem diese Jungfrau und ihr Bräutigam sich aufeinander zubewegen. Denn dieses Tempo ist es, das die Begegnung unausweichlich macht, nicht die individuellen Züge des Paars.

Was ihre Annäherung weiter unerbittlich macht, ist das Übermaß an Reim in dieser Strophe. »Grew« schleicht sich in die dritte Zeile ein, so daß dieser Dreizeiler nun vier Reime enthält. Das könnte man freilich als billigen Effekt abtun, wäre da nicht der Klang des Reims. »Grew – hue – too« hat als klanglichen Bezug das Wort »you«, und das zweite »grew« löst im Leser die Erkenntnis aus, daß er/sie in die Geschichte einbezogen ist, und das nicht nur als Adressat.

Alien they seemed to be:
No mortal eye could see
The intimate welding of their later history...

Fremd schienen sie einander zu sein:
Kein sterbliches Auge konnte
das innige Verschweißen ihrer späteren Geschichte sehen ...

Im klanglichen Kontext der letzten vier Strophen kommt »Alien« wie ein Ausruf daher, seine weit offenen Vokale sind wie der letzte Schrei des Verdammten, bevor er sich ins Unvermeidliche fügt. Es ist wie »Nicht schuldig« auf dem Schafott oder »Ich liebe ihn nicht« vor dem Altar: das bleiche Antlitz dem Publikum zugewandt. Und es ist der Altar, denn »welding« und »history« in der dritten Zeile klingen wie Homonyme für »wedding« und »destiny«. Daher ist »No mortal eye could see« weniger ein Prahlen des Dichters damit, daß er in das Wirken der Kausalität eingeweiht ist, als die Stimme eines Pater Lorenzo.

Or sign that they were bent
By paths coincident
On being anon twin halves of one august event ...

oder ein Zeichen, daß sie gelenkt waren,
über sich deckende Wege
ganz bald Zwillingshälften des einen erhabenen Geschehens zu sein ...

Wieder würde kein Dichter, der bei Sinnen ist, außer er ist Gerard Manley Hopkins, eine Zeile auf so hämmernde Art mit Hebungen übersäen. Und nicht einmal Hopkins würde es wagen, »anon« auf diese Weise im Vers zu gebrauchen. Steigert sich der Abscheu unseres alten Freundes Mr. Hardy vor der glatten Zeile hier zur Wunderlichkeit? Oder ist es ein weiterer Versuch, die Fähigkeit eines »sterblichen Auges«, das zu sehen, was er, der Dichter, sieht, durch dieses mittelenglische Äquivalent von »at once« zu verwirren? Eine Verlängerung der Perspektive? Ein Aufbruch zu diesen sich deckenden Ursprungswegen? Sein einziges Zugeständnis an die Standardmeinung über das Unglück? Oder bloß der Übergang in eine höhere Tonlage, so wie er sich mit »august« vollzieht, im Hinblick auf das Finale des Gedichts, um den Weg zu ebnen für den immanenten Willen, der sein Stichwort sagt:

Till the Spinner of the Years
Said »Now!« And each one hears,
And consummation comes, and jars two hemispheres.

Bis der Spinner der Jahre
»Jetzt!« sagte. Und jeder der beiden es hört,
und die Vollziehung folgt und zwei Hemisphären erschüttert.

Was der immanente Wille »alles bewegt und treibt«, schließt mutmaßlich die Zeit ein. Daher die Neubenennung des immanenten Willens: »Spinner of the Years«. Das ist ein bißchen zu stark personifiziert, um der abstrakten Idee abstrakt gut zu tun, aber wir können das auf die Zähigkeit des Kirchenbaumeisters in Hardy zurückführen. Er ist hier ungemütlich nahe daran, das Sinnlose dem Böswilligen gleichzusetzen, während Schopenhauer gerade die blind mechanistische – das heißt, unmenschliche – Natur jenes Willens vertritt, dessen Äußerung von allen Formen des Daseins, den belebten wie den unbelebten, in Streß, Konflikt, Spannung und, wie in diesem Fall, im Unglück erkannt wird.

Das letztlich steht hinter der ziemlich allgegenwärtigen Vorliebe seiner Lyrik für die dramatische Anekdote. Die Unmenschlichkeit der letzten Wahrheit über die Welt der Erscheinungen befeuert seine Phantasie wie weibliche Schönheit die manches Lotharios. Als biologischer Determinist macht er sich Schopenhauers Idee gern zu eigen – nicht nur weil sie in seiner Vorstellung der Quell völlig unvorhersehbarer und anders unerklärlicher Vorkommnisse ist (so das »far and dissociate« vereinend), sondern auch, argwöhnt man, um seine eigene »Gleichgültigkeit« zu erklären.

Man könnte ihn natürlich als rationalen Irrationalisten einordnen, aber das wäre falsch, da das Konzept des immanenten Willens nicht irrational ist. Nein, ganz im Gegenteil. Es ist äußerst unbehaglich, um nicht gar zu sagen bedrohlich; aber das ist etwas völlig anderes. Unbehagen darf genausowenig mit Irrationalität gleichgesetzt werden wie Rationalität mit

Behagen. Doch lassen wir das, dies ist nicht der Ort für Wortklauberei. Eines ist klar: für unseren Autor hat der immanente Wille den Status der höchsten Wesenheit, ja, er grenzt schon an den des primus motor. Darum spricht er passenderweise in Einsilbern; und sagt, gleichfalls passenderweise: »Jetzt!«

Das passendste Wort in dieser letzten Strophe aber ist natürlich »consummation« (Vollziehung), da der Zusammenstoß in der Nacht erfolgte. In »consummation« haben wir die gewissermaßen bis zum Ende durchgehaltene Vermählungstrope. »Jars« (erschüttert / bringt zum Klirren) mit seiner Anspielung auf zerbrochenes Tongeschirr (jar), ist eher Bodensatz dieser Trope als ihre Verstärkung. Es ist an dieser Stelle ein staunenswertes Verb, es macht aus den zwei Hemisphären, die die »maiden« voyage, die »Jungfern«fahrt der *Titanic*, hätte verbinden sollen, zwei ineinanderkrachende konvexe Behältnisse. Es sieht so aus, als hätte gerade der Begriff »maiden« an der Leier unseres Dichters als erster eine Saite angerissen.

VI

Die Frage ist, warum, und die Antwort erscheint in Form eines Gedichtzyklus, den Mr. Hardy ein Jahr nach »The Convergence of the Twain« geschrieben hat, den berühmten *Poems of 1912–13*. Wenn wir uns nun mit einem von ihnen beschäftigen wollen, sollten wir im Sinn behalten, daß das weibliche Schiff unterging und die männliche Gestalt von Eis die Begegnung überlebte. Daß der bemerkenswerte Mangel an Sentimentalität, der im Prinzip durch das Genre wie durch den Gegenstand des Gedichts gerechtfertigt ist, der Unfähigkeit des Dichters angelastet werden könnte, sich hier mit dem Verlierer zu identifizieren, und sei es nur, weil das Schiff weiblich war.

Anlaß für die *Poems of 1912–13* war der Tod von Hardys Frau Emma Lavinia Gifford, die nach achtunddreißigjähriger Ehe am 27. November 1912 starb, acht Monate nach dem *Titanic*-Unglück. Diese Gedichte, insgesamt einundzwanzig, bedeuten das Schmelzen der Gestalt von Eis.

Um es kurz zu machen: die Ehe war lang und unglücklich genug, um »The Convergence of the Twain« dessen zentrale Metapher zu liefern. Sie war auch so stabil, daß wenigstens einer der daran Beteiligten sich als Spielball des immanenten Willens betrachten konnte, und zwar, wie Spielbälle nun einmal sind, als ein kalter. Hätte Emma Hardy ihren Mann überlebt, stünde das Gedicht da als ein bemerkenswertes, wenn auch verqueres Denkmal des grämlichen Gleichgewichts ihrer einander unverbundenen Leben, ein Denkmal der niedrigen Temperatur des Dichterherzens.

Der plötzliche Tod Emma Hardys ließ dieses Gleichgewicht zerbrechen. Die Gestalt von Eis war mit einemmal sozusagen auf sich allein gestellt. Anders gesehen, sind die *Poems of 1912–13* im wesentlichen des Eisbergs Klage um das entschwundene Schiff. Als solche sind sie eine peinlich genaue Rekonstruktion des Todesfalls; naturgemäß das Nebenprodukt einer qualvollen Selbstprüfung, weniger eine metaphysische Suche nach dem Ursprung der Tragödie. Schließlich läßt sich ein Unglück nie durch Aufdeckung seiner Ursache wiedergutmachen.

Darum ist dieser Zyklus im wesentlichen retrospektiv. Um die Sache noch weiter abzukürzen: seine Heldin ist nicht Emma Hardy, die Gattin, sondern eben Emma Lavinia Gifford, die Braut: eine Jungfrau. Die Gedichte blicken auf sie durch das trübe Prisma von achtunddreißig Ehejahren, durch das wolkige harte Kristall der Person Emma Hardy. Wenn dieser Zyklus einen Helden hat, dann die Vergangenheit mit ihrem Glück oder, um es ein bißchen genauer zu sagen, mit ihrem Glücksversprechen.

Als Menschenlos ist die Geschichte ziemlich alltäglich. Als Gegenstand elegischer Dichtung ist der Verlust des/der Geliebten genauso üblich. Was die *Poems of 1912–13* zunächst ein wenig ungewöhnlich macht, ist nicht nur das Alter des Autors und seiner Heldin, sondern auch die schiere Anzahl der Gedichte und ihre formale Verschiedenheit. Ein typisches Kennzeichen von Elegien aus Anlaß von jemandes Tod ist ihre Gleichförmigkeit in Ton – als mindestes – und Metrum. In diesem Zyklus finden wir jedoch eine erstaunliche metrische Vielfalt, die auf die Möglichkeit hindeutet, daß das Handwerkliche dem Dichter hier nicht weniger wichtig war als das eigentliche Problem.

Eine psychologische Erklärung dieser Vielfalt könnte natürlich sein, daß unseres Dichters Schmerz eine angemessene Ausdrucksform suchte. Trotzdem, die formale Raffinesse der einundzwanzig Versuche läßt stärkeren Druck hinter diesem Zyklus vermuten als nur Schmerz oder auch überhaupt ein einzelnes Gefühl. Darum wollen wir uns das strophisch vielleicht am wenigsten ambitionierte von diesen Gedichten ansehen und herauszufinden versuchen, was vor sich geht.

YOUR LAST DRIVE

Here by the moorway you returned,
And saw the borough lights ahead
That lit your face – all undiscerned
To be in a week the face of the dead,
And you told of the charm of that haloed view
That never again would beam on you.

And on your left you passed the spot
Where eight days later you were to lie,
And be spoken of as one who was not;
Beholding it with a heedless eye
As alien from you, though under its tree
You soon would halt everlastingly.

I drove not with you ... Yet had I sat
At your side that eve I should not have seen
That the countenance I was glancing at
Had a last-time look in its flickering sheen,
Nor have read the writing upon your face,
»I go hence soon to my resting-place;

You may miss me then. But I shall not know
How many times you visit me there,
Or what your thoughts are, or if you go
There never at all. And I shall not care.
Should you censure me I shall take no heed,
And even your praises no more shall need.«

True: never you'll know. And you will not mind.
But shall I then slight you because of such?
Dear ghost, in the past did you ever find
The thought »What profit,« move me much?
Yet abides the fact, indeed, the same, –
You are past love, praise, indifference, blame.

»Your Last Drive« (Deine letzte Ausfahrt) ist das zweite Gedicht in diesem Zyklus und wurde, nach dem daruntergesetzten Datum zu urteilen, weniger als einen Monat nach Emma Hardys Tod geschrieben, das heißt, als der Schock darüber noch ganz frisch war. Auf den ersten Blick ist das Gedicht eine Vergegenwärtigung ihrer abendlichen Heimkehr von einem ihrer üblichen Ausflüge, der ihr letzter sein sollte, und die ersten beiden Strophen gehen ersichtlich dem paradoxen Wechselspiel zwischen Bewegung und Stasis nach. Die Kutschfahrt, die die Heldin an dem Ort vorbeiführt, an dem sie binnen kurzem begraben wird, scheint als Metapher für die Kurzsichtigkeit der Beweglichkeit gegenüber der Unbeweglichkeit oder für die Geringschätzung des Raums für beide die Phantasie des Dichters zu fesseln. Jedenfalls ist die geistige Investition in diesen Strophen um einiges größer als die gefühlsmäßige, wenn letztere auch an erster Stelle steht.

Genauer gesagt, das Gedicht schweift vom Emotionalen zum Rationalen, und das ziemlich rasch. In diesem Sinn haben wir hier tatsächlich meisterlichen Hardy, denn dieser Ablauf vollzieht sich bei ihm selten umgekehrt. Außerdem ist jedes Gedicht per definitionem ein Transportmittel, und dieses ist es erst recht, da es zumindest metrisch von einem Transportmittel handelt. Mit ihrem vierfüßigen Jambus und der sich verschiebenden Zäsur, die die fünfte Zeile in einen Anapäst hinübergleiten läßt, vermittelt seine Strophe auf wunderbare Weise das Ruckeln einer Pferdekutsche, und das abschließende Reimpaar ahmt deren Ankunft nach.

Zuerst sehen wir die Züge der Heldin des Zyklus von den »borough lights ahead« (den Stadtlichtern vor ihr) erhellt, wahrscheinlich nur schwach. Die Ausleuchtung ist hier eher filmisch als lyrisch; auch hebt das Wort »borough« die Sprache nicht sonderlich – etwas, das man erwarten würde, wenn es um die Erscheinung der Heldin geht. Statt dessen werden anderthalb Zeilen darauf verwendet, ihr fehlendes Bewußtsein von der drohenden Verwandlung in »the face of the dead« (ein Totenantlitz) hervorzuheben – buchstäblich und mit einem Anflug genüßlicher Tautologie. Ihr Züge sind praktisch nicht vorhanden; und die einzige Erklärung dafür, daß Hardy nicht die Gelegenheit ergreift, sie abzubilden, ist der geplante Zyklus, der in seinem Kopf schon existierte (obwohl kein Lyriker je seiner Fähigkeit sicher ist, ein nächstes Gedicht zustande zu bringen). Was jedoch in dieser Strophe von ihr präsent ist, ist ihre Sprechweise, die in »And you told of the charm of that haloed view« (Und du erzähltest von dem Zauber des lichtumflossenen Ausblicks) nachklingt. Man hört in dieser Zeile ihr »It's charming« und denkt sich ein »Such a halo« (Solch ein Heiligenschein), da sie nach allem, was man weiß, eine eifrige Kirchgängerin war.

Die zweite Strophe hält sich ebenso an die Topographie des »moorway«, des Moorwegs, wie an die zeitliche Abfolge der

Ereignisse. Anscheinend hatte der Ausflug der Heldin eine Woche vor ihrem Tod stattgefunden – vielleicht auch etwas kürzer davor –, und sie wurde am achten Tag an jenem Ort beigesetzt, der bei der Heimfahrt über den Moorweg offenbar zu ihrer Linken lag. Eine solche Wirklichkeitstreue mag dadurch begründet sein, daß der Dichter sein Gefühl hier bewußt zügelt – und »spot« (Stelle / Fleck) legt ein absichtliches Zurücknehmen nahe. Sie steht auch sicher in Einklang mit der Vorstellung von einer dahinrumpelnden Kutsche, die gewissermaßen von den Blattfedern des vierhebigen Verses abgestützt wird. Da wir jedoch Hardys Sucht nach dem Detail, nach dem Irdisch-Konkreten kennen, läßt sich durchaus annehmen, daß hier keine besondere Mühe verwandt und keine besondere Bedeutung gesucht wurde. Er registriert einfach die prosaische Art und Weise, auf die ein absurd drastischer Wechsel sich vollzogen hat.

Daher die nächste Zeile, die in dieser Strophe der Höhepunkt ist. In »And be spoken of as one who was not« (und wo man von dir als einer sprechen würde, die nicht mehr ist) entdeckt man weniger das Gefühl eines Verlusts oder einer unerträglichen Abwesenheit als das alles verzehrender Negation. »One who was not« ist zu entschieden, um Trost oder eben auch Qual zu bereiten, und Negation eines Individuums ist, worauf Tod hinausläuft. Darum ist »Beholding it with a heedless eye / As alien from you« (du schautest darauf mit achtlosem Blick / wie auf etwas, das dich nichts anging) kein Schelten, sondern eher das Zugeständnis einer angemessenen Reaktion. Mit »... though under its tree / You soon would halt everlastingly« (obwohl du unter seinem Baum / bald auf immer anhalten solltest) halten Kutsche und Exposition des Gedichts tatsächlich inne.

Zentrales Thema dieser beiden Strophen ist im wesentlichen, daß die Heldin keine Andeutung oder Vorahnung ihres nahenden Endes verspürte. Was für eine erstaunliche Erwartung gelten könnte, wäre da nicht ihr Alter. Außerdem ergibt sich aus anderen Quellen, daß, obwohl der Autor im gesamten Zyklus die Plötzlichkeit von Emma Hardys Ableben beteuert, sie mit mehreren Leiden behaftet war, darunter auch Verwirrtheit. Aber wahrscheinlich hatte sie etwas an sich, was ihn von ihrer Langlebigkeit überzeugt sein ließ; vielleicht hatte das etwas mit seiner Vorstellung von sich selbst als dem Spielball des immanenten Willens zu tun.

Und obwohl viele den Anfang der dritten Strophe als Verkündung des Themas Schuld und Reue ansehen werden, das dieselben vielen in dem gesamten Zyklus entdecken würden, ist »I drove not with you« (Ich fuhr nicht mit dir) lediglich eine andere Formulierung für das, was jene Vorahnung erforderte; schlimmstenfalls für sein wahrscheinliches Versagen gegenüber dieser Erfordernis. Die nächsten anderthalb Zeilen nehmen diese Wahrscheinlichkeit ganz entschieden als gegeben an und schließen Gründe für Selbstvorwürfe des Sprechers deswegen aus. Dennoch dringt hier zum erstenmal echt Lyrisches in das Gedicht ein: zuerst durch die Ellipse, zweitens durch »Yet had I sat / At your side that eve« (Doch hätte ich jenen Abend / an deiner Seite gesessen) – was natürlich eine Anspielung darauf ist, daß er im Augenblick des Todes nicht an ihrer Seite war. Das Lyrische gewinnt kräftig die Oberhand in »That the countenance I was glancing at« (daß das Antlitz, auf das ich einen Blick warf), wo sämtliche Konsonanten in »countenance« schwingen und einem im Gegenlicht die Silhouette eines Fahrgasts zeigen, der in der ruckelnden Kutsche von einer Seite zur anderen schwankt. Die Behandlung ist wieder durchaus filmisch, und es ist ein Schwarzweißfilm. Man könnte noch das »flickering« (Flimmern) einbringen, hätten wir nicht das Jahr 1912.

Und wäre da nicht das grelle »Had a last-time look« (das Aussehen eines letzten Mals hatte); trotzdem, Wahrnehmungen sind oft ihrer Zeit voraus, und wie schon gesagt, Eisenstein hatte die Montagetechnik noch nicht erfunden. Diese Grelle steigert wie zerstört das fast liebend Tastende von »the countenance I was glancing at« und verrät die Ungeduld des

Dichters, dem Traumbild zugunsten der Wahrheit zu entkommen, als wäre letztere lohnender.

Dem Traumbild entkommt er zwar, aber er bezahlt dafür mit der ungeheuerlichen nächsten Zeile: indem er sich die wirklichen Züge der Heldin ins Gedächtnis ruft in »Nor have read the writing upon your face« (noch hätte ich die Schrift auf deinem Gesicht gesehen). Hier wird ganz offensichtlich auf die Schrift an der Wand angespielt, deren unausweichliche Gleichsetzung mit der Erscheinung der Heldin uns genügend über den Zustand ihrer beider Ehe vor ihrem Tod sagt. Diese Gleichung ist erfüllt davon, daß er die Frau als undurchdringlich empfindet; und darum ging es bis hierher in dem Gedicht, da sich diese Undurchdringlichkeit auf die Vergangenheit ungefähr genauso bezieht wie auf die Zukunft, und es ist eine Eigenschaft, die die Heldin zufällig mit der Zukunft generell teilt. Daher ist seine Deutung von Emmas Äquivalent des *Mene, Mene, Tekel, Upharsin* keine Ausgeburt der Phantasie.

»I go hence soon to my resting-place;

You may miss me then. But I shall not know
How many times you visit me there,
Or what your thoughts are, or if you go
There never at all. And I shall not care.
Should you censure me I shall take no heed,
And even your praises no more shall need.«

»Ich gehe bald fort zu meiner Ruhestatt;

Möglich, daß du mich dann vermißt. Doch ich werde nicht wissen,
wie viele Male du mich dort besuchst.
Oder was deine Gedanken sind, oder ob du nie
dorthin gehst. Und es wird mir gleich sein.
Solltest du mich tadeln, werde ich nicht darauf achten,
und sogar dein Lob werde ich nicht mehr brauchen.«

Hier ist unsere Heldin, Wort für Wort. Wegen der geschickt vermischten Zeiten ist dies eine Stimme von jenseits des Grabes wie auch aus der Vergangenheit. Und sie ist gnadenlos. Mit jedem folgenden Satz nimmt sie, was sie im Satz davor gegeben hat. Und was sie gibt und nimmt, ist offensichtlich seine Menschlichkeit. Damit erweist sie sich als ihrem Dichter durchaus ebenbürtig. In diesen Zeilen hallt es kräftig wider von Ehestreitigkeiten, deren Intensität die schwunglosen Verse völlig an die Wand drückt. Sie werden hier viel lauter, und das Geräusch der Kutschenräder auf dem Kopfsteinpflaster geht unter. Emma Hardy ist zumindest fähig, in die Zukunft ihres Dichters so weit einzudringen, daß er sich verteidigen muß.

Was wir in dieser Strophe vor uns haben, ist im Grunde eine Erscheinung. Und obwohl das Motto des Zyklus – »Veteris vestigia flammae« (Spuren einer alten Flamme) – von Vergil stammt, hat diese spezielle Passage sehr große Ähnlichkeit, im Ton wie in der Substanz, mit der berühmten Elegie des Sextus Propertius aus dem *Liber IV*. Die beiden Schlußzeilen dieser Strophe klingen jedenfalls wie eine gute Übersetzung von Cynthias letztem Flehen: »Et quoscumque meo fecisti nomine versus, / Ure mihi« (Und was immer du in meinem Namen an Versen gemacht hast – / Verbrenne sie mir).

Einer solchen Negation kann man nur in die Zukunft entfliehen, und das ist der Weg, den unser Dichter einschlägt: »True: never you'll know.« (Wahr: nie wirst du's wissen.) Die Zukunft muß jedoch ziemlich weit weg sein, denn ihr vorhersehbarer Teil, des Dichters Gegenwart, ist schon besetzt. Daher »And you will not mind« (Und es wird dir nichts ausmachen) und »But shall I then slight you because of such?« (Aber sollte ich dich deshalb dann kränken?) Trotzdem, zugleich mit dieser Flucht kommt – vor allem in der ersten Zeile der letzten Strophe – die schmerzhafte Erkenntnis endgültiger Trennung, wachsender Entfernung. Bezeichnenderweise handhabt Hardy diese Zeile mit enormer Zurückhaltung, läßt nichts zu als einen Seufzer in der Zäsur und ein leichtes Ansteigen des Tons in »mind«. Doch das unterdrückte lyrische Element bricht sich Bahn und fordert sein Recht mit »Dear ghost« (Lieber Geist).

Er wendet sich in der Tat an eine Erscheinung, aber an eine, die ohne jede kirchliche Dimension ist. Es ist keine besonders schmeichelnde Anrede, und allein das schon überzeugt einen von ihrer Wahrheitstreue. Er sucht hier nicht nach einer taktvollen Alternative. (Was könnte statt dessen dastehen? Das Metrum bewilligt ihm hier nur zwei Silben, womit »Dear Emma« ausscheidet; was dann: »Dear friend«?) Sie ist ein Geist, und das nicht, weil sie tot ist, sondern weil sie zwar weniger als eine körperliche Wirklichkeit, aber weit mehr als bloß eine Erinnerung ist: sie ist eine Entität, die er anreden kann, eine An- oder Abwesenheit, mit der er vertraut ist. Es ist nicht das Trägheitsmoment der Ehe, sondern der Zeit selbst – achtunddreißig Jahre –, das zu einer Substanz verfestigt, was von seiner Zukunft, die nichts ist als ein weiterer Zuwachs an Zeit, wohl nur noch gehärtet werden kann.

Daher das »Lieber Geist«. So bezeichnet, kann man sie beinahe berühren. Oder aber »Geist« ist das Äußerste an Distanz. Und jemandem, der die ganze Skala menschlichen Verhaltens gegenüber einem anderen durchlaufen hat, von reiner Liebe zu totaler Gleichgültigkeit, bietet »Geist« eine weitere Möglichkeit, ein Postskriptum, wenn Sie so wollen, eine Endsumme. »Dear ghost« wird hier mit der Gebärde von Entdeckung und Resümee gesagt, und genau das bietet das Gedicht zwei Zeilen später: »Yet abides the fact, indeed, the same, – / You are past love, praise, indifference, blame.« (Doch bleibt die Tatsache, in der Tat, eben sie, / du bist jenseits von Liebe, Lob, Gleichgültigkeit, Tadel.) Dies beschreibt nicht nur die Situation des Geists, sondern auch eine neugewonnene Einstellung des Dichters – eine Einstellung, die den Zyklus *Poems of 1912–13* durchdringt und ohne die der Zyklus nicht möglich wäre.

Die Aufzählung der Einstellungen im Finale hat taktische Ähnlichkeit mit »grotesque, slimed, dumb, indifferent« aus

»The Convergence of the Twain«. Zwar ist sie von einer ähnlichen Logik der Selbstmißbilligung getrieben, doch führt sie nicht zu der (nach dem Multiple-Choice-Verfahren) reduzierenden Präzision einer Analyse, sondern zu einer außerordentlichen emotionalen Zusammenfassung, die das Genre der Trauerelegie genauso wie das der Liebesdichtung neu definiert. So unmittelbar wie erstere, erweist sich »Your Last Drive« wegen seines Finales als etwas in der Lyrik Seltenes – als ein immer wieder verzögertes Postskriptum zu dem, was Liebe ausmacht. Eine solche Zusammenfassung ist offenbar das Mindeste, wenn man einen Geist in einen Dialog verwickeln will, und die letzte Zeile hat etwas Einnehmendes, einen Anflug von Flirt. Unser alter Mann umwirbt das Unbelebte.

VII

Jeder Dichter lernt aus seinen Durchbrüchen, und Hardy mit seiner eingestandenen Neigung, »auf dem vollen Anblick des Schlimmsten zu bestehen«, scheint in und von den *Poems of 1912–13* ungeheuer zu profitieren. Bei allem Reichtum an Details, bei allen topographischen Bezügen hat der Zyklus eine merkwürdig allgemeingültige, fast unpersönliche Qualität, da er von den Extremen des Gefühlsspektrums handelt. Zum »vollen Blick auf das Schlimmste« paßt gut ein voller Blick auf das Beste, nach ganz kurzem Prozeß mit dem Mittelmaß. Als würde ein Buch von Anfang bis Ende durchgeblättert, bevor es aussortiert wird.

Es wurde nie aussortiert. Hardy, mehr Rationalist als Gefühlsmensch, sah in dem Zyklus die Gelegenheit, dem, was viele und teilweise auch er selbst als Mangel an Lyrischem in seinen Gedichten ansahen, abzuhelfen. Und wirklich stellt *Poems of 1912–13* eine beachtliche Abweichung von seinen gewohnten Friedhofsbetrachtungen dar, die metaphysisch imposant, auf der Gefühlsebene dagegen ziemlich nichtssagend sind. Das erklärt den kühnen Strophenbau des Zyklus, aber vor allem, daß er das Anfangsstadium seiner Ehe anvisiert: die Begegnung mit einer Jungfrau.

Theoretisch sorgt eine solche Begegnung für eine positive Gefühlswallung, und hie und da tut sie das. Aber das Ganze war vor so langer Zeit, daß Intro- und Retrospektion sich als optische Verfahren oft als unzulänglich erweisen. Unwillkürlich werden sie durch die von unserem Dichter gewöhnlich verwendete Linse ersetzt, durch die er seinen geliebten Unendlichkeiten, dem immanenten Willen und alledem nachsinniert, immer mit der Forderung nach dem vollen Blick auf das Schlimmste.

Er scheint sowieso kein anderes Instrument zu haben: wann immer vor der Wahl zwischen einer bewegenden oder drastischen Äußerung, entscheidet er sich normalerweise für letztere. Das mag man auf gewisse Eigenheiten in Hardys Wesen oder Temperament zurückführen; angemessener wäre, es dem Metier selbst zuzuschreiben.

Denn Lyrik war für Thomas Hardy vor allem ein Werkzeug der Erkenntnis. Seine Korrespondenz wie auch seine Vorworte zu seinen verschiedenen Werkausgaben stellen immer wieder den Status des Dichters in Abrede; sie betonen oft die tagebuchartige, kommentierende Rolle, die seine Gedichte für ihn spielten. Ich meine, das kann man ihm so abnehmen. Wir müssen auch bedenken, daß der Mann Autodidakt war, und Autodidakten interessieren sich immer mehr für die Substanz dessen, was sie lernen, als für deren wirksame Einzelheiten. Bei Lyrik führt das zur Betonung ihrer Offenbarungskraft, oft auf Kosten der Harmonie.

Sicher, Hardy unternahm außerordentliche Anstrengungen, um Harmonie herzustellen, und seine Kunstfertigkeit grenzt häufig ans Exemplarische. Dennoch, es ist bloß Kunstfertigkeit. Er hat keine Begabung für Harmonie; seine Zeilen singen nur selten. Die Musik in seinen Gedichten ist eine geistige, und darin ist sie vollkommen einzigartig.

Das Hauptkennzeichen von Thomas Hardys Vers ist, daß es dessen formale Aspekte sind – Reim, Metrum, Alliteration usw. –, die sich für die Antriebskraft seiner Gedanken in Bereitschaft halten. Mit anderen Worten, fast nie erzeugen sie diese Kraft; ihre Hauptaufgabe ist, eine Idee einzuführen und ihren Fortgang nicht zu behindern.

Ich nehme an, daß er auf die Frage, was er in einem Gedicht höher bewerte – Einblick oder Machart –, sich winden, aber letztlich die Autodidaktenantwort geben würde: den Einblick. Nach diesem Kriterium also muß man sein Werk beurteilen und diesen Zyklus erst recht. Worauf es ihm in dieser Studie über die Extreme von Entfremdung und Bindung ankam, war die Erweiterung menschlichen Einblicks, keineswegs nur der Ausdruck seiner selbst. In diesem Sinn war dieser Prämoderne ohnegleichen. In diesem Sinn sind seine Gedichte tatsächlich eine echte Spiegelung des Metiers, dessen Vorgehensweise ebenfalls die Verschmelzung des Rationalen mit dem Intuitiven ist. Man könnte allerdings sagen, daß er den Spieß irgendwie umdrehte: er war intuitiv hinsichtlich der Substanz seines Werks; was die formalen Aspekte seiner Verse betraf, war er rational im Übermaß.

Dafür mußte er teuer bezahlen. Ein gutes Beispiel hierfür wäre sein »In the Moonlight« (Im Mondschein), das ein paar Jahre später entstanden ist, aber in gewisser Hinsicht zu den *Poems of 1912–13* gehört – nicht unbedingt thematisch, doch kraft seines psychologischen Vektors.

»O lonely workman, standing there
In a dream, why do you stare and stare
At her grave, as no other grave there were?

If your great gaunt eyes so importune
Her soul by the shine of this corpse-old moon
Maybe you'll raise her phantom soon!«

»Why, fool, it is what I would rather see

Than all the living folk there be;
But alas, there is no such joy for me!«

»Ah – she was one you loved, no doubt,
Through good and evil, through rain and drought,
And when she passed, all your sun went out?«

»Nay: she was the woman I did not love,
Whom all the others were ranked above,
Whom during her life I thought nothing of.«

Ähnlich wie ein äußerst hoher Prozentsatz von Hardys Lyrik scheint dieses Gedicht auf die Volksballade mit ihrer Verwendung von Dialog und ihrer sozialkritischen Komponente zurückzugreifen. Der pseudoromantische Anfang und der hartnäckige, lapidare Ton der Dreizeiler – erst recht der Gedichttitel – geben »In the Moonlight« im Kontext der zeitgenössischen Lyrik vermutlich eine leicht polemische Note. Das Gedicht ist offenkundig eine »Variation über ein Thema«, wie sie schon in Hardys eigenem Œuvre häufig genug vorkommt.

Der sozialkritische Unterton, gewöhnlich in der Ballade ziemlich scharf ausgeprägt, ist hier irgendwie abgemildert, wenn auch nicht gänzlich gedämpft. Er ist eher der psychologischen Stoßrichtung des Gedichts untergeordnet. Vom Autor ist es äußerst raffiniert, daß er gerade einen »workman« (Arbeiter) und nicht den weltgewandten spöttelnden Passanten zum Überbringer der bleischweren, erschreckenden Einsicht macht, die die letzte Strophe offenbart. Denn normalerweise ist ein krisengeschütteltes Gewissen in der Literatur Sache der gebildeten Stände. Hier jedoch ist es ein ungehobelter, fast plebejischer Arbeiter, der das zugleich bedrohlichste und tragischste Eingeständnis einwirft, das Hardys Verse je gemacht haben.

Doch obwohl die Syntax hier einigermaßen klar, das Metrum durchgehalten und das Psychologische kraftvoll ist, untergräbt die Machart des Gedichts dessen geistige Leistung durch den Dreierreim, der weder durch die Handlung noch, was schlimmer ist, durch seine ureigene Qualität gerechtfertigt ist. Kurz, die Sache ist gekonnt gemacht, aber nicht besonders lohnend. Wir bekommen den Vektor des Gedichts mit, nicht sein Ziel. Aber soweit es um die Wahrheit über das Menschenherz geht, mag dieser Vektor genügen. Eben das hat der Dichter wahrscheinlich bei dieser und vielen anderen Gelegenheiten sich selbst gesagt. Denn der uneingeschränkte Blick auf das Schlimmste macht einen für die eigene Erscheinung blind.

VIII

Glücklicherweise lebte Hardy lange genug, um sich weder von seinen dichterischen Großtaten noch seinen Fehlschlägen vereinnahmen zu lassen. Deshalb wollen wir uns auf seine Großtaten konzentrieren, vielleicht mit einer zusätzlichen Würdigung ihrer Menschlichkeit oder, wenn Sie so wollen, auch ohne das. Hier ist eines dieser großen Gedichte, der Titel ist »Afterwards« (Danach). Es entstand um 1917, als eine Menge Leute rundum damit beschäftigt waren, einander umzubringen, und unser Dichter siebenundsiebzig war.

When the Present has latched its postern behind my
tremulous stay,
And the May month flaps its glad green leaves like wings,
Delicate-filmed as new-spun silk, will the neighbours say,
»He was a man who used to notice such things«?

If it be in the dusk when, like an eyelid's soundless blink,
The dewfall-hawk comes crossing the shades to alight
Upon the wind-warped upland thorn, a gazer may think,
»To him this must have been a familiar sight.«

If I pass during some nocturnal blackness, mothy and warm,
 When the hedgehog travels furtively over the lawn,
One may say, »He strove that such innocent creatures should come to no harm,
 But he could do little for them; and now he is gone.«

If, when hearing that I have been stilled at last, they stand at the door,
 Watching the full-starred heavens that winter sees,
Will this thought rise on those who will meet my face no more,
 »He was one who had an eye for such mysteries«?

And will any say when my bell of quittance is heard in the gloom,
 And a crossing breeze cuts a pause in its outrollings,
Till they rise again, as they were a new bell's boom,
 »He hears it not now, but used to notice such things«?

Diese zwanzig Hexameterzeilen sind Stolz und Herrlichkeit der englischen Lyrik, und sie verdanken alles, was sie haben, eben dem Hexameter. Eine gute Frage ist, welchem Umstand es zu verdanken ist, daß hier Hexameter steht, und die Antwort ist, damit der alte Mann leichter atmen kann. Der Hexameter steht hier nicht wegen seiner epischen oder – ebenfalls klassisch begründeten – elegischen Konnotationen, sondern wegen des jeweils halbzeiligen Ein- und Ausatmens, das er ermöglicht. Auf unterbewußter Ebene wird diese Annehmlichkeit übersetzt in Verfügbarkeit von Zeit, in eine üppige Zeitspanne. Hexameter ist, wenn Sie so wollen, ein erweiterter Augenblick, und mit jedem folgenden Wort streckt Thomas Hardy ihn noch mehr.

Der Grundeinfall dieses Gedichts ist ziemlich einfach: Unter Betrachtungen zu seinem bevorstehenden Ende verfertigt der Dichter kameenartige Darstellungen jeder der vier Jahreszeiten als möglichem Hintergrund für sein Ableben. Der Titel ist bemerkenswert gut gewählt, der Ton bar jeder Gefühligkeit, wie Dichter sie gewöhnlich bei diesem Thema an den Tag legen, und so bewegt sich das Gedicht in einem melancholisch meditierenden Tempo voran – was wahrscheinlich Mr. Hardys Wunsch entsprach. Es erweist sich jedoch, daß das Gedicht irgendwo unterwegs seiner Kontrolle entglitt und Dinge darin auftauchten, die im ursprünglichen Plan nicht vorgesehen waren. Mit anderen Worten, die Kunst überholte das Handwerk.

Aber zuerst zum Anfang, und die erste Jahreszeit hier ist der Frühling, der mit der ungeschickten, beinahe knarzenden Eleganz eines Siebzigjährigen eingeführt wird: kaum ist der Mai gekommen, da trifft ihn schon ein Schlag: eine Hebung. Das fällt besonders auf nach dem wirklich sehr altväterlichen und knarzenden »When the Present has latched its postern behind my tremulous stay« (Wenn die Gegenwart ihre Pforte hinter meinem zittrigen Aufenthalt hat zufallen lassen) mit der wunderbaren Häufung von Zischlauten gegen Ende der Zeile. »Tremulous stay« ist eine glänzende Wortverbindung, von der man sich vorstellen kann, daß sie an die Stimme des Dichters zu dieser Zeit erinnert, und die damit den Ton für das restliche Gedicht festlegt.

Natürlich müssen wir bedenken, daß wir das Ganze durch das Prisma des modernen lyrischen Idioms des späten zwanzigsten Jahrhunderts betrachten. Was uns durch diese Linse komisch und veraltet vorkommt, muß damals nicht notwendig die gleiche Wirkung gehabt haben. Wo es um das Hervorbringen von Umschreibungen geht, hat der Tod nicht seinesgleichen, und beim Jüngsten Gericht könnte er sie zu seiner Verteidigung anführen. Und als eine solche Umschreibung ist »When the Present has latched its postern behind my tremulous stay« ganz wunderbar, nicht zuletzt weil es einen Dichter zeigt, dem es mehr um seine Sprache als um den von ihm beschriebenen Ausblick geht. Es ist eine friedvolle Zeile, auch weil hier zwei- und dreisilbige Wörter die Hebungen tragen; die unbetonten Silben haben etwas von einem Postskriptum oder nachträglichen Einfall an sich und spielen damit den Rest dieser Wörter herunter.

Eigentlich beginnt das Strecken und Auffüllen des Hexameters – d.h. der Zeit – mit »tremulous stay«. Aber richtig los geht es erst nach der Hebung auf »May« in der zweiten Zeile, die nur aus Einsilbern besteht. Klanglich hat man in der zweiten Zeile den Eindruck, daß Mr. Hardys Frühling sehr viel blattreicher ist als jeder August. Psychisch jedoch hat man das Gefühl von sich auftürmenden Modifikatoren, die bis in die dritte Zeile mit ihren homerischen Bindestrich-Epitheta überhängen. Die alles umfassende Empfindung (verkörpert im zweiten Futur) ist die von Zeit, die verlangsamt wird, aufgehalten von jeder ihrer Sekunden – denn das sind einsilbige Wörter: gesprochene – oder gedruckte – Sekunden.

»Das beste Auge für Naturdetail«, begeisterte sich Yvor Winters über Thomas Hardy. Und freilich können wir dieses Auge bewundern, das scharf genug ist, um eine Blattunterseite mit neugesponnener Seide zu vergleichen – aber die Bewunderung geht auf Kosten des Ohrs. Wenn man diese Zeilen laut liest, stolpert man durch die zweite, und durch die erste Hälfte der dritten muß man sich schnell hindurchmurmeln. Und es kommt einem der Gedanke, daß der Autor diese Zeilen mit all dem Naturdetail nicht um dessen selbst willen vollgestopft hat, sondern wegen metrischer Lücken.

In Wahrheit natürlich trifft beides zu: das wahre Naturdetail ist nämlich das Verhältnis, sagen wir, eines Blatts zum vorhandenen Raum in einer Zeile. Mal paßt es hinein, dann wieder nicht. Auf diese Weise erfährt ein Lyriker den Wert dieses Blatts wie auch der verfügbaren Hebungen. Und daß Mr. Hardy die fast trochäische Apposition »Delicate-filmed as new-spun silk« (zarthäutig wie neugesponnene Seide) hervorbringt, geschieht, um die silbische Dichte der vorhergehenden Zeile aufzulockern, nicht aus Anhänglichkeit an dieses Blatt und diese spezielle Empfindung. Hätte er an beiden gehangen, hätte er sie an eine andere Stelle geschoben, entweder als Reim ans Zeilenende oder aber zumindest fort von der tonlich toten Position, an der sie sich befinden.

Trotzdem demonstrieren diese anderthalb Zeilen, technisch gesehen, das, was Mr. Winters an unserem Dichter so schätzt. Und unser Dichter weiß selber, daß er hier Naturdetail vorführt und obendrein noch ein bißchen herausputzt. Und das ermöglicht ihm, es in das umgangssprachliche »He was a man who used to notice such things« (Er war jemand, der solche Dinge wahrnahm) zu wickeln. Auf dieses Understatement, das zur klapprigen Würde der ersten Zeile ein hübsches Gegengewicht bildet, war er wahrscheinlich in erster Linie aus. Es ist äußerst zitierfähig, darum schreibt er es den Nachbarn zu, und erspart sich damit einen Angriff wegen Befangenheit und erst recht den, sich ein Autoepitaph zu setzen.

Ich kann es nicht beweisen – zu widerlegen ist es aber auch nicht –, doch ich glaube, daß die erste und die letzte Zeile, »When the Present has latched its postern behind my tremulous stay« und »›He was a man who used to notice such things‹«, schon lange für sich allein existierten, bevor »Afterwards« konzipiert wurde. Naturdetail geriet zufällig zwischen beide, weil es den Reim lieferte (keinen sehr spektakulären, darum bedurfte er der Apposition). Nachdem es einmal da war, verschaffte es dem Dichter eine Strophe, und mit der kam das Schema für das restliche Gedicht.

Ein Hinweis darauf ist die Ungewißheit bezüglich der Jahreszeit in der nächsten Strophe. Ich würde meinen, es ist Herbst, da die Strophen danach von Sommer und Winter handeln; und der blattlose Weißdorn scheint fahl und kältestarr zu sein. Für Hardy, der ein hervorragender Konstrukteur ist und dem man unterstellen darf, daß er die Jahreszeiten in ihrer traditionellen Ordnung hätte abhandeln können, ist diese Abfolge ein wenig merkwürdig. Dies beiseite, ist die zweite Strophe jedoch von einzigartiger Schönheit.

Sie setzt ein mit einer erneuten Häufung von Zischlauten in »an eyelid's soundless blink« (eines Augenlids tonloses

Blinzeln). Beweis und Widerlegung könnten auch hier wieder ein Problem sein, aber ich neige zu der Annahme, daß dies eine Anspielung ist auf Petrarcas Feststellung, ein Leben sei kürzer als ein Augenblick; »Afterwards« ist, wir wissen es, ein Gedicht über den eigenen Tod. Doch selbst wenn wir absehen von der ersten Zeile mit ihrer fabelhaften Zäsur, auf die jene zwei raschelnden *s* folgen zwischen »eyelid's« und »soundless«, das dazu noch auf Doppel-*s* endet, haben wir hier noch immer mehr als genug. Zunächst einmal haben wir die sehr filmische Zeitlupenpassage »The dewfall-hawk comes crossing the shades to alight« ([wenn] der Abendtaufalke die Schatten querend geflogen kommt, um sich niederzulassen). Und wir müssen angesichts unseres Themas die Wortwahl »shades« aufmerksam registrieren. Und falls wir das tun, könnten wir uns auch noch über diesen »dewfall-hawk« Gedanken machen, vor allem über den »dewfall«. Was, könnten wir fragen, will dieser Abendtau hier, der auf ein Augenblinzeln folgt und einem Schatten vorausgeht, ist er vielleicht eine stille Träne? Und hören wir nicht in »to alight / Upon the wind-warped upland thorn« (sich niederzulassen / auf dem windschiefen Weißdorn des Oberlands) ein verhaltenes oder unterdrücktes Gefühl?

Vielleicht nicht. Vielleicht hören wir nichts als ein Sichauftürmen von Hebungen, die mit ihrem Klang von »up / warp / up« bestenfalls an das Schlagen windgepeitschter Sträucher gemahnen. Vor einem solchen Hintergrund wäre ein unpersönlicher, unbeteiligter »gazer« (Gaffer) der passende Ausdruck für einen Zuschauer, der aller menschlichen Merkmale entkleidet und auf sein Sehvermögen beschränkt ist. »Gazer« ist das richtige Wort, weil er die Abwesenheit unseres Sprechers beobachtet und daher nicht im einzelnen beschrieben werden kann: Wahrscheinlichkeit kann es nicht so genau nehmen. Der Falke, der, seine Flügel gleich Augenlidern schlagend, durch »die Schatten« fliegt, bewegt sich durch dieselbe Abwesenheit. Das refrainartige »To him this must have been a familiar sight« (Für ihn muß das ein vertrauter Anblick gewesen sein) ist um so ergreifender, als es zweischneidig ist: der Flug des Falken ist so wirklich, wie er posthum ist.

Insgesamt macht es die Schönheit von »Afterwards« aus, daß alles darin verdoppelt ist.

Die nächste Strophe betrachtet, glaube ich, den Sommer, und die Eingangszeile überwältigt einen mit dem sinnlichen »mothy and warm« (nachtfaltersamtig und warm), das eine kühn verschobene Zäsur isoliert und damit noch fühlbarer macht. Da wir von Kühnheit sprechen, sollten wir auch anmerken, daß nur jemand sehr Gesundes über die nächtliche Schwärze im Augenblick seines Hinscheidens mit solchem Gleichmut nachsinnen kann, wie er in »If I pass during some nocturnal blackness ...« (Wenn ich während einer nächtlichen Schwärze dahingehe ...) zu finden ist. Ganz abgesehen von der nachlässigeren Handhabung der Zäsur. Das einzige eventuelle Alarmzeichen ist hier das »some« vor »nocturnal blackness«. Andererseits ist »some« einer jener stets vorrätigen Bausteine, die ein Lyriker einfügt, um sein Metrum zu retten.

Wie auch immer, der wahre Sieger in dieser Strophe ist eindeutig »When the hedgehog travels furtively over the lawn« (wenn der Igel verstohlen über den Rasen huscht) und innerhalb der Zeile natürlich »furtively«. Das übrige ist etwas weniger lebhaft und auf jeden Fall weniger interessant, da unser Dichter sichtlich darauf aus ist, mit seinen Sympathien für das Tierreich das Publikum für sich einzunehmen. Was ganz unnötig ist, da angesichts des Themas der Leser sowieso auf seiner Seite ist. Und wollte man unbedingt eine strenge Nase aufsetzen, könnte man fragen, ob jener Igel denn wirklich gefährdet war. In diesem Stadium mag sich jedoch niemand mehr mit Spitzfindigkeiten aufhalten. Der Autor scheint sich aber der Unzulänglichkeit seines Materials hier selbst bewußt zu sein; daher packt er seinem Hexameter drei zusätzliche Silben auf (»One may say« – mag man sagen) – teils weil die Unbeholfenheit der Redeweise seiner Meinung nach Herzlichkeit suggeriert, teils um des Sterbenden Zeit zu strecken – oder die Zeit der Erinnerung an ihn.

In der vierten, der Winterstrophe blickt das Gedicht ernstlich der Abwesenheit ins Auge.

If, when hearing that I have been stilled at last, they stand at the door,
  Watching the full-starred heavens that winter sees,
Will this thought rise on those who will meet my face no more,
  »He was one who had an eye for such mysteries«?

Wenn sie auf die Nachricht, daß ich endlich zur Ruhe gebracht bin, an der Tür stehen,
  den sternenübersäten Himmel betrachten, den der Winter sieht,
wird in denen, die meinem Antlitz nicht mehr begegnen, der Gedanke aufsteigen:
  »Er war einer, der ein Auge für solche Mysterien hatte«?

Zunächst einmal enthält »been stilled at last« innerhalb seiner euphemistischen Reichweite den Abschied des Dichters vom Gedicht wie auch das Verstummen der vorhergehenden Gedichtstrophe. Auf diese Weise wird ein Publikum, das zahlreicher ist als »the neighbours«, »a gazer« oder »one«, in den Text eingeführt und aufgefordert, das »Watching the full-starred heavens that winter sees« zu übernehmen. Das ist eine ganz außerordentliche Zeile; das Naturdetail ist hier absolut erschreckend und praktisch eine Vorwegnahme Robert Frosts. Der Winter sieht ja in der Tat mehr Himmel, da die Bäume kahl sind und die Luft klar ist. Falls dieser Himmel sternenübersät ist, sieht der Winter mehr Sterne. Die Zeile ist eine Apotheose der Abwesenheit, doch Mr. Hardy versucht sie noch zu intensivieren mit »Will this thought rise on those who will meet my face no more«. »Rise« (aufsteigen) verleiht den mutmaßlich kalten Zügen dessen, der »endlich zur Ruhe gebracht« ist, Mondtemperatur.

Hinter alledem steht natürlich die alte Trope von den Seelen der Toten, die auf Sternen wohnen. Trotzdem, die optische Wörtlichkeit dieser Wiedergabe blendet einen. Anscheinend sieht man, wenn man einen Winterhimmel sieht, Thomas Hardy. Für Mysterien dieser Art hatte er Zeit seines Lebens ein Auge.

Er hatte auch ein Auge für Bodennäheres. Wenn man »Afterwards« liest, fällt einem auf, daß diejenigen, die sich über ihn äußern sollen, von Strophe zu Strophe eine höhere Position einnehmen. In der ersten Strophe stehen sie unten, in der fünften sind sie ganz oben angelangt. Das könnte Zufall sein, allerdings nicht bei jemandem wie Hardy. Wir müssen auch ihre Staffelung von den »Nachbarn« über einen »Gaffer« zu »man«, von »man« über »sie« zu »irgendwer« beachten. Keine dieser Bezeichnungen hat etwas Besonderes, schon gar nichts Gewinnendes. Also, wer sind diese Leute?

Bevor wir dazu kommen, wollen wir noch etwas über »any« (irgendwen) erfahren und was von ihm erwartet wird.

And will any say when my bell of quittance is heard in the
gloom,
    And a crossing breeze cuts a pause in its outrollings,
Till they rise again, as they were a new bell's boom,
    »He hears it not now, but used to notice such things«?

Und wird irgendwer sagen, wenn meine Befreiungsglocke im
Finstern zu hören ist
    und eine kreuzende Bö ihr weithin hallendes Dröhnen
unterbricht,
bis es wieder aufsteigt, als wäre es das Läuten einer neuen
Glocke:
    »Er hört es jetzt nicht, doch pflegte er solche Dinge
wahrzunehmen«?

Hier ist keine spezielle Jahreszeit, was bedeutet, es ist jederzeit. Es ist irgendein Hintergrund, vermutlich auf dem Land, mit einer Kirche auf offenem Feld, deren Glocke läutet. Die in der zweiten und dritten Zeile beschriebene Beobachtung ist hübsch, aber zu alltäglich, als daß unser Dichter irgendwelchen Ruhm dafür beanspruchen dürfte. Es ist seine Geschicklichkeit, sie als etwas zu beschreiben, auf das »irgendwer« sich beziehen und in seiner Abwesenheit sagen könnte: »He hears it not now, but used to notice such things«. Dazu ist »such things« ein Geräusch: vom Wind unterbrochen, aber wiederkehrend. Ein unterbrochener, aber wiederauflebender Klang ließe sich hier, am Ende dieser Elegie auf sich selbst, als selbstzügliche Metapher ansehen, und das nicht, weil der fragliche Klang ein Glockengeläut für Thomas Hardy ist.

Sondern weil ein unterbrochener, doch wiederauflebender Klang faktisch eine Metapher für Lyrik ist: für eine Folge von Gedichten, die derselben Feder entfließen, für eine Strophenfolge innerhalb eines Gedichts. Er ist auch eine Metapher für »Afterwards« mit all seinen wandernden Hebungen und jäh anhaltenden Zäsuren. In diesem Sinn hört die Befreiungsglocke, das Sterbeläuten, niemals auf – für Mr. Hardy jedenfalls nicht. Und es hört nicht auf, solange seine »Nachbarn«, »Gaffer«, »man«, »sie« und »irgendwer« wir sind.

IX

Will man für einen toten Dichter außergewöhnliche Ansprüche anmelden, tut man das am besten auf der Grundlage seines Gesamtwerks; da wir nur einige Stücke von Thomas Hardy durchgegangen sind, sollten wir der Versuchung aus dem Weg gehen. Es sei nur gesagt, daß er einer der sehr wenigen Lyriker ist, die bei minimaler Nachprüfung den Klauen der Vergangenheit mit Leichtigkeit entrinnen. Was ihm dabei offensichtlich hilft, ist der Inhalt seiner Gedichte: sie sind schlicht außerordentlich interessant zu lesen. Und wiederzulesen, da ihre Machart sehr oft vergnügungsresistent ist. Darin bestand sein ganzes Wagnis, und er hat gewonnen.

Aus der Vergangenheit gibt es nur einen Weg, und der führt einen in die Gegenwart. Allerdings ist Hardys Lyrik nichts, dessen Präsenz hier sonderlich bequem wäre. Er wird selten gelehrt, noch seltener gelesen. Erstens überschattet er einfach, zumindest hinsichtlich des Inhalts, den Großteil dessen, was Lyrik nach ihm geleistet hat: ein Vergleich macht aus allzu vielen modernen Riesen bloße Simpel. Auf die breite Leserschaft wirkt sein Verlangen nach dem Unbelebten wenig anziehend und verstörend. Dies sagt weniger über die geistige Gesundheit der breiten Leserschaft aus als über ihre geistige Nahrung.

Da er sich der Vergangenheit entzieht und sich in der Gegenwart unbeholfen ausnimmt, lenkt man den Blick auf die Zukunft als die ihm vielleicht angemessenere Nische. Möglich ist sie, wenn auch die technologische und demographische Wende, deren Zeugen wir sind, jede auf unserer relativ kohärenten eigenen Erfahrung aufbauende Vorausschau oder Phantasievorstellung auszulöschen droht. Dennoch, möglich ist sie, und nicht nur, weil der triumphierende immanente Wille beschließen könnte, auf dem Gipfel seines Ruhms seinen frühen Meister anzuerkennen.

Möglich ist sie, weil Thomas Hardys Lyrik ziemlich weit eindringt in das, was das Ziel aller Erkenntnis ist: unbelebte Materie. Unsere Spezies hat sich vor langer Zeit zu deren Erforschung aufgemacht in der zutreffenden Annahme, daß wir unsere Zellmischung mit diesem Zeug gemein haben und daß die Wahrheit über die Welt, sollte es sie geben, unmenschlich sein muß. Hardy ist keine Ausnahme. Was an ihm jedoch außergewöhnlich ist, ist die Unerbittlichkeit, mit der er das Ziel verfolgt, wobei seine Gedichte gewisse unpersönliche Züge seines Grundthemas zu übernehmen begannen, vor allem im Ton. Das ließe sich freilich als Tarnung ansehen, wie das Tragen von Drillich im Schützengraben.

Oder als eine neue Modelinie, die in der englischen Lyrik dieses Jahrhunderts die Richtung bestimmte: die leidenschaftslose Haltung wurde praktisch zur Norm, Gleichgültigkeit zur Trope. Doch waren das lediglich Nebenwirkungen; ich wage zu behaupten, daß er auf das Unbelebte nicht wegen dessen Kehle aus war, denn es hat keine, sondern wegen dessen Sprache.

Wenn man es sich recht überlegt, läßt sich der Ausdruck »matter-of-fact« (sachlich) durchaus auf sein Idiom anwenden, nur daß die Betonung auf »matter«, auf der Materie, läge. Seine Gedichte klingen oft so, als habe die Materie sich der Redegabe als einer zusätzlichen menschlichen Verkleidung bemächtigt. Vielleicht war das bei Hardy tatsächlich der Fall. Aber das ist auch nur natürlich, weil Sprache – wie irgendwer (höchstwahrscheinlich ich) einmal gesagt hat – die erste Informationszeile des Unbelebten über sich selbst ist, gerichtet an das Belebte. Oder, um es genauer auszudrücken, Sprache ist eine verdünnte Erscheinungsform der Materie.

Vielleicht weil seine Gedichte fast unweigerlich (wenn sie erst einmal länger als sechzehn Zeilen sind) entweder den Stempel des Unbelebten aufweisen oder aber ein Auge darauf haben, könnte ihm die Zukunft eine etwas größere Nische meißeln, als er gegenwärtig einnimmt. Um »Afterwards« ein wenig zu paraphrasieren: er pflegte nichtmenschliche Dinge wahrzunehmen; daher seine »Auge für Naturdetail« und zahllose Grübeleien an Grabsteinen. Ob die Zukunft imstande ist, die die Materie beherrschenden Gesetze besser zu begreifen als bisher, wird sich zeigen. Doch scheint sie sich mit mehr menschlicher Affinität zum Unbelebten abfinden zu müssen, als Literatur und philosophisches Denken bisher zugestanden haben.

Das ermöglicht uns, in einer Kristallkugel unbekannte Menschenmengen in merkwürdigem Aufzug sich auf die Scribner-Ausgabe der Gesammelten Werke Hardys oder den Penguin-Auswahlband stürzen zu sehen.

1994

Neunzig Jahre später

I

»Orpheus. Eurydike. Hermes« von Rainer Maria Rilke, geschrieben 1904, stellt einen vor die Frage, ob nicht das größte Werk dieses Jahrhunderts vor neunzig Jahren geschaffen wurde. Als sein deutscher Autor es schrieb, war er neunundzwanzig Jahre und führte ein ziemlich peripatetisches Leben, das ihn erst nach Rom verschlug, wo das Gedicht begonnen, und später im selben Jahr nach Schweden, wo es beendet wurde. Mehr sollten wir nicht zu den Umständen seiner Entstehung sagen, aus dem einfachen Grund, daß das, wozu sich dieses Gedicht summiert, mit keinerlei Erfahrung in Einklang gebracht werden kann.

Sicher, »Orpheus. Eurydike. Hermes« ist ebenso Flucht vor der Biographie wie vor der Geographie. Von Schweden enthält es allenfalls das diffuse grau-düstere Licht, das die gesamte Szene einhüllt. Von Italien enthält es noch weniger, abgesehen von der häufig gehörten Behauptung, daß es ein Basrelief im Museo Nazionale in Neapel war, das Rilke zur Feder greifen ließ.

Das Relief existiert, die Behauptung könnte also zutreffen, würde sich allerdings auch selbst aufheben. Denn es gibt so unzählige Kopien dieses speziellen Steins, wie es ungeheuer verschiedenartige andere Darstellungen dieses Mythos gibt. Um besagtes Relief mit dem Gedicht und des Dichters persönlichen Umständen zu verknüpfen, bliebe nur die Möglichkeit, Beweise dafür beizubringen, daß unser Dichter eine physiognomische Ähnlichkeit entdeckt hat zwischen der weiblichen Figur des Reliefs und entweder seiner Frau, einer Bildhauerin, die sich damals von ihm abgewandt hatte, oder eher noch seiner großen Liebe Lou Andreas-Salomé, die sich ihm zu der Zeit ebenfalls entfremdet hatte. Doch haben wir praktisch keinerlei Nachweis in diesem Bereich. Aber auch wenn wir jede Menge Nachweise hätten, wären sie unbrauchbar. Denn eine bestimmte Verbindung oder ihre Auflösung ist nur von Interesse, soweit sie die Metapher vermeidet. Ist die Metapher einmal eingeführt, stiehlt sie die Schau. Außerdem scheinen die Züge aller Figuren auf dem Relief zu unbestimmt für eine konkrete Anspielung – wie es einem mythologischen Gegenstand gemäß ist, der in den vergangenen drei Jahrtausenden mit unbarmherziger Häufigkeit in jeder Kunstform behandelt worden ist.

Entfremdung andererseits ist jedermanns Stärke, und um Entfremdung geht es, zum Teil, in diesem Gedicht. Besonders diesem Teil verdankt das Gedicht seine anhaltende Wirkung; um so mehr als es sich mit der Essenz dieses Gefühls befaßt anstatt mit der personenbezogenen Version, die unseres Dichters Los kennzeichnet. Was letztlich den Kern von »Orpheus. Eurydike. Hermes« ausmacht, ist der reichlich abgedroschene Satz, der diese Essenz ausdrückt und etwa so lautet: »Wenn du fortgehst, sterbe ich.« Was unser Dichter, technisch gesprochen, in diesem Gedicht getan hat, ist, einfach die ganze Strecke bis an das entfernte Ende dieses Ausspruchs zu überspringen. Darum befinden wir uns am Beginn von »Orpheus. Eurydike. Hermes« mitten in der Unterwelt.

II

Als Idee ist eine Reise in die Unterwelt wohl ebenso uralt wie die Gestalt dessen, der sie erstmals unternommen hat: Orpheus, der Ur-Dichter. Womit gesagt sein soll, daß diese Idee der Literatur an Alter gleichkommt oder ihr sogar zeitlich vorangeht.

Allen offenkundigen Reizen einer Hin-und-Rückreisegeschichte zum Trotz ist der Ursprung dieser Idee alles andere als literarisch. Er hat vermutlich mit der Furcht zu tun, lebendig begraben zu werden, die noch heute hinlänglich weit verbreitet ist, in grauer Vorzeit aber, wie man sich denken kann, angesichts der verheerenden Seuchen, insbesondere der Cholera, wild wucherte.

Eine solche Furcht ist zweifellos das Produkt einer Massengesellschaft – einer Gesellschaft jedenfalls, in der die Relation zwischen Masse und Einzelnem zu verhältnismäßiger Gleichgültigkeit ersterer gegenüber dem faktischen Ende des letzteren führt. In grauer Vorzeit fand sich eine solche Relation hauptsächlich in städtischen Räumen oder wohl in Heerlagern – eins wie das andere fruchtbarer Boden für Seuchen und Literatur (mündlich oder nicht), die beide zu ihrer Verbreitung auf Menschenansammlungen angewiesen sind.

Dementsprechend ist Krieg der Stoff der frühesten uns bekannten literarischen Werke. Mehrere von ihnen enthalten verschiedene Versionen des Mythos vom Abstieg in die Unterwelt und der späteren Rückkehr des Helden. Das hat ebensoviel mit dem fundamentalen Todgeweihtsein allen menschlichen Strebens, insbesondere der Kriegführung, zu tun wie damit, daß ein solcher Mythos – mit seinem Äquivalent eines Happy-End – einem Erzählwerk geistesverwandt ist, das Menschenverluste von massenhaften Ausmaßen ahnen läßt.

III

Die Vorstellung von der Unterwelt als einem verästelten U-Bahn-ähnlichen unterirdischen Gefüge leitet sich aller Wahrscheinlichkeit nach von den (praktisch identischen) Kalksteinlandschaften Kleinasiens und des nördlichen Peloponnes her, beide reich an dem, was als prähistorische und historische menschliche Behausung diente: an Höhlen.

Das Reich des Hades ist im wesentlichen ein Echo der vorurbanen Vergangenheit, wie sich aus der verschlungenen Topographie der Unterwelt schließen läßt, und der plausibelste Ursprungsort dieser Vorstellung ist das antike Kappadozien. (In unserer Kultur sind das vernehmlichste Echo einer Höhle mit all ihren jenseitigen Implikationen eindeutig die Kathedralen.) Jede kappadozische Höhlengruppe könnte in der Tat eine Bevölkerung beherbergt haben, die der einer modernen Kleinstadt oder eines Großdorfs in etwa gleichkäme, wobei vermutlich die Privilegiertesten die der Frischluft nähergelegenen Räume innehatten, die übrigen die immer weiter entfernten. Oft winden sich die Höhlen Hunderte von Metern tief in den Fels hinein.

Die unzugänglichsten scheinen von den Bewohnern zur Vorratshaltung und als Grabstätten benutzt worden zu sein. Wenn in einer solchen Gemeinde jemand starb, wurde er zum abgelegensten Ende des Höhlennetzes gebracht, dort zu Grabe gelegt, und der Eingang zu seiner Ruhestätte wurde mit einem Stein verschlossen. Bei einer derartigen Ausgangssituation mußte die Phantasie sich nicht allzusehr anstrengen, um sich eine Fortsetzung der Höhlenstruktur noch tiefer in den porösen Kalkstein hinein auszumalen. Alles in allem führt Endlichkeit leichter zur Unendlichkeitsidee hin als andersherum.

IV

Etwa dreitausend Jahre stetiger Phantasiebetätigung später ist es ganz natürlich, das Reich der Unterwelt mit einem aufgelassenen Bergwerk zu vergleichen. Die Anfangszeilen von »Orpheus. Eurydike. Hermes« erweisen sich als Gradmesser für die Geläufigkeit unseres Umgangs mit der Idee vom Totenreich, deren Vertrautheit sich irgendwie abgenutzt hat oder die wegen dringenderer Angelegenheiten außer Gebrauch gekommen ist:

> Das war der Seelen wunderliches Bergwerk.
> Wie stille Silbererze gingen sie
> Als Adern durch sein Dunkel ...

»Wunderliches« dient hier als Aufforderung, von einer rationalen Annäherung an die Geschichte abzusehen, und die Erweiterung von »wunderlich« zu »strange unfathomed« in der englischen Übersetzung verweist auf die geistige und physische Tiefe des Orts, an dem wir uns befinden. Dieses Epitheton modifiziert das einzige faßliche Substantiv, das die Eröffnungszeile des Gedichts enthält, nämlich »Bergwerk«. Jedoch wird alles Faßliche, soweit man davon sprechen kann, durch eine weitere nähere Bestimmung weggeblasen: »der Seelen«.

Als Abbild und Definition der Unterwelt ist ein »Bergwerk der Seelen« äußerst effizient, weil »Seelen«, was in erster Linie einfach »Verstorbene« heißt, auch noch heidnische wie christliche Nebenbedeutungen mit einbringt. Die Unterwelt ist damit sowohl ein Lager als auch eine Quelle von Vorrat. Dieser Warenlageraspekt des Totenreichs verschmilzt die beiden uns verfügbaren metaphysischen Lehren, und heraus kommen, ob durch Druck, Sauerstoffmangel oder hohe Temperatur, in der nächsten Zeile »Silbererze«.

Eine solche Oxydation ist nicht das Produkt von Chemie oder Alchimie, sondern das des kulturellen Metabolismus, der sich am unmittelbarsten in der Sprache nachweisen läßt; und nichts zeigt dies besser als die »Silbererze«.

V

Museo Nazionale oder nicht, dieses »Silber« kommt aus Neapel, aus einer anderen in die Unterwelt führenden Höhle, etwa zehn Meilen westlich der Stadt. Diese Höhle oder Grotte, die um die hundert Ausgänge hatte, war Sitz der Sibylle von Cumae, die Aeneas zu seinem Abstieg in die Unterwelt befragt, den er im Sechsten Buch der *Aeneis* unternimmt, um seinen Vater zu sehen. Die Sibylle weist Aeneas warnend auf die diversen Schwierigkeiten hin, die ihn bei seinem Unternehmen erwarten, vor allem auf die, den goldenen Zweig von einem goldenen Baum* herunterzubrechen, der ihm auf seinem Weg begegnen wird. Diesen Zweig Persephone, der Herrscherin des Hades, als Gabe darzubringen, ist die einzige Möglichkeit, in ihr dunkles Reich Einlaß zu erlangen.

Nun steht der goldene Zweig, wie auch der dazugehörige Baum, offensichtlich für unterirdische Golderzvorkommen. Daher die Schwierigkeit, ihn abzubrechen, was gleich der Schwierigkeit ist, dem Fels eine ganze Goldader zu entreißen. Unwissentlich oder bewußt eine Nachahmung Vergils vermeidend, ändert Rilke das Metall und damit die Farbe der Szenerie – womit er offenbar eine monochromere Wiedergabe von Persephones Reich anstrebt. Mit dieser Änderung ändert sich natürlich auch der Handelswert des »Erzes«, das die Seelen sind – ein Hinweis auf ihr reichliches Vorkommen und auf die von Emphase freie Haltung des Erzählers. Das »Silber« kommt, kurz gesagt, via Vergil von der Sibylle. Das ist es, was es mit dem Metabolismus auf sich hat; aber wir haben nur eben die Oberfläche angekratzt.

VI

Wir werden Besseres zustande bringen, hoffe ich, auch wenn wir uns mit diesem Gedicht in einer englischen Übersetzung befassen. Oder sogar gerade deswegen. Übersetzung ist der Vater der Zivilisation, und diese Übersetzung ist eine besonders gelungene. Sie ist entnommen *Rainer Maria Rilke: Selected Works, Volume II: Poetry*, 1976 bei Hogarth Press in London veröffentlicht.

Sie stammt von J. B. Leishman. Was sie besonders gelungen macht, ist in erster Linie natürlich Rilke selber. Rilke

* Bei Vergil ein dichtbelaubter Baum: »latet arbore opaca …«, *Aeneis* VI, 136. (Anm. d. Ü.)

war ein Dichter der einfachen Worte und weitgehend regelmäßigen Metren. Vor allem letzteres galt so sehr für ihn, daß er im Verlauf seiner ungefähr dreißigjährigen dichterischen Laufbahn nur zweimal mit Entschiedenheit aus den Metrum-Reim-Zwängen auszubrechen versuchte. Das erste Mal 1907 in *Neue Gedichte*, in dem Zyklus von fünf Gedichten über – pauschal gesagt – Themen der griechischen Antike. Der zweite Versuch, mit einigen Unterbrechungen die Jahre 1915 bis 1923, umfaßt, was als seine *Duineser Elegien* bekannt wurde. Zwar sind sie atemberaubend, aber man hat das Gefühl, daß unser Dichter in ihnen mehr Freiheit hatte, als er hatte haben wollen. Die fünf Stücke aus *Neue Gedichte* sind eine andere Sache, und »Orpheus. Eurydike. Hermes« gehört dazu.

Es ist eine Arbeit in fünffüßigen Jamben und Blankvers: etwas, womit die englische Sprache sich durchaus wohl fühlt. Zweitens ist es ein geradlinig erzählendes Gedicht mit ziemlich klar umrissener Expositon, Durchführung und Lösung. Vom Standpunkt des Übersetzers ist es keine sprachbestimmte, sondern eine handlungsbestimmte Vorlage, und so etwas macht Übersetzer froh, weil bei einem Gedicht wie diesem Genauigkeit zum Synonym von Glückseligkeit wird.

Leishmans Leistung ist um so bewundernswerter, als er seinen fünffüßigen Jambus anscheinend regelmäßiger gestaltet, als das deutsche Original es vorsieht. Damit erhält das Gedicht eine metrische Form, die englischen Lesern vertraut ist und es ihnen ermöglicht, mit wachsendem Zutrauen Zeile um Zeile zu verfolgen, was der Autor zustande bringt. Manche Bemühung jüngeren Datums – und in den letzten drei Jahrzehnten ist es praktisch Mode geworden, Rilke zu übersetzen – wird entweder dadurch ruiniert, daß man das Original Hebung für Hebung metrisch exakt zu reproduzieren sucht, oder dadurch, daß das Gedicht den Extravaganzen des *vers libre* unterworfen wird. Ob das nun das Verlangen der Übersetzer nach Authentizität zeigt oder danach, sich *comme il faut* im aktuellen lyrischen Idiom auszudrücken, unverkennbares Merkmal dieser (in Vorworten oft heftig verteidigten) Bestrebungen ist, daß sie nicht die des Autors waren. In Leishmans Fall haben wir es jedoch ganz klar mit der Preisgabe des Übersetzer-Ego zugunsten von Leserwonnen zu tun; so wird ein Gedicht fremder Zunge heimisch. Und hier ist es nun in Gänze.

VII

ORPHEUS. EURYDIKE. HERMES

Das war der Seelen wunderliches Bergwerk.
Wie stille Silbererze gingen sie
als Adern durch sein Dunkel. Zwischen Wurzeln
entsprang das Blut, das fortgeht zu den Menschen,
und schwer wie Porphyr sah es aus im Dunkel.
Sonst war nichts Rotes.

Felsen war da
und wesenlose Wälder. Brücken über Leeres
und jener große graue blinde Teich,
der über seinem fernen Grunde hing
wie Regenhimmel über einer Landschaft.
Und zwischen Wiesen, sanft und voller Langmut,
erschien des einen Weges blasser Streifen
wie eine lange Bleiche hingelegt.

Und dieses einen Weges kamen sie.

Voran der schlanke Mann im blauen Mantel,
der stumm und ungeduldig vor sich aussah.
Ohne zu kauen fraß sein Schritt den Weg
in großen Bissen; seine Hände hingen
schwer und verschlossen aus dem Fall der Falten

und wußten nicht mehr von der leichten Leier,
die in die Linke eingewachsen war
wie Rosenranken in den Ast des Ölbaums.
Und seine Sinne waren wie entzweit:
indes der Blick ihm wie ein Hund vorauslief,
umkehrte, kam und immer wieder weit
und wartend an der nächsten Wendung stand, –
blieb sein Gehör wie ein Geruch zurück.
Manchmal erschien es ihm, als reichte es
bis an das Gehen jener beiden andern,
die folgen sollten diesen ganzen Aufstieg.
Dann wieder wars nur seines Steigens Nachklang
und seines Mantels Wind was hinter ihm war.
Er aber sagte sich, sie kämen doch;
sagte es laut und hörte sich verhallen.
Sie kämen doch, nur wärens zwei
die furchtbar leise gingen. Dürfte er
sich einmal wenden (wäre das Zurückschaun
nicht die Zersetzung dieses ganzen Werkes,
das erst vollbracht wird), müßte er sie sehen,
die beiden Leisen, die ihm schweigend nachgehn:

Den Gott des Ganges und der weiten Botschaft,
die Reisehaube über hellen Augen,
den schlanken Stab hertragend vor dem Leibe
und flügelschlagend an den Fußgelenken;
und seiner linken Hand gegeben: s i e .

Die So-geliebte, daß aus einer Leier
mehr Klage kam als je aus Klagefrauen;
daß eine Welt aus Klage ward, in der
alles noch einmal da war: Wald und Tal
und Weg und Ortschaft, Feld und Fluß und Tier;
und daß um diese Klage-Welt, ganz so
wie um die andre Erde, eine Sonne
und ein gestirnter stiller Himmel ging,

ein Klage-Himmel mit entstellten Sternen –:
Diese So-geliebte.

Sie aber ging an jenes Gottes Hand,
den Schritt beschränkt von langen Leichenbändern,
unsicher, sanft und ohne Ungeduld.
Sie war in sich, wie Eine hoher Hoffnung,
und dachte nicht des Mannes, der voranging,
und nicht des Weges, der ins Leben aufstieg.
Sie war in sich. Und ihr Gestorbensein
erfüllte sie wie Fülle.
Wie eine Frucht von Süßigkeit und Dunkel,
so war sie voll von ihrem großen Tode,
der also neu war, daß sie nichts begriff.

Sie war in einem neuen Mädchentum
und unberührbar; ihr Geschlecht war zu
wie eine junge Blume gegen Abend,
und ihre Hände waren der Vermählung
so sehr entwöhnt, daß selbst des leichten Gottes
unendlich leise, leitende Berührung
sie kränkte wie zu sehr Vertraulichkeit.

Sie war schon nicht mehr diese blonde Frau,
die in des Dichters Liedern manchmal anklang,
nicht mehr des breiten Bettes Duft und Eiland
und jenes Mannes Eigentum nicht mehr.

Sie war schon aufgelöst wie langes Haar
und hingegeben wie gefallner Regen
und ausgeteilt wie hundertfacher Vorrat.

Sie war schon Wurzel.

Und als plötzlich jäh
der Gott sie anhielt und mit Schmerz im Ausruf

die Worte sprach: Er hat sich umgewendet –,
begriff sie nichts und sagte leise: W e r ?

Fern aber, dunkel vor dem klaren Ausgang,
stand irgend jemand, dessen Angesicht
nicht zu erkennen war. Er stand und sah,
wie auf dem Streifen eines Wiesenpfades
mit trauervollem Blick der Gott der Botschaft
sich schweigend wandte, der Gestalt zu folgen,
die schon zurückging dieses selben Weges,
den Schritt beschränkt von langen Leichenbändern,
unsicher, sanft und ohne Ungeduld.

VIII

Das Gedicht ist von der Art eines schweren Traums, in dem man etwas äußerst Wertvolles erringt, nur um es im nächsten Augenblick zu verlieren. Innerhalb der zeitlichen Grenzen des Schlafs, vielleicht auch genau ihretwegen, sind solche Träume qualvoll überzeugend in ihren Details; ein Gedicht ist erklärtermaßen ebenfalls begrenzt. Traum wie Gedicht implizieren Verdichtung, Komprimierung, nur daß ein Gedicht als bewußte Handlung keine Paraphrase oder Metapher der Wirklichkeit ist, sondern selbst eine Wirklichkeit.

Bei aller neueren Popularität des Unbewußten ist doch unsere Abhängigkeit vom Bewußten noch immer größer. Wenn Pflichten im Traum beginnen, wie Delmore Schwartz es einmal formuliert hat, so werden sie schließlich in Gedichten artikuliert und erfüllt. Zwar ist es dümmlich, eine Hierarchie der verschiedenen Wirklichkeiten zu postulieren, doch läßt sich die Ansicht vertreten, daß alle Wirklichkeit den Gedichtzustand anstrebt: und sei es nur aus Gründen der Ökonomie.

Diese Ökonomie ist die elementare *raison d'être* der Kunst, und ihre gesamte Geschichte ist die Geschichte ihrer Mittel der Kompression und Kondensation. In der Lyrik ist es die Sprache, selbst eine hochverdichtete Version der Wirklichkeit. Kurz gesagt, ein Gedicht bringt eher hervor, als daß es reflektiert. Wenn also ein Gedicht ein mythologisches Thema anspricht, läuft das auf eine Wirklichkeit hinaus, die ihre eigene Geschichte untersucht, oder, wenn man so will, auf eine Wirkung, die ihre Ursache unter ein Vergrößerungsglas legt und von ihr geblendet wird.

»Orpheus. Eurydike. Hermes« ist genau das, ebenso wie es das Selbstporträt des Autors mit jenem Vergrößerungsglas in der Hand ist, und man erfährt aus diesem Gedicht erheblich mehr über ihn, als irgendeine Lebensgeschichte von ihm bieten kann. Was er betrachtet, ist, was ihn gemacht hat; aber er als der Betrachter ist weitaus greifbarer, denn man kann etwas nur von außen betrachten. Das ist für Sie der Unterschied zwischen einem Traum und einem Gedicht. Sagen wir, die Wirklichkeit war die der Sprache, die Ökonomie die seine.

IX

Und das erste Beispiel für jene Ökonomie ist der Titel. Titel sind eine ziemlich schwierige Angelegenheit: sie sind mit so vielen Risiken behaftet. Didaktisch zu sein, allzu emphatisch, banal, überladen oder affektiert. Dieser entzieht sich jeder Definition und hat etwas von einer Unterschrift unter einem Photo oder Gemälde – oder eben auch unter einem Basrelief.

Und vermutlich war das auch so beabsichtigt. Es würde dem Anliegen eines Gedichts über einen griechischen Mythos sehr gut entsprechen: eine Ankündigung des Inhalts, nichts weiter. Genau das leistet dieser Titel. Er stellt das Thema vor und weicht jeder gefühlsmäßigen Festlegung aus.

Nur daß wir nicht wissen, ob der Titel der Abfassung des Gedichts voranging oder erst nachträglich formuliert wurde. Angesichts des überwiegend leidenschaftslosen Tons im gesamten Gedicht ist man natürlich versucht, ersteres anzunehmen. Mit anderen Worten, der Titel bietet dem Leser einen Fingerzeig.

So weit, so gut, und man kann nur über die bemerkenswerte Raffinesse eines Neunundzwanzigjährigen staunen, nach jedem Namen einen Punkt zu setzen, um jeglichen Anschein von Melodrama zu vermeiden. Wie auf griechischen Vasen, denkt man, und staunt wieder über seine Intelligenz. Aber dann blickt man auf den Titel und merkt, daß etwas fehlt. Habe ich gesagt »nach jedem Namen«? Nach Hermes steht kein Punkt, und er steht an letzter Stelle. Warum?

Weil er ein Gott ist, und Zeichensetzung das Gebiet der Sterblichen. Ein Punkt nach dem Namen eines Gottes geht nicht an, um das mindeste zu sagen, weil nämlich die Götter ewig sind und nicht an die Kandare gelegt werden können. Hermes, »Gott des Ganges und der weiten Botschaft«, schon gleich gar nicht.

Der Umgang mit dem Göttlichen in der Lyrik hat seine eigene Etikette, die wenigstens ins Mittelalter zurück reicht; Dante beispielsweise riet davon ab, irgend etwas im christlichen Pantheon auf Substantive niederen Ranges zu reimen. Rilke treibt diese Etikette gewissermaßen um noch ein Tüpfelchen weiter, indem er Orpheus und Eurydike in ihrer Endlichkeit paart, dem Gott aber buchstäblich das Ende offen hält. Ein Fingerzeig herrlich enigmatischer Art, man wünschte fast, es wäre ein Urtypus. Aber das wäre dann göttliche Einmischung.

X

Diese Mischung von Sachlichkeit und Offenhalten macht die Sprache des Gedichts aus. Nichts könnte der Nacherzählung eines Mythos gemäßer sein, womit gesagt sein soll, daß die Wahl der Sprache ebenso Rilkes Leistung war wie Ergebnis früherer Wiedergaben dieses Mythos – etwa von den *Georgica* an. Diese unzähligen früheren Versionen sind es, die unseren Dichter in die Flucht vor jedem Schwulst treiben und ihn diesen leidenschaftslosen Tonfall annehmen lassen, den hie und da ein Anhauch düsterer Wehmut färbt, wie er dem Alter und Grundton seiner Geschichte gleichermaßen gut ansteht.

Was mehr Rilkes eigene Erfindung ist, ist die Verwendung der Farbe in den Anfangszeilen des Gedichts. Seine fahlen Pastelltöne von Grau, von trübem Porphyr, bis hin zu Orpheus' blauem Mantel stammen direkt aus dem weichen Worpsweder Lager des Nordischen Expressionismus, wo gedämpfte, verwaschene Flächen von den krausen Linien des ästhetischen Idioms der Jahrhundertwende – einer Mischung von Präraffaelitischem und Art Nouveau – durchzogen werden.

> Das war der Seelen wunderliches Bergwerk.
> Wie stille Silbererze gingen sie
> als Adern durch sein Dunkel. Zwischen Wurzeln
> entsprang das Blut, das fortgeht zu den Menschen,
> und schwer wie Porphyr sah es aus im Dunkel.
> Sonst war nichts Rotes.
>
> Felsen war da
> und wesenlose Wälder. Brücken über Leeres
> und jener große graue blinde Teich,
> der über seinem fernen Grunde hing
> wie Regenhimmel über einer Landschaft.
> Und zwischen Wiesen, sanft und voller Langmut,
> erschien des einen Weges blasser Streifen
> wie eine lange Bleiche hingelegt.

Nun ist dies die Exposition; die Betonung der Farbe damit natürlich wesentlich. Wir zählen ein »grau« – im Englischen zwei: »a *gray* rainy sky« –, zwei »Dunkel«, dreimal die Farbe Rot. Dem lassen sich das »wesenlos« der Wälder und das

»blaß« des Weges hinzurechnen; sie gehören zur selben ins Monochrome tendierenden Familie von Epitheta, da die Lichtquelle zurückgenommen ist.

Es ist eine Szene ohne jede starke Farbe. Wenn irgend etwas hervorsticht, dann die »Silbererze« der Seelen, deren Glitzern aber bestenfalls auch nur ein belebtes Grau ergibt. Die »Felsen« vermitteln bildhaft zusätzliche Abwesenheit von Farbe, eine weitere Grauschattierung vielleicht, vor allem weil dem das spektrumfeindliche »Sonst war nichts Rotes« vorangeht.

Es ist die undramatische Farbpalette jener Jahre, die Rilke hier verwendet – mit dem Risiko, aus dem Gedicht ein museales Zeitstück zu machen. Wenn wir bis hierher gelesen haben, wissen wir zumindest, welche Art von Kunst ihn inspirierte, und können über das veraltete ästhetische Idiom unsere modernen Nasen rümpfen: es bewegt sich allenfalls irgendwo zwischen Odilon Redon und Edvard Munch.

XI

Dabei waren Rilke ungeachtet seiner Plackerei als Rodins Sekretär, ungeachtet seiner enormen Wertschätzung Cézannes, ungeachtet seines ständigen Verkehrs in Künstlerkreisen die bildenden Künste fremd, und seine Geschmacksvorlieben auf diesem Gebiet waren zufällig. Ein Lyriker ist immer eher ein Konzeptualist als ein Kolorist, und nachdem wir bis hierher gelesen haben, wird uns klar, daß in der zitierten Passage sein Auge sich seiner Vorstellungskraft unterordnet, genauer: seinem Verstand. Denn während wir die Farbskala in diesen Zeilen einer bestimmten Periode der europäischen Malerei zuordnen können, hat die räumliche Konstruktion von

Brücken über Leeres
und jener große graue blinde Teich,
der über seinem fernen Grunde hing
wie Regenhimmel über einer Landschaft.

keinen nachweisbaren Ursprung. Außer vielleicht die Lehrbuchzeichnung eines See- oder Flußquerschnitts für den Geometrieunterricht der höheren Schule. Oder beides.

Denn »Brücken über Leeres« ahmt einen Kreidebogen auf einer Wandtafel nach. Ähnlich evoziert »jener große graue blinde Teich,/ der über seinem fernen Grunde hing« eine horizontale Linie auf derselben Tafel, ergänzt um einen Halbkreis darunter, der die beiden Enden der Linie berührt. Fügt man dem jenes »wie Regenhimmel über einer Landschaft« hinzu und damit einen weiteren Halbkreis, der sich über jener Horizontalen wölbt, erhält man die Figur einer Kugel mit eingezeichnetem Durchmesser.

XII

Rilkes Gedichte strotzen nur so von solchen Darstellungen von Dingen an sich, in *Neue Gedichte* ganz besonders. Nehmen Sie zum Beispiel den berühmten »Panther« mit seinem »Tanz von Kraft um eine Mitte«. Rilke macht solche Sachen mit Vergnügen, manchmal ohne Anlaß, nur dem Reim zuliebe. In der Lyrik ist Willkür aber allemal der bessere Architekt, weil sie dem Bau des Gedichts das Klima liefert.

Die Kugelskizze paßt hier natürlich recht gut zu der Vorstellung von der völligen Autonomie seiner unterirdischen Landschaft. Sie leistet fast das gleiche wie die Verwendung von »Porphyr« mit dessen streng geologischen Konnotationen. Interessanter noch ist der psychologische Mechanismus hinter dieser Beschreibung eines Kreises, und ich glaube, daß in dieser Blankversgeschichte das Äquivalent der beiden

Halbkreise das Echo des Reimprinzips ist – des trägen Beharrens darauf, um es grob auszudrücken, ein Ding mit dem anderen zu paaren und/oder gleichzusetzen –, dessen Anwendung dieses spezielle Gedicht zu meiden bestimmt war.

Das tut es; aber das Reimprinzip ist durch das Gedicht hindurch zu spüren wie ein Muskel durchs Hemd. Ein Lyriker ist Konzeptualist, wenn auch nur, weil sein Geist von den Eigenheiten seiner Mittel geformt wird, und nichts bringt einen so sehr dazu, bis dato disparate Dinge und Begriffe zu verbinden, wie der Reim. Diese Verbindungen sind oft einmalig oder einzigartig genug, um die Autonomie ihres Ergebnisses fühlbar zu machen. Darüber hinaus: je länger unser Dichter dabei ist, autonome Wesenheiten zu schaffen oder mit ihnen umzugehen, um so mehr färbt diese Autonomievorstellung auf seine eigene Psyche ab, auf sein Selbstverständnis.

Diese Denkrichtung könnte uns natürlich geradewegs in Rilkes Biographie führen, aber das ist kaum nötig, da Biographisches uns sehr viel weniger weiterhilft als der Vers. Denn das Hin-und Herschießen und Oszillieren des Verses – angefeuert vom Reimprinzip, dabei gleichzeitig den begrifflichen Gleichklang in Frage stellend – gewährt einen viel größeren geistigen und emotionalen Spielraum als jedes romantische Streben. Darum in erster Linie bescheidet man sich mit einer literarischen Karriere.

XIII

Unterhalb der anderweltlichen Landschaft der Exposition, mit allem was sie einschließlich der vollkommenen Kugel enthält, verläuft gleich der Signatur eines Malers der wunderbar sich windende Pfad, »des einen Weges blasser Streifen / wie eine lange Bleiche hingelegt«, dessen alliterative Schönheit im Englischen – »like a long line of linen laid to bleach« – der Übersetzung J. B. Leishmans zu danken ist.

Das ist eine bemerkenswert gute Umschreibung für einen unbegangenen Weg, dem einzigen, wie wir erfahren, in dieser soeben vom Dichter erschaffenen, ganz autonomen anderen Welt. Es ist nicht die einzige schöpferische Leistung dieser Art in dem Gedicht; weitere werden folgen und uns rückwirkend das Verlangen des Autors nach in sich geschlossenen Szenen erklären. Doch hier handelt es sich um eine Exposition, und Rilkes Vorgehen ist das eines guten Bühnenbildners, der die Szene für die Bewegungen, die Gänge seiner Figuren einrichtet.

Und also erscheint an letzter Stelle der Weg, eine horizontale Linie, die sich »zwischen Wiesen, sanft und voller Langmut« windet, d. h. das Fehlen von Bewegung gewohnt ist, aber stillschweigend darauf wartet: wie wir.

Landschaften müssen schließlich bewohnt werden; diejenigen, die mit einem Verkehrsweg aufwarten, sind es auf jeden Fall. Mit anderen Worten, das Gedicht hört nun auf ein Gemälde zu sein und wird zu einer Geschichte: Jetzt kann er anfangen, seine Figuren in Bewegung zu setzen.

XIV

Und dieses einen Weges kamen sie.

Voran der schlanke Mann im blauen Mantel,
der stumm und ungeduldig vor sich aussah.
Ohne zu kauen fraß sein Schritt den Weg
in großen Bissen; seine Hände hingen
schwer und verschlossen aus dem Fall der Falten
und wußten nicht mehr von der leichten Leier,
die in die Linke eingewachsen war
wie Rosenranken in den Ast des Ölbaums.
Und seine Sinne waren wie entzweit:
indes der Blick ihm wie ein Hund vorauslief,

umkehrte, kam und immer wieder weit
und wartend an der nächsten Wendung stand, –
blieb sein Gehör wie ein Geruch zurück.
Manchmal erschien es ihm, als reichte es
bis an das Gehen jener beiden andern,
die folgen sollten diesen ganzen Aufstieg.
Dann wieder wars nur seines Steigens Nachklang
und seines Mantels Wind was hinter ihm war.
Er aber sagte sich, sie kämen doch;
sagte es laut und hörte sich verhallen.
Sie kämen doch, nur wärens zwei
die furchtbar leise gingen. Dürfte er
sich einmal wenden (wäre das Zurückschaun
nicht die Zersetzung dieses ganzen Werkes,
das erst vollbracht wird), müßte er sie sehen,
die beiden Leisen, die ihm schweigend nachgehn ...

»Der schlanke Mann im blauen Mantel« ist offensichtlich Orpheus selber. Wir sollten uns aus einer Reihe von Gründen für diese Beschreibung interessieren, vorrangig aus dem Grund, daß, wenn es jemanden in diesem Gedicht gibt, der uns etwas über den Autor erzählen kann, dann Orpheus. Erstens, weil er ein Dichter ist. Zweitens, weil er im Kontext dieses Mythos ein Leidender ist. Drittens, weil auch er sich vorstellen muß, was vorgeht. Aus diesen drei Punkten ergibt sich, daß so etwas Ähnliches wie ein Selbstporträt des Autors zum Vorschein kommen muß.

Trotzdem sollten wir nicht den Erzähler aus dem Blick verlieren, denn er ist es, der uns die Exposition mitgeteilt hat. Der Erzähler ist es, der dem Gedicht seinen ausdrucksleeren Titel gegeben und damit unser Vertrauen in den Rest gewonnen hat. Wir haben es mit seiner Version des Mythos zu tun, nicht mit der des Orpheus. Mit anderen Worten, Rilke und der Dichter sollten sich in unseren Gedanken nicht völlig überlappen, schon deswegen nicht, weil keine zwei Dichter einander gleichen.

Aber auch wenn Orpheus nur ein Aspekt unseres Autors ist, ist das für uns noch immer interessant genug, weil wir durch das Porträt unseres Urdichters hindurch Rilkes eigenen Ausgangspunkt gewahren können und damit auch, was er von diesem strategischen Punkt aus an der Gestalt des Orpheus beneidet oder verachtet. Wer weiß, vielleicht hatte das Gedicht für seinen Autor keinen anderen Zweck, als sich über diese Dinge klarzuwerden.

So verlockend es auch sein mag, wir sollten vermeiden, den Autor und seine Gestalt in Gedanken zu verschmelzen. Für uns ist es natürlich schwerer, dieser Verlockung zu widerstehen, als es das für Rilke selber war, für den die totale Identifikation mit Orpheus schlicht und einfach ungehörig gewesen wäre. Daher sein relativ harter Blick auf den legendären thrakischen Sänger. Wir sollten versuchen, seinem Beispiel zu folgen, wenn wir beide betrachten.

XV

»... der schlanke Mann im blauen Mantel« teilt einem sehr wenig mit, nur allgemeines Aussehen und vielleicht auch Körpergröße. »Blau« scheint nichts Spezielles zu bezeichnen; es macht die Figur vor dem farblosen Hintergrund lediglich besser sichtbar.

»Der stumm und ungeduldig vor sich aussah« ist etwas stärker befrachtet und scheint unschmeichelhaft. Obwohl Orpheus begreiflicherweise angstvoll bestrebt ist, die Sache hinter sich zu bringen, spricht das vom Autor gewählte psychologische Detail Bände. Theoretisch muß es einige andere Optionen gegeben haben: Orpheus' Freude etwa, die geliebte Gattin wiedergewonnen zu haben. Dadurch daß der Autor eine scheinbar negative Charakterisierung wählt, erreicht er jedoch zweierlei. Erstens distanziert er sich von Orpheus. Zweitens unterstreicht »ungeduldig« die Tatsache, daß wir es mit einer Figur in Bewegung zu tun haben: mit menschlichen Bewegungen im Herrschaftsbereich der Götter. Anders könnte es auch gar nicht sein, da wir mit unseren Sehgewohnheiten für die Menschen der Antike das sind, was ihre Götter für uns. Und ebenso unausweichlich ist das Scheitern von Orpheus' Vorhaben, da menschliche Bewegungen in göttlichen Bezirken vom ersten Schritt an verdammt sind: sie unterliegen einem anderen Zeitmaß. *Sub specie aeternitatis* sähe wohl jede menschliche Bewegung ein wenig zu cholerisch und ungeduldig aus. Wenn man dies bedenkt, ist die Wiedergabe des Mythos durch Rilke, der doch der Antike zeitlich fern steht, in sich das Ergebnis einer kleinen Spanne jener Ewigkeit.

Aber wie ein Samen, aus dem jedes Frühjahr ein neues Blatt sprießt, bringt ein Mythos Jahrhundert um Jahrhundert in jeder Kultur sein Sprachrohr hervor. Damit ist Rilkes Gedicht nicht so sehr neuerliche Wiedergabe des Mythos als vielmehr dessen Wachstum. Bei allen Unterschieden zwischen den menschlichen und göttlichen Zeitstrukturen – ein Unterschied, der den Kern dieses Mythos bildet – ist das Gedicht immer noch die von einem Sterblichen erzählte Geschichte eines Sterblichen. Ein Gott würde Orpheus möglicherweise in schrofferem Licht zeigen als Rilke – da ja für die Götter Orpheus ein Gesetzesbrecher ist. Wenn man dessen Zeit überhaupt mißt, dann nur, um den Zeitpunkt seiner Vertreibung festzusetzen, und die Epitheta jenes Gottes für Orpheus' Bewegungen enthielten sicher einen Anflug von *Schadenfreude**.

»Stumm und ungeduldig« ist eine ganz und gar menschliche Charakterisierung; sie läßt Erinnerung an eigene Erfahrung, nachträgliche Einsicht, wenn man so will, verspätete Reue anklingen. Anklänge dieser Art sind in dem Gedicht überreich vorhanden, sie verleihen Rilkes Nacherzählung des Mythos etwas Erinnerungshaftes. Aber Mythen haben ja

* So im Original (Anm. d. Ü.)

ihren Sitz im Menschen nirgends als im Gedächtnis; erst recht ein Mythos, dessen Thema Verlust ist. Was einen solchen Mythos einprägsam macht, ist eigene Erfahrung ähnlicher Art. Wenn von Verlust die Rede ist, befindet man sich auf heimischem Boden, Antike oder nicht. Nehmen wir also die Hürde und setzen Mythos und Erinnerung gleich; auf diese Weise ersparen wir uns die Vergleiche unseres Seelenlebens mit dem Pflanzenreich; und wir könnten auf diese Weise die eine oder andere Erklärung für die eindrucksvolle Macht des Mythos über uns erhalten sowie für sein nachweislich regelmäßiges Wiederauftreten in jeder Kultur.

Die Quelle der Erinnerungskraft (die oft unsere eigentliche Wirklichkeit überschattet) ist nämlich das Gefühl von etwas Unfertigem, von Unterbrechung. Genau das, sei hier angemerkt, steht auch hinter der Idee von Geschichte. Erinnerung ist wesentlich eine Fortsetzung jenes Unfertigen – sei es das Leben einer Geliebten oder die Angelegenheiten einer Nation – mit anderen Mitteln. Teils weil wir von den Mythen in unserer Kindheit erfahren, teils weil sie der Antike angehören, sind sie integraler Bestandteil unserer privaten Vergangenheit. Und gegenüber unserer Vergangenheit verhalten wir uns normalerweise entweder ablehnend oder verklärend, denn wir werden nun nicht mehr von jenen Geliebten oder Göttern herumgescheucht. Daher die bannende Macht der Mythen über uns; daher ihre vernebelnde Wirkung auf unsere Privatakte; daher zumindest das Eindringen selbstbezüglicher Sprachwendungen und Bilder in das vorliegende Gedicht. »Stumm und ungeduldig« ist ein gutes Beispiel, da selbstbezügliche Ausdrucksweise per definitionem unschmeichelhaft zu sein hat.

Nun, dies ist der Anfang eines Gedichts über ein mythologisches Thema, und Rilke entscheidet sich, hier nach den Regeln der Antike zu spielen und die Eindimensionalität mythologischer Charaktere zu betonen. Letztlich verkürzt sich das Darstellungsschema in Mythen auf das Prinzip von ›Der Mensch ist sein Zweck‹ (der Athlet läuft, der Gott schlägt zu, der Krieger kämpft und so weiter), wobei jeder durch sein Tun definiert ist. Aber nicht, weil die Menschen der Antike unwissentlich Sartrejünger gewesen wären, sondern weil damals jedermann im Profil abgebildet wurde. Auf einer Vase oder eben auch einem Basrelief ist Mehrdeutiges ziemlich schlecht unterzubringen.

Wenn also Orpheus vom Autor hier als auf ein Ziel fixiert dargestellt wird, steht das recht gut in Einklang mit der Behandlung der menschlichen Gestalt in der Kunst der griechischen Antike: weil wir ihn auf dem »einen Weg« im Profil sehen. Ob absichtlich oder nicht (was letztlich unerheblich ist, obwohl man versucht ist, dem Dichter eher mehr als weniger zugute zu halten), Rilke schließt jede Nuance aus. Deshalb finden wir, die wir an facettenreiche, ja sogar stereoskopische Darstellungen der menschlichen Gestalt gewöhnt sind, die erste Charakterisierung von Orpheus unschmeichelhaft.

XVI

Weil die Sache nicht besser wird mit »Ohne zu kauen fraß sein Schritt den Weg / in großen Bissen«, soll hier etwas echt Kitschiges gesagt werden. Sagen wir, daß unser Dichter wie ein Archäologe vorgeht, der die Ablagerungen der Jahrhunderte Schicht um Schicht von seinem Fund abträgt. Also sieht er der Gestalt als erstes an, daß sie in Bewegung ist, und registriert das. Je mehr der Fund gesäubert ist, desto mehr seelische Details kommen zum Vorschein. Nachdem wir uns mit diesem rührenden Vergleich unter unser Niveau begeben haben, wollen wir nun jene fressenden Schritte angehen.

XVII

»Fressen« bezeichnet eine gierige Art zu essen und bezieht sich normalerweise auf Tiere. Der Autor nimmt diesen Vergleich zu Hilfe, um nicht nur die Schnelligkeit von Orpheus' Bewegungen zu beschreiben, sondern auch um die Ursache dieser Schnelligkeit anzudeuten. Hier wird ganz klar auf Zerberus angespielt, den dreiköpfigen Hund, der den Eingang zum Hades bewacht – und ebenso den Ausgang, müssen wir hinzufügen, weil es ein und dasselbe Tor ist. Orpheus, so wie wir ihn hier sehen, ist auf dem Weg vom Hades zurück ins Leben, was bedeutet, daß er das gräßliche Ungeheuer vor ganz kurzem gesehen hat und furchtbare Angst haben muß. Die Schnelligkeit seiner Bewegungen verdankt sich darum ebensosehr seinem Wunsch, sein geliebtes Weib so schnell wie möglich ins Leben zurückzubringen, wie dem Wunsch, so viel Entfernung wie möglich zwischen sich und jenen Hund zu legen.

Mit der Verwendung dieses Verbs, um Orpheus' Bewegungsweise zu beschreiben, suggeriert der Autor, daß die Schrecklichkeit des Zerberus den Urdichter selber in eine Art Tier verwandelt, d.h. ihn zu einem nichtdenkenden Wesen macht. »Ohne zu kauen fraß sein Schritt den Weg / in großen Bissen« ist erstaunlich gelungen, nicht zuletzt weil es den wahren Grund für das Scheitern unseres Helden einschließt und ebenso die Bedeutung des göttlichen Verbots zurückzublicken: werde nicht Beute des Schreckens. Was heißen soll, beschleunige nicht.

Noch einmal, wir haben keinen Grund anzunehmen, daß der Autor die zentralen Vorgaben des Mythos zu entziffern vorhatte, als er mit dem Gedicht begann. Vermutlich kam es ihm intuitiv, während des Schreibens, im Gefolge von »fraß«, was ja die ganz übliche Verstärkung eines Ausdrucks ist. Und dann ballte es sich plötzlich zusammen: Schnelligkeit und Schrecken, Orpheus und Zerberus. Höchstwahrscheinlich kam ihm die Verbindung einfach blitzartig in den Sinn und bestimmte die weitere Gestaltung unseres Urdichters.

XVIII

In seiner Furcht erscheint Orpheus nämlich buchstäblich wie von Hunden gehetzt. Viereinhalb Zeilen weiter – Zeilen, die theoretisch etwas Abstand zwischen Orpheus und die Ursache jener Furcht legen – überholt ihn der Hund, um praktisch Teil seiner eigenen Physis zu werden:

> Und seine Sinne waren wie entzweit:
> indes der Blick ihm wie ein Hund vorauslief,
> umkehrte, kam und immer wieder weit
> und wartend an der nächsten Wendung stand, –
> blieb sein Gehör wie ein Geruch zurück.

Was dieser Vergleich uns mitteilt, ist im wesentlichen die Bezähmung von Furcht. Unser Archäologe hat seinen Fund mittlerweile von der letzten Erdschicht befreit, und wir sehen Orpheus' Gemütszustand: er scheint ganz außer sich zu sein. Daß sein Blick, so zuverlässig er ihm auch dient, voraus- und wieder zurückrast, gefährdet sein Vorwärtskommen wie sein Ziel. Dabei scheint das kleine Hündchen noch viel mehr zu rennen, als wir zunächst erfassen, denn Orpheus' Gehör, das wie ein Geruch zurückbleibt, ist derselbe Hundevergleich, nur an zusätzlicher Stelle.

XIX

Ganz abgesehen von dem, was diese Zeilen bei der Abbildung von Orpheus' Geisteszustand leisten – die Mechanik hinter der Paarung seiner Sinne (Blick und Gehör) ist für sich genommen von großer Aussagekraft. Und das nur auf das Spiel des dichterischen Reimmuskels zurückzuführen, läßt uns der Sache nicht auf den Grund kommen.

Denn dies ist eine Sache der Natur des Verses an sich, und

deshalb müssen wir zeitlich etwas weiter zurück gehen. Lassen Sie mich vorerst nur auf die erstaunliche mimetische Beweglichkeit der Zeilen hinweisen, mit denen wir uns beschäftigen. Diese Beweglichkeit ist, wie Sie mir zustimmen werden, direkt proportional der Fähigkeit unseres Hündchens, hin- und herzurennen. Um I. A. Richards Ausdruck zu gebrauchen: der kleine Vierfüßler ist hier in der Tat ein Vehikel.

Die Gefahr einer gelungenen Metapher liegt aber genau in der Fähigkeit des Vehikels, den Gedankengang gänzlich zu absorbieren (oder umgekehrt, was seltener vorkommt) und den Autor – vom Leser ganz zu schweigen – irre zu machen hinsichtlich dessen, was wodurch bezeichnet wird. Und wenn das Vehikel ein Vierfüßler ist, schluckt es den Gedankengang sehr schnell. Doch nun wollen wir zeitlich etwas zurück gehen.

XX

Nicht allzu weit: ungefähr in das erste Jahrtausend v. Chr., und zwar, wenn Sie auf einer genauen Angabe bestehen, in das siebte Jahrhundert jenes Jahrtausends.

Die Standardform der griechischen *écriture* (Schriftsprache) in jenem Jahrhundert hieß »bustrophedon«. *Bustrophedon* bedeutet wörtlich »ochsenwendig« und meint eine Schreibweise, die dem Pflügen eines Felds gleicht, wenn eine Furche am Ende des Felds eine Kehre macht und in entgegengesetzter Richtung weiterläuft. Beim Schreiben ergibt das eine Zeile, die von links nach rechts läuft und, wenn sie den Rand erreicht, kehrtmacht und von rechts nach links läuft und so weiter. Das meiste griechisch Geschriebene jener Zeit wurde in dieser, frech gesagt, Ochsenweise ausgeführt, und man fragt sich nur, ob der Begriff »Bustrophedon« mit dieser Erscheinung zeitgleich war, ob nachträglich geprägt oder sogar im voraus. Definitionen zeugen ja normalerweise vom Vorhandensein einer Alternative.

Zu Bustrophedon gab es mindestens zwei: die hebräische und die sumerische Schrift. Die hebräische verlief, wie sie es noch immer tut, von rechts nach links. Die sumerische Keilschrift hingegen wurde ziemlich genauso geschrieben, wie wir es heute tun: von links nach rechts. Nicht gerade daß Kulturen sich auf dem Markt nach einer Darstellungsweise für ihre Schriftsprache umsehen; aber die Existenz des Begriffs offenbart einen klar erkannten Unterschied und zwar einen gravierenden.

Die hebräische Schreibweise, von rechts nach links, die den Griechen über die Phönizier zugänglich war, ließe sich vermutlich auf das Bearbeiten von Stein zurückführen, d. h. auf den Vorgang, bei dem der Steinmetz den Griffel in der linken und den Schlegel in der rechten Hand hält. Mit anderen Worten, der Ursprung dieser Schriftsprache war eigentlich nicht das Schreiben: bei einem solchen Bewegungsablauf hätte ein Schreiber der Antike sein Werk unweigerlich mit dem Ärmel oder Ellbogen verschmiert. Ein Sumerer andererseits (den Griechen leider direkt verfügbar), dem für seine Erzählung oder Unterweisung Lehm statt Stein zur Verfügung stand, konnte seinen Keil ebenso leicht in die weiche Oberfläche drücken, wie er eine Feder (oder was immer er statt dessen hatte) auf Papyrus oder Pergament benutzen konnte. In seinem Fall war die Schreibhand die rechte.

Das griechische Bustrophedon mit seiner Weberschiffchenbewegung läßt vermuten, daß dem Vorankommen des Schreibers keine stärkeren natürlichen Hindernisse entgegenstanden. Mit anderen Worten, der Schriftverlauf scheint nicht durch die Beschaffenheit des verfügbaren Schreibmaterials hervorgerufen zu sein. Er ist so nonchalant in seinem Hin und Her, daß es fast dekorativ aussieht und einen an die Beschriftung griechischer Keramik denken läßt, mit all ihrer Freiheit im Malerischen und in der Verzierung. Es ist gut möglich, daß gerade die Keramik die griechische Schriftsprache entstehen ließ, da Piktogramme ja normalerweise den Ideogrammen vorausgehen. Wir müssen auch berücksichtigen, daß Griechisch, im Gegensatz zu Hebräisch oder Sumerisch, die Sprache einer Archipelkultur war und daß das Hieven irgendwelcher Blöcke nicht die geeignetste Methode für einen Gedankenaustausch zwischen Inseln war.

Weiter: da Keramik Farbe verwendet, kann man mit Sicherheit davon ausgehen, daß die Schriftsprache – eigentlich das Beschriften – das ebenfalls tat. Daher der flüssige Duktus – die erwähnte Beweglichkeit – und die Geschicklichkeit, unbekümmert um Grenzen weiterzuschreiben. Na gut, sagt ein Satz, der an die Kante seines Tontäfelchens stößt, ich drehe mich einfach um und mache mit dem, was ich zu sagen habe, auf der verfügbaren Oberfläche weiter – denn höchstwahrscheinlich wurden Beschriftung und Bilder, von Ornamenten ganz abgesehen, von derselben Hand ausgeführt.

Mit anderen Worten, gerade das damalige Schreibmaterial wie auch dessen relative Zerbrechlichkeit deuten auf den einigermaßen raschen und häufigen Charakter des Vorgangs hin. Allein schon in diesem Sinn war die griechische Schriftsprache, Bustrophedon oder nicht, sehr viel mehr eine *écriture* als ähnliche Verfahren im Hebräischen oder Sumerischen und entwickelte sich vermutlich schneller als diese beiden. Zumindest bezeugen die relativ kurze Geschichte des Bustrophedon und sein Status als archäologische Kuriosität das Tempo dieser Entwicklung. Und als Teil dieser Entwicklung verdankt die griechische Dichtung ihre Entstehung zu einem erheblichen Teil dieser archäologischen Kuriosität, fällt es doch schwer, im Bustrophedon nicht zumindest optisch einen Vorläufer des Verses zu erkennen.

XXI

Denn »Vers«, was vom lateinischen *versus* kommt, bedeutet »Wendung, Umkehr«. Von Richtungen, von einem ins andere: links, rechts, um 180°; von These in Antithese, Metamorphose, Juxtaposition, Paradoxon, Metapher – bei der Metapher geht es sogar besonders gut; endlich Reim, wenn zwei Dinge gleich klingen, ihre Bedeutungen aber divergieren.

All das kommt vom lateinischen *versus*. Und in einem gewissen Sinn ist dieses ganze Gedicht ebenso wie im Grunde der Orpheusmythos ein einziger langer Vers, weil es um *Umkehr* geht. Oder sollten wir sagen, daß es um eine Kehrtwendung innerhalb einer Kehrtwendung geht, weil Orpheus sich auf dem Rückweg vom Hades umdreht? Und daß das göttliche Verbot so begründet war wie unsere Verkehrsregeln?

Vielleicht. Einer Sache aber können wir gewiß sein, nämlich daß die Aufspaltung von Orpheus' Sinnen und von deren Vergleichsvehikel zunächst dem Medium selbst, dem Vers also, zu danken ist, dann aber des Dichters Phantasie, die durch jenes Medium geformt ist. Und daß die Bewegung dieses Vergleichsvehikels den Fortgang des Mediums außerordentlich gut ausdrückt und möglicherweise dessen beste Nachahmung durch einen Hund auf Ochsenspuren ist, die uns belegt ist.

XXII

Manchmal erschien es ihm, als reichte es
bis an das Gehen jener beiden andern,
die folgen sollten diesen ganzen Aufstieg.
Dann wieder wars nur seines Steigens Nachklang
und seines Mantels Wind was hinter ihm war.
Er aber sagte sich, sie kämen doch;
sagte es laut und hörte sich verhallen.

Sie kämen doch, nur wärens zwei
die furchtbar leise gingen. Dürfte er
sich einmal wenden (wäre das Zurückschaun
nicht die Zersetzung dieses ganzen Werkes,
das erst vollbracht wird), müßte er sie sehen,
die beiden Leisen, die ihm schweigend nachgehn …

Wollte man von dem reden, was Rilke an Gefühlen in seine Beschreibung des Orpheus gesteckt hat – und unser Dichter hat vom Titel an alles in seiner Macht Stehende getan, um jeden Anschein von Zuneigung für seinen Helden zu vermeiden –, könnte man es in diesen Zeilen entdecken. Das kommt nicht von ungefähr, weil diese Zeilen von den Extremen der Selbstbewußtheit handeln: von etwas, das jedem Dichter auf Grund der Natur seines Geschäfts geläufig ist und wovon er sich nicht freimachen kann, so sehr er sich auch bemüht.

Diese Passage, so wunderbar sie in ihrer psychologischen Genauigkeit ist, bedarf keines besonderen Kommentars, ausgenommen die Kleinigkeit, die der Autor in Parenthese abhandelt. Als ganzes Ganzes genommen stehen diese Zeilen allerdings für eine leicht veränderte Einstellung des Erzählers gegenüber der Figur des Urdichters: ein Hauch zögernder Sympathie ist hier zu spüren, obwohl Rilke alles daransetzt, seine Empfindungen unter Kontrolle zu halten, das erwähnte kleine Problem in Parenthese eingeschlossen.

Oder sollten wir vielleicht sagen, das Parentheseproblem? Denn diese Parenthese ist das Kühnste, was ein Dichter im Umgang mit derartigem Material in der Geschichte unserer Kultur zustande gebracht hat.

Was Rilke hier in Parenthese setzt, wie eine Sache von zweit- oder drittrangiger Bedeutung, ist die wesentliche Bestimmung des Mythos, nein, die Grundvoraussetzung des Mythos, nein, nochmals nein, der Mythos selbst. Denn die gesamte Geschichte von Orpheus' Abstieg in die Unterwelt, um seine Gattin zurückzuholen, und von seiner erfolglosen Rückkehr dreht sich doch genau um das Verbot der Olympier und seine Verletzung dieses Verbots. Eine gute Hälfte der Weltdichtung handelt von diesem Verbot! Na schön, und wenn es nur ein Zehntel ist, sagen wir von Vergil bis Goethe, die um ebendieses Verbot ein Riesentheater machen! Und Rilke macht so kurzen Prozeß damit. Warum?

Weil er ein moderner Dichter ist, der alles als psychischen Konflikt sieht? Oder weil vor ihm lauter gehobenes, überladenes Zeug fabriziert wurde und er etwas anderes machen wollte, vielleicht ein Pokerface? Sieht er Orpheus wirklich als ein stark ermüdetes, verwirrtes Geschöpf, belastet mit noch einem Problem, das gelöst werden muß, als einen, der sich aus dem Hades zurückquält und die Hauptbedingung der Abmachung in den Hinterkopf verdrängt hat? Oder hat es wieder etwas mit der Trägheit des Reims und dem Bustrophedon zu tun?

XXIII

Nun, was hier modern ist, ist der Leser und nicht der Dichter, der dieses Memo mit Rücksicht auf die Aufmerksamkeitsspanne des Lesers verfertigt. Da auch die Relevanz der ganzen Geschichte für den Leser keine vorgegebene Größe ist, kann dieses geschäftsmäßige Parenthesememo nur von Nutzen sein. Parenthese ist ja das typographische Äquivalent für Hinterkopf – den wahren Sitz der Kultur beim modernen Menschen.

Je kürzer der Prozeß, desto leichter darum die Identifikation des Lesers – nicht des Dichters – mit dem Helden des Dichters; sie vollzieht sich um so reibungsloser, als der Leser mittenhinein geworfen wird in ein Geschehen, das dieser Tage spielen könnte und das so gut wie keine verfremdenden archaischen Züge trägt. Die Ironie – und »wäre das Zurückschaun / nicht die Zersetzung dieses ganzen Werkes, / das erst vollbracht wird« ist mit seiner stolpernden prosaähnlichen

Kadenz und den plumpen Enjambements höchst ironisch – hilft gleichfalls. Außerdem sind diese Zeilen nur letzte Pinselstriche, die die Abbildung des Urdichters vollenden – die seines Äußeren, nicht die seines Wesens, die sechs Zeilen später folgt; je sterblicher er also aussieht, desto besser für das, was noch kommt.

XXIV

Aber weiß unser Dichter, was noch kommt? Natürlich kennt er die Handlungsstränge, und ebenso, vor allem nach dem Memo, kennt sie der Leser. Also weiß er, daß zwei weitere Figuren eingeführt und durch das Gedicht befördert werden müssen. Er weiß auch, daß das Transportmittel der Blankvers ist und daß er den fünffüßigen Jambus streng unter Kontrolle halten muß, da dieser dazu neigt, nach seiner eigenen Musik zu marschieren und gelegentlich in Gesang auszubrechen. Er weiß, daß er es bislang geschafft hat, das Gedicht in der vom Titel vorgegebenen Tonart zu halten und das Metrum ganz gut zu zügeln, doch nach vierzig Zeilen erreicht jedes Metrum eine bestimmte kritische Masse, die zu gesanglicher Entladung drängt, zu lyrischer Auflösung. Also stellt sich die Frage, wo er sein Metrum singen lassen soll, besonders da seine Geschichte als eine tragische ihm ständig die Gelegenheit dazu bietet. In der ersten Zeile der Passage beispielsweise, die Hermes einführt, ist der fünffüßige Jambus drauf und dran, der leidenschaftslosen kühlen Kontrolle des Dichters zu entkommen:

> Den Gott des Ganges und der weiten Botschaft,
> die Reisehaube über hellen Augen,
> den schlanken Stab hertragend vor dem Leibe
> und flügelschlagend an den Fußgelenken;
> und seiner linken Hand gegeben: s i e.

Die Tonhöhe steigt hier sowohl auf Grund des erhabenen Gegenstands als auch wegen des offenen Endes von »Ganges«, das von der Zäsur gestützt wird und dem das raumgreifende »der weiten Botschaft« folgt. Beide Angaben sind eher suggestiv als präzise; man nimmt ihre Vokale auf, weniger ihre Bedeutung. Syntaktisch parallel und also einander verbunden, geben sie schließlich ihre Unbestimmtheit und Unbegrenztheit als Idee zu erkennen. Mit anderen Worten, man hört hier mehr das Metrum selbst als die geistigen Merkmale dessen, was es plaziert, und die ausgewaschen, weggespült werden vom metrischen Fluß. Aber nun war Lyrik immer melische Kunst, besonders zu Orpheus' Zeiten, und letzten Endes ist es ja Orpheus' Bild des Hermes, das wir hier vor uns haben, und darum könnten wir unserem Metrum freien Lauf lassen. Das englische »The god of faring and of distant message« – mit seinen assoziativen Öffnungen von »faring« zu »airing«, von »distant message« zu »distant passage« – verlockt dazu genauso wie das originale »den Gott des Ganges und der weiten Botschaft«.

Trotzdem, noch nicht. Es werden noch andere Gelegenheiten kommen, die Gesang stärker rechtfertigen als diese. Und der Dichter weiß das nicht nur, weil er die Handlung kennt und beispielsweise weiß, daß Eurydikes Auftritt kurz bevorsteht. Er weiß es auf Grund der schon erwähnten Ansammlung kritischer metrischer Masse: je länger er sie im Zaum halten kann, desto größer wird ihre stimmliche Explosion.

Darum heißt es im Augenblick zurück zum geschäftsmäßigen, sachlichen Ton von »die Reisehaube über hellen Augen« (»the traveling-hood over his shining eyes«), wenn auch bei diesem Autor der sachliche Ansatz außerordentlich ergiebig ist.

Hermes' Augen sind als »*shining*« beschrieben, nicht bloß weil wir in der licht- und farblosen Unterwelt sind und weil der Schatten der Reisehaube seine Augen stärker hervortreten läßt. Nein, weil Hermes ein Gott ist, und in seinen Augen – wie Rilkes Zeitgenosse, der große griechische Lyriker Konstantin Kavafis, über einen jener griechischen Götter gesagt hat – »die Freude darüber, unsterblich zu sein«, leuchtet (... his eyes *shine* with ...).

»*Shining*« ist natürlich ein Standardepitheton für »Augen«; jedoch werden weder Orpheus' Augen noch, wie wir gleich sehen werden, die von Eurydike – wo es sehr angebracht wäre – so bezeichnet. Darüber hinaus ist es das erste Epitheton mit positivem Beiklang, das in der bislang trüben Gedichtmasse auftaucht. Es ist also kein stilistisches Trägheitsmoment, das hinter diesem Adjektiv steht, obwohl die restliche Beschreibung des Hermes tatsächlich sehr traditionellen Bahnen für die Darstellung dieses Gottes folgt:*

> den schlanken Stab hertragend vor dem Leibe
> und flügelschlagend an den Fußgelenken;

Das einzig Interessante an diesen Zeilen ist das erneute Auftauchen von »schlank« in dem Gedicht – wohl nicht gerade die ausdrucksvollste Wahl in diesem Fall, eher, möchte man meinen, ein Lieblingswort des Autors zu der Zeit, als er das Gedicht schrieb. Aber schließlich war er damals neunundzwanzig, seine Vorliebe für dieses Epitheton ist von daher vielleicht verständlich. Die Flügel an Hermes' Fußgelenken

* In den letzten beiden Absätzen kommt Brodsky auf Grund der englischen Fassung zu einer Interpretation, die m. E. vom Original nicht gedeckt ist. »Shining« entspricht hier nicht dem deutschen »hell«: »helle Augen« haben nicht den Glanz oder das Leuchten von »shining eyes«. »Hell« hat hier auch keinen positiven Beiklang, im Gegenteil, man assoziiert im Deutschen eher den emotionslos-distanzierten Augenausdruck eines Gottes. Die »hellen Augen« folgen damit gleichfalls den »sehr traditionellen Bahnen« der Hermesdarstellung. Anders als Brodsky meint, hat Rilke diese Bahnen also gar nicht erst verlassen, aber es spricht für Brodskys Intuition und Genauigkeit, daß er die – vermeintliche – Rückkehr zum Traditionellen in den folgenden Zeilen bemerkt.

Diese Anmerkung wie auch die übrigen bei diesem Essay sachlich notwendigen kleineren Änderungen wurden noch mit dem Autor besprochen. (Anm. d. Ü.)

sind freilich klassisches Zubehör seiner Gewandung, wie es die Leier bei Orpheus ist. Daß diese Flügel – im Englischen – »leicht« schlagen (»lightly beating«), zeigt die langsame Gangart an, in der der Gott sich bewegt, so wie Orpheus' Haltung – »seine Hände hingen / schwer und verschlossen aus dem Fall der Falten / und wußten nicht mehr von der leichten Leier, / die in die Linke eingewachsen war / wie Rosenranken in den Ast des Ölbaums« – das Gegenteil anzeigt: den schnellen Schritt, in dem er sich bewegt, und wo er sich bewegt; beides schließt den Gebrauch seines Instruments so restlos aus, daß es zu einem dekorativen Detail wird, einem Motiv und würdigen Schmuck für ein klassisches Gesims. Zwei Zeilen später jedoch ändert sich das alles.

XXV

Angesichts der stimmlichen Eigenheiten menschlicher Äußerung ist das Rätselhafteste an unserer *écriture* ihre Horizontalität. Ob sie von rechts nach links oder umgekehrt verläuft – um die Vielzahl der Tonmodulationen zu übermitteln, hat sie nichts anderes als Ausrufe- und Fragezeichen. Punkt, Komma, Semikolon, Doppelpunkt, Gedankenstrich, Parenthese – all diese Dinge interpunktieren die lineare – also horizontale – Version unserer verbalen Existenz. Am Ende verinnerlichen wir diese Form der Wiedergabe unserer Rede so weit, daß wir unseren Äußerungen so etwas wie ein zumindest geistiges Klangäquivalent von Horizontalität mitgeben, das wir mal als Balance etikettieren, mal als Logik. Wenn man es sich recht überlegt, ist Tugend horizontal.

Sie hält es mit der Vernunft, denn so ist der Boden unter den Füßen. Wenn es allerdings um unsere Rede geht, könnte man neidisch werden auf die vertikale Anordnung der chinesischen Schriftzüge: schießt unsere Stimme doch in alle Richtungen davon; oder man möchte sich nach einem Piktogramm über einem Ideogramm sehnen. Denn so weit wir auch in unserer fröhlichen Evolution vorangekommen sind, so arm sind wir an Mitteln und Wegen, Veränderungen des Tons, Verschiebungen des Akzents und dergleichen auf Papier wiederzugeben. Die graphische Ausdruckskraft unseres phonetischen Alphabets ist alles andere als ausreichend; typographische Tricks wie gebrochene Zeilen oder Leerstellen zwischen Wörtern versagen als Notationssystem und sind schlicht Verschwendung.

Daß *écriture* so lange zu ihrer Entstehung gebraucht hat, lag nicht unbedingt an der geistigen Schwerfälligkeit der Menschen der Antike, sondern daran, daß die Unzulänglichkeit der *écriture* im Verhältnis zur menschlichen Rede vorhersehbar war. Die Macht der Mythen hat vielleicht gerade damit zu tun, daß sie mündlich und stimmlich dem Geschriebenen vorausgehen. Jede Aufzeichnung ist per definitionem eine Reduktion. *Écriture* ist eigentlich ein Fußabdruck – für mich der Beginn von *écriture* –, den ein gefährlicher oder wohlgesinnter Körper auf seinem Weg anderswohin im Sand hinterlassen hat.

Zweitausend Jahre später also (zweitausendsechshundert, um genau zu sein, denn im 6. Jahrhundert v. Chr. wurde Orpheus erstmals erwähnt) führt unser Dichter durch die Verwendung von strukturiertem Vers – strukturiert gerade deshalb, um die euphonischen (d. h. stimmlichen) Qualitäten geschriebener Worte und der sie trennenden Zäsuren hervorzuheben – diesen Mythos gewissermaßen an seinen vor-schriftlichen stimmlichen Ursprung zurück. Stimmlich gesehen, sind Rilkes Gedicht und der antike Mythos eins. Genauer noch, ihr euphonischer Unterschied ist gleich Null. Was Rilke zwei Zeilen später zeigen wird.

XXVI

Zwei Zeilen weiter unten wird Eurydike eingeführt, und die stimmliche Explosion findet statt:

> und seiner linken Hand gegeben: s i e .
>
> Die So-geliebte, daß aus einer Leier
> mehr Klage kam als je aus Klagefrauen;
> daß eine Welt aus Klage ward, in der
> alles noch einmal da war: Wald und Tal
> und Weg und Ortschaft, Feld und Fluß und Tier;
> und daß um diese Klage-Welt, ganz so
> wie um die andre Erde, eine Sonne
> und ein gestirnter stiller Himmel ging,
> ein Klage-Himmel mit entstellten Sternen –:
> Diese So-geliebte.

Das Leiermotiv bricht hier in kraftvolles Singen aus. Was es auslöst, ist nicht einmal Eurydike selber, sondern das Wort »So-geliebte«. Und was wir hier vor uns haben, ist nicht ihr Porträt, sondern die endgültige Charakterisierung des Orpheus, die einem Selbstporträt des Autors extrem nahekommt oder wenigstens einer Beschreibung seines Metiers.

Diese Passage ist der autonomen Kugel vom Beginn des Gedichts sehr ähnlich, nur daß es in diesem Fall im Grunde ein Universum ist – auch eine Kugel, wenn Sie so wollen, jedoch nicht statisch, sondern in Ausdehnung begriffen. Im Mittelpunkt dieses Universums finden wir eine Leier, die anfangs auf eine mimetische Wiedergabe der Wirklichkeit hinarbeitet, dann aber ihre Reichweite nach und nach vergrößert, vergleichbar etwa der traditionellen Darstellung der von einer Antenne ausgehenden Schallwellen.

Ich möchte behaupten, daß dies in sehr vielem eine Formel für Rilkes eigenes Schaffen ist, von seiner Vision von sich selbst ganz zu schweigen. Die zitierte Passage ist eng verwandt mit dem Tagebucheintrag von 1898, in dem er als Dreiundzwanzigjähriger von einigermaßen geringem Eigendünkel erwägt, sich zur Erscheinung eines Demiurgen aufzubauen, der in allen Räumen seines Schaffens gegenwärtig und zugleich dessen Mittelpunkt ist: »Es wird nichts sein außer ihm; denn Bäume und Berge, Wolken und Wellen sind nur Symbole gewesen jener Wirklichkeit, die *er* in sich findet.«

Als Richtschnur wohl eine ziemlich exaltierte Vision, aber sicher übertragbar und, auf Orpheus angewandt, passend. Worauf es ankommt, sind nicht so sehr Eigentum oder Autorenschaft an dem sichtbar werdenden Universum, sondern dessen sich stetig erweiternder Radius; denn seine Herkunft (die Leier) ist weniger wichtig als sein wahrhaft astronomisches Ziel.

Und die Astronomie, das soll bemerkt werden, ist hier angemessen weit davon entfernt, heliozentrisch zu sein. Sie ist bewußt epizyklisch oder, noch besser, egozentrisch, da es eine orphische, stimmliche Astronomie ist, eine Astronomie der Vorstellungskraft und der Trauer. Daher die entstellten – von Tränen gebrochenen – Sterne. Die offenbar das äußere Ende von Orpheus' Kosmos bilden.

Was ich aber für unser Verständnis von Rilke für entscheidend halte, ist, daß diese sich stetig weitenden konzentrischen Schallringe von einem einzigartigen metaphysischen Verlangen zeugen; um dieses zu stillen, ist er imstande, seine Phantasie von jeder Wirklichkeit einschließlich der eigenen zu lösen und in einem geistigen Äquivalent der Galaxie nach eigenem Gesetz fortzufahren, mit Glück auch noch jenseits davon. Hierin liegt die Größe dieses Dichters; hierin liegt auch die Anleitung zum Verlust alles auf Menschenweise Errungenen – was dasjenige war, das ihn vermutlich zunächst an dem Mythos von Orpheus und Eurydike angezogen hatte. Schließlich war Orpheus ja speziell für seine Fähigkeit bekannt, die Bewohner der himmlischen Wohnungen durch seinen Gesang zu rühren.

Womit gesagt sein soll, daß unseres Autors Weltbegriff frei

von jedem definierbaren Kredo ist, da für ihn Mimesis der Genesis vorausgeht. Womit ebenfalls gesagt sein soll, daß der Ursprung jener Zentrifugalkraft, die ihn die Anziehungskraft eines jeden Schwerpunkts überwinden ließ, der des Verses selbst war. In einem gereimten Gedicht mit strophisch gestützter Bauweise passiert so etwas früher. In einem Gedicht in fünffüßigem Jambus und Blankvers braucht es dazu ungefähr vierzig bis fünfzig Zeilen. Wenn es überhaupt eintritt. Es ist einfach so, daß der Vers nach einer so langen Strecke seiner Reimlosigkeit überdrüssig wird und sich dafür rächen will. Vor allem, wenn er das Wort *Geliebte* hört.

XXVII

Damit haben wir das vollständige Porträt von Orpheus, Sohn des Apoll und der Muse Kalliope, Gatte der Eurydike. Hie und da kommen noch einige Feinheiten dazu, aber im großen und ganzen ist dies der Sänger aus Thrakien, dessen Gesang so hinreißend war, daß das Wasser seinen Fluß verlangsamte und Berge ihren Platz verließen, um sein Lied besser zu hören. Ein Mann, der seine Frau so sehr liebte, daß er nach ihrem jähen Tod mit der Leier in der Hand bis in den Hades hinabstieg, um sie zurückzuholen, und der, auch nachdem dies mißlungen war, nicht aufhörte, um sie zu klagen, und der sich für die Ränke der Mänaden und deren begreifliche Ansinnen an ihn als unzugänglich erwies. Voll Zorn töteten sie ihn, zerrissen seinen Leib und warfen seine Glieder ins Meer. Sein Haupt trieb davon und wurde bei der Insel Lesbos angeschwemmt, wo es begraben wurde. Seine Leier trieb viel weiter davon und wurde ein Sternbild.

Wir sehen ihn an einem Punkt seiner mythischen Karriere, der ein Gipfel zu sein verspricht, aber als Tiefpunkt endet. Und wir sehen ihn mit – nach unserem Dafürhalten – unschmeichelhafter Nüchternheit dargestellt: ein angsterfüllter, in sich gekehrter Mann, ein Mann von Genie, allein auf einem einspurigen, wenig begangenen Pfad, zweifellos darum besorgt, den Ausgang zu erreichen. Wäre da nicht das Versatzstück seiner Klage, wir würden ihn nicht für besonders fähig zu lieben halten; vielleicht würden wir ihm nicht einmal gutes Gelingen wünschen.

Denn warum sollten wir mit ihm fühlen? Uns, weniger hoch geboren und weniger begabt als er, wird das Naturgesetz nie verschonen. Für uns ist die Reise zum Hades eine Fahrt ohne Wiederkehr. Was können wir von dieser Geschichte überhaupt lernen? Daß eine Leier einen weiter bringt als ein Pflug oder Hammer und Amboß? Daß wir Genies und Helden nacheifern sollten? Daß vielleicht Kühnheit das ist, worauf es ankommt? Denn was, wenn nicht schiere Kühnheit, hat ihn diese Pilgerfahrt unternehmen lassen? Und woher kommt diese Kühnheit? Von Apollos Genen, von Kalliopes? Von seiner Leier, deren Ton, von ihrem Echo ganz zu schweigen, in größere Fernen dringt als der Mann selber? Oder ist dieser Glaube, daß er von jedem Ort zurückkehren kann, einfach das Abfallprodukt von zu häufiger Bustrophedonlektüre? Oder rührt diese Kühnheit vielleicht von der instinktiven Erkenntnis der Griechen her, daß Liebe ihrem Wesen nach eine Einbahnstraße ist und Klage ihre Fortsetzung? In einer vor-schriftlichen Kultur konnte man ziemlich leicht zu dieser Erkenntnis kommen.

XXVIII

Und nun ist es Zeit, die dritte Figur in Bewegung zu setzen:

> Sie aber ging an jenes Gottes Hand,
> den Schritt beschränkt von langen Leichenbändern,
> unsicher, sanft und ohne Ungeduld.
> Sie war in sich, wie Eine hoher Hoffnung,

und dachte nicht des Mannes, der voranging,
und nicht des Weges, der ins Leben aufstieg.
Sie war in sich. Und ihr Gestorbensein
erfüllte sie wie Fülle.
Wie eine Frucht von Süßigkeit und Dunkel,
so war sie voll von ihrem großen Tode,
der also neu war, daß sie nichts begriff.

Hier geht sie, Eurydike, Gattin des Orpheus, die an einem Schlangenbiß starb, als sie vor den Nachstellungen des Aristaios floh (auch er ein Sprößling Apolls und damit Halbbruder ihres Mannes). Jetzt bewegt sie sich sehr langsam: wie jemand, der eben gerade aufgeweckt wurde, oder eher noch wie eine Statue, deren marmorne »lange Leichenbänder« ihre kleinen Schritte behindern.

Ihr Auftritt im Gedicht stellt den Autor vor eine Reihe von Problemen. Das erste ist die Notwendigkeit, zumal nach dem stimmlichen Ausbruch der vorhergehenden Passage über Orpheus' Klage, in einen lyrischeren Ton zu wechseln, da es um eine Frau geht. Dies wird teilweise erreicht durch die Wiederholung von »diese So-geliebte«, die wie ein erstickter Klagelaut wirkt.

Wichtiger noch, ihre Ankunft nötigt den Autor zu einer Änderung seiner gesamten Haltung in dem Gedicht, da die bisherige männliche Zurückhaltung zwar zur Figur des Orpheus paßt – dessen Stelle der Erzähler gelegentlich einnimmt –, jedoch (zu Rilkes Zeit wenigstens) gegenüber einer weiblichen Heldin, einer toten zudem, unschicklich war. Mit anderen Worten, die Geschichte wird von einer erheblichen Menge preisender wie elegischer Töne durchtränkt, wenn nicht sogar völlig davon unterminiert werden.

Das ist so viel, daß »unsicher, sanft und ohne Ungeduld« mehr wie der innere Monolog des Autors klingt – wie ein Satz von Befehlen, die er sich selbst erteilt, als er sich an die Beschreibung Eurydikes macht – als wie ein Bericht über die Fortbewegung dieser Statue. Sichtlich fehlt jene Gewißheit –

oder jedenfalls die fest umrissene Haltung –, die der Autor im Orpheusteil des Gedichts gezeigt hat: unser Dichter tastet sich hier vor. Aber schließlich ist sie ja tot.

Und den Todeszustand zu beschreiben verlangt das Höchste auf diesem Tätigkeitsfeld. Und zwar nicht zum geringsten wegen der großen Zahl und Qualität von Arbeiten dieser, sagen wir vielleicht, Stimmung. Auch wegen der allgemeinen Affinität von Lyrik zu diesem Thema, weil schließlich jedes Gedicht aus eigenem Recht einem Finale zustrebt.

Rilke wählt – wir gehen davon aus, daß der Prozeß zumindest in Teilen bewußt abläuft – eine Taktik, wie wir sie von ihm erwarten können: er stellt Eurydike als eine gänzlich autonome Wesenheit vor. Der einzige Unterschied ist, daß er anstelle des zentrifugalen Verfahrens, wie er es für das Porträt des Orpheus einsetzte – der von Gedichts wegen schließlich ein Lebender war –, sich hier für das zentripetale entscheidet.

XXIX

Und die zentripetale Behandlung beginnt natürlich an der äußeren Grenze einer autonomen Wesenheit. Bei Eurydike ist es das Leichentuch. Daher ist das erste Wort, das sie beschreibt, »*wrapt*« (»Wrapt in herself« für deutsch »Sie war in sich«); Rilke, sehr zu seiner Ehre, wickelt seine Heldin nun nicht etwa aus, sondern geht dem Leichentuch bis ins Zentrum der Wesenheit nach.

»Und dachte nicht des Mannes, der voranging« ist eine Annäherung an die geistigen, subjektiven Schichten ihres Selbst, und zwar anscheinend ausgehend von den äußeren hin zu den weiter innen gelegenen und gewissermaßen wärmeren Schichten, da die Zeit ja ein abstrakterer Begriff ist als der Mensch. Eurydike ist durch diese Begriffe bestimmt, ist aber nicht identisch mit ihnen: sie füllt sie aus.

Und was *sie* erfüllt, ist ihr Tod. Die den nächsten vier Zeilen zugrunde liegende Metapher ist die eines Gefäßes, das durch seinen Inhalt definiert ist anstatt durch seine Form und Gestaltung. Die Plumpheit oder genauer Bauchigkeit dieser Form kündigt das schiefe, aber dennoch äußerst plastische Bild der Schwangerschaft an, das Fülle und Geheimnis von Eurydikes neuem Zustand hervorhebt wie auch dessen Aspekt von Entfremdung: den vollständigen Rückzug. Natürlich kommt »Eine hoher Hoffnung« unter einer Last von Leid daher, die übertragen ist in die Schuld des Überlebens oder, um es genauer zu sagen, die schuldhafte Verantwortung, den Tod von außen wahrzunehmen und die Geliebte mit dieser Wahrnehmung gewissermaßen auszufüllen.

Das ist Rilke auf der Höhe seiner Kunst. Er ist ein Dichter der Isolierung, und das thematische Subjekt zu isolieren ist seine Stärke. Man gebe ihm ein Subjekt, und er wird auf der Stelle ein Objekt daraus machen, es aus dem Kontext lösen, den Kern ansteuern und wird sich mit seiner außerordentlichen Bildung, seiner Intuition und seinem Instinkt für Anspielungen darin einrichten. Das Ergebnis ist, daß das thematische Subjekt seines wird, besiedelt von der Intensität seiner Aufmerksamkeit und Phantasie. Der Tod, vor allem der eines anderen, rechtfertigt diesen Ansatz mit Sicherheit.

XXX

Man bemerke, zum Beispiel, daß mit keinem Wort der körperlichen Schönheit der Heldin gedacht wird – was doch zu erwarten wäre, wenn eine Tote, dazu noch die Gattin des Orpheus', gerühmt wird. Doch da gibt es die Zeile »Sie war in einem neuen Mädchentum«, die erheblich mehr vollbringt als ganze Druckbögen der phantasievollsten Lobpreisungen. Abgesehen davon, daß dies wie die oben erwähnte Anspielung auf Schwangerschaft noch einmal Eurydikes vollständige Entfremdung von ihrem Dichter in Naheinstellung zeigt, ist es offensichtlich ein Verweis auf Venus, die Göttin der Liebe, die wie viele Göttinnen mit der (für einige) beneidenswerten Fähigkeit sich erneuernder Jungfräulichkeit begabt ist – einer Fähigkeit, die sehr viel weniger mit dem Wert zu tun hatte, den man im Altertum der Jungfräulichkeit beimaß, als mit der Auffassung, die Götter seien von den die Sterblichen bindenden Standardgrundsätzen der Kausalität ausgenommen.

Wie auch immer, dieser Zeile liegt jedenfalls die Bedeutung zugrunde, daß unsere Heldin sogar im Tod Venus gleicht. Dies ist natürlich das höchste Kompliment, das man erhalten kann, weil einem als Synonym für jene Göttin, dank ihren zahlreichen Darstellungen, als erstes Schönheit in den Sinn kommt; an ihre übernatürlichen Eigenschaften wie die, nach jeder sexuellen Begegnung mit einem Gott oder einem Sterblichen erneut ihre Jungfräulichkeit zu erlangen, erinnert man sich erst später, wenn überhaupt.

Allerdings scheint unser Dichter hier auf etwas Umfassenderes hinauszuwollen als auf phantasievolle Komplimente um ihrer selbst willen, da er das auch mit der eben zitierten Zeile hätte erreichen können. Die Zeile endet jedoch nicht mit einem Punkt, sondern mit einem Zeilenbruch, nach dem wir lesen »und unberührbar«. Natürlich soll man nicht zuviel in Zeilen hineinlesen, schon gar nicht in übersetzte; aber jenseits dieses wunderbar beschwörenden Fin-de-siècle-typischen Begriffs liegt eine Art von Gleichung zwischen einer Sterblichen und einer Göttin, die letztere nur als zweifelhaftes Kompliment betrachten könnte.

Als Produkt einer späteren Kultur und dazu noch als Deutscher kann unser Dichter es sich freilich nicht verkneifen, einiges Getue um Eros und Thanatos zu machen, wo er die Möglichkeit dazu sieht. Die Andeutung, daß für die Göttin bei einer sexuellen Begegnung nie etwas anderes herauskommt als *la petite mort*, kann man darum dieser Einstellung zuschreiben. Doch was einem Sterblichen dramatisch erscheint, kann den Unsterblichen, deren Fach die Unendlichkeit ist, harmloser vorkommen, wenn nicht sogar ausgesprochen reizvoll. Und die Gleichung von Liebe und Tod ist vermutlich eines jener Dinge.

Daher würde es Venus am Ende vielleicht nicht sonderlich stören, als Vehikel für Eurydikes Grundhaltung benutzt zu werden. Mehr noch, die Göttin wäre möglicherweise die erste, die die Entschlossenheit des Dichters schätzte, die ganze Idee der Existenz, des Seins ins Innere zu verlegen: denn das ist es, was es mit Göttlichkeit letztendlich auf sich hat. Die Betonung der Körperlichkeit der Heldin, ja ihrer Fleischlichkeit, siegelt das Gefäß noch weiter zu, erhebt Eurydike praktisch in den Stand der Götter und Unendlichkeit zu einem sinnlichen Vergnügen.

XXXI

Daß Orpheus und der Erzähler Eurydike aus unterschiedlichen Blickwinkeln sehen, ist nebensächlich. Für Orpheus ist Eurydikes Tod ein Verlust, den er rückgängig machen möchte. Für den Erzähler ist er sein und ihr Gewinn, den er ausbauen möchte.

Auf der Suche nach Autonomie für seine Objekte konnte Rilke sicher nicht umhin, diese Qualität entweder in seinem Liebes- oder in seinem Todesbegriff zu entdecken. Was ihn die Begriffe gleichsetzen läßt, ist die ihnen gemeinsame Ablehnung des vorhergehenden Zustandes. Nämlich des Lebens oder der Gleichgültigkeit. Der klarste Ausdruck jener Ablehnung ist natürlich das Vergessen, und das nimmt unser Dichter hier mit verständlichem Gusto ins Visier:

> ihr Geschlecht war zu
> wie eine junge Blume gegen Abend,
> und ihre Hände waren der Vermählung
> so sehr entwöhnt, daß selbst des leichten Gottes

unendlich leise, leitende Berührung
sie kränkte wie zu sehr Vertraulichkeit.

Denn Vergessen ist offenbar der erste Schrei der Unendlichkeit. Man bekommt hier das Gefühl, daß Rilke Eurydike dem Orpheus in weit größerem Maße wegnimmt, als es der Mythos verlangt. Insbesondere streicht er sogar Hermes als mögliches Neid- oder Eifersuchtsobjekt des Orpheus, was bedeutet, daß ihre Unendlichkeit das gesamte griechische Pantheon ausschließen könnte. Eines ist sicher: unser Dichter interessiert sich weit mehr für die Kräfte, die die Heldin vom Leben fortziehen, als für die, die sie wieder dorthin zurückbringen könnten. Darin widerspricht er allerdings dem Mythos nicht, sondern verstärkt seine Intention.

XXXII

Die Frage ist, wer wen benutzt – Rilke den Mythos oder der Mythos Rilke? Mythen sind im Kern ein Enthüllungsgenre. Sie befassen sich mit der Interaktion von Göttern und Sterblichen oder, um es etwas vergröbert zu sagen, von Unendlichkeiten mit Endlichkeiten. Normalerweise sind die Grenzen der Geschichte so fest gesteckt, daß einem Dichter sehr wenig Spielraum zum Steuern der Handlungslinie bleibt und er auf die Rolle eines Sprachrohrs reduziert wird. Angesichts dessen und weil er annehmen muß, daß sein Publikum die Geschichte kennt, versucht ein Dichter sich in seinen Zeilen hervorzutun. Je besser der Mythos bekannt ist, desto härter der Job des Dichters.

Wie wir zuvor gesagt haben, ist der Mythos von Orpheus und Eurydike sehr populär, und eine außerordentlich hohe Zahl von Künstlern hat sich an ihm versucht. Um eine neuerliche Darstellung anzugehen, sollte man in der Tat einen zwingenden Grund haben. Dieser zwingende Grund aber (was immer er ist) muß, um als solcher empfunden zu werden, etwas mit Endlichkeiten und Unendlichkeiten zu tun haben. Mit anderen Worten, der zwingende Grund ist mit dem Mythos verwandt.

Was immer Rilke 1904 dazu getrieben hat, eine Darstellung des Mythos zu unternehmen, läßt sich nicht auf persönlichen Schmerz oder sexuelle Ängste reduzieren, wie manche seiner modernen Kritiker es gerne hätten, da diese Dinge offenkundig endlich sind. Was bei einem großen Auditorium, etwa in Berkeley, ankommt, muß nicht 1904 die Tinte des neunundzwanzigjährigen deutschen Dichters zum Kräuseln gebracht haben, so sehr solche Dinge auch eine spezielle Einsicht auszulösen vermögen oder – noch wahrscheinlicher – selber ein Nebenprodukt der Auswirkungen dieser Einsicht sein können. Was immer ihn dazu getrieben hat, dieses Gedicht zu schreiben, muß etwas Mythisches an sich gehabt haben, ein Gefühl von Unendlichkeit.

XXXIII

Nun kommt ein Dichter am schnellsten zu diesem Gefühl, wenn er metrischen Vers verwendet, da das Metrum ein Mittel ist, die Zeit zu restrukturieren. Und zwar, weil jede Silbe einen zeitlichen Wert hat. Eine Zeile in fünffüßigem Jambus beispielsweise ist das Äquivalent von fünf Sekunden, obwohl man sie auch schneller lesen kann, vor allem wenn man sie nicht laut liest. Ein Dichter jedoch liest immer laut, was er geschrieben hat. Die Bedeutungen und das Hören von Worten sind in seiner Vorstellung darum mit Dauer befrachtet. Oder umgekehrt, wenn Sie wollen. Jedenfalls bedeutet eine Zeile Blankvers fünf Sekunden, die anders verbracht wurden als jede anderen fünf Sekunden, diejenigen der nächsten Blankverszeile eingeschlossen.

Dies gilt für jedes andere Metrum, und das Unendlichkeitsbewußtsein eines Dichters ist praktisch mangels Masse eher zeitlich als räumlich. Aber nur wenige andere Metren sind imstande, das leidenschaftslos Monotone des Blankverses zu erzeugen, das in Rilkes Fall, nach einem Jahrzehnt schier ununterbrochenen Reimens, besonders vernehmlich ist. Ganz abgesehen von der Anspielung auf die Dichtung der griechisch-römischen Antike, die gewöhnlich in Blankvers wiedergegeben wird, muß dieses Metrum für Rilke 1904 den Geruch von Zeit pur gehabt haben, einfach weil es ihm Neutralität des Tons und Freiheit von der Emphase verhieß, die im gereimten Vers unvermeidlich ist. Daher läßt sich bis zu einem gewissen Grad in Eurydikes Loslösung aus ihrem früheren Zustand ein Echo der Einstellung des Dichters zu seiner früheren Diktion erkennen, denn Eurydike ist neutral und frei von Emphase. Damit ist das Äußerste an Autobiographischem erreicht.

XXXIV

Sie war schon nicht mehr diese blonde Frau,
die in des Dichters Liedern manchmal anklang,
nicht mehr des breiten Bettes Duft und Eiland
und jenes Mannes Eigentum nicht mehr.

Oder das Äußerste an Selbstbezüglichkeit. Weil diese vier Zeilen zweifellos eine persönliche Perspektive nahelegen. Diese ist nicht so sehr durch die physische Distanz gekennzeichnet, aus der Eurydike beobachtet wird, als vielmehr durch die geistige, aus der sie wahrgenommen wird und wurde. Mit anderen Worten, sie wird jetzt wie damals zum Objekt gemacht, und die Sinnlichkeit dieses Objekts verdankt sich nur seiner Oberfläche. Und obgleich es das beste wäre, Orpheus diese Perspektive unterzuschieben, um damit Rilke gegen feministische Kritik abzuschirmen, ist der Standpunkt hier unverkennbar der des Erzählers. Das deutlichste Anzeichen dafür ist »des breiten Bettes Duft und Eiland«, das die Heldin objektiviert und buchstäblich isoliert. Doch sogar »diese blonde Frau« würde schon genügen, da die Gattin des Urdichters bestimmt dunkelhaarig war.

Andererseits sind Wahrscheinlichkeit und die Furcht vor Anachronismen die geringste Sorge bei der Wiedergabe eines Mythos: sein Zeitrahmen schießt über Archäologie wie Utopie hinaus. Außerdem geht es dem Autor hier, gegen Ende des Gedichts, nur noch um eine Steigerung des Tons und eine zunehmende Unschärfe. Letzteres deckt sich sicher mit Orpheus' eigenem Blickpunkt: Eurydike, sofern überhaupt zu sehen, darf nur von weitem zu sehen sein.

XXXV

Hier nun schenkt uns Rilke die großartigste Sequenz dreier Vergleiche in der ganzen Geschichte der Dichtung, und darin geht es eben gerade um beginnende Unschärfe. Genauer, um den Rückzug in die Unendlichkeit. Aber zunächst einmal handeln diese Vergleiche voneinander:

> Sie war schon aufgelöst wie langes Haar
> und hingegeben wie gefallner Regen
> und ausgeteilt wie hundertfacher Vorrat.

Das Haar, vermutlich noch immer blond, wird aufgelöst, vermutlich für die Nacht, mit der vermutlich zugleich die ewige gemeint ist; und seine Strähnen, vermutlich ergrauend, werden zu Regen, der mit seinen haarähnlichen Strichen den Horizont verdunkelt, um ihn schließlich durch eine ferne Fülle zu ersetzen.

Im Prinzip ist dies das gleiche Vorgehen, das uns zu Beginn die Kugel beschert hat und in der Mitte des Gedichts die konzentrischen Schichten von Orpheus' Leier als der Achse eines schwingenden Universums, außer daß diesmal die geometrische Figur durch bloßes Bleistiftgestrichel ersetzt ist. Diese Vision einer endgültigen Auflösung hat nicht ihresgleichen. Zumindest gilt dies für »und hingegeben wie gefallner Regen«. Zwar ist dies eine räumliche Wiedergabe der Unendlichkeit; doch so führt Unendlichkeit, per definitionem zeitlich, sich zumeist bei den Sterblichen ein: sie hat praktisch keine andere Wahl.

Darum kann sie nur an unserem Ende dargestellt werden, das heißt, dem der Unterwelt. Rilke, was ihm ungeheuer hoch anzurechnen ist, schafft es, die Perspektive zu verlängern: die obigen Zeilen suggerieren die Grenzenlosigkeit des Hades, ein Sichauffächern, wenn man so will, und dazu eher noch in in eine utopische als eine archäologische Dimension.

Zumindest in eine organische. Rilke greift die Idee des »Vorrats« auf und vollendet seine Beschreibung der Heldin in der nächsten Zeile – »Sie war schon Wurzel« –, indem er sie seinem »Bergwerk der Seelen« fest einpflanzt, zwischen jene Wurzeln, wo »das Blut, das fortgeht zu den Menschen« entspringt. Dies zeigt die Rückkehr des Gedichts zu seiner Handlungslinie an.

XXXVI

Denn nun ist die Erläuterung der Personen abgeschlossen. Nun können sie interagieren. Wir wissen jedoch, was geschehen wird, und wenn wir das Gedicht weiterlesen, dann aus zwei Gründen. Erstens, weil der Dichter uns gesagt hat, *wem* es geschehen wird; zweitens, weil wir wissen wollen, warum.

Mythen sind, wie schon gesagt, ein Enthüllungsgenre, weil sie ein Licht auf die Kräfte werfen, die, um es kraß zu sagen, das menschliche Schicksal steuern. Die Götter und Helden, die sie bevölkern, sind ihrem Wesen nach die manchmal mehr, manchmal weniger faßlichen Doubles oder Strohmänner dieser Kräfte. Wie stereoskopisch oder greifbar sie auch dargestellt sind, am Ende bleibt es vielleicht eine rein dekorative Angelegenheit, vor allem wenn der Autor wie besessen an den Details feilt oder sich mit einer oder mehreren Personen in der Geschichte identifiziert, so daß ein *poème à clef* dabei herauskommt. In diesem Fall gibt der Dichter den Kräften, die seine Personen verkörpern, eine Unausgewogenheit mit, die ihrer eigenen Logik oder Unbeständigkeit fremd ist. Grob ausgedrückt, es wird eine Binnengeschichte. Während die der Kräfte eine Außengeschichte ist. Wie wir gesehen haben, schirmt Rilke sich von Anbeginn an gegen eine zu enge Übereinstimmung mit Orpheus ab. Das Risiko, das er eingeht, ist also, sich in Details zu verzetteln, besonders im Fall von Eurydike. Zum Glück sind die Details hier metaphysischer Art und widerstehen darum jeder Verkünstelung. Kurz, in seiner fehlenden Parteilichkeit gegenüber seinem Material ähnelt er den Kräften selber. In Verbindung mit der immanenten Unvorhersehbarkeit des jeweils nächsten Wortes im Vers, ergibt sich daraus fast eine Affinität, um nicht zu sagen Parität, zu jenen Kräften. Jedenfalls macht es ihn empfänglich für ihre Art, ihr Selbst auszudrücken – alias Enthüllung –, und die läßt er sich nicht entgehen.

XXXVII

Die erste Gelegenheit taucht gleich hier auf, im Zuge der Handlung. Und doch ist es gerade die Handlung, mit ihren Erfordernissen von Abschluß und Lösung, die ihn ablenkt.

> Und als plötzlich jäh
> der Gott sie anhielt und mit Schmerz im Ausruf
> die Worte sprach: Er hat sich umgewendet –,
> begriff sie nichts und sagte leise: Wer?

Das ist eine atemberaubende Szene. Das einsilbige »Wer« ist die Stimme des Vergessens selbst, ein letztes Aushauchen. Kräfte, göttliche Mächte, abstrakte Energien usw. neigen nämlich dazu, in Monosyllaba zu agieren; das ist eine der Möglichkeiten, sie in der Alltagswirklichkeit zu erkennen.

Unser Autor hätte den Augenblick der Enthüllung leicht anhalten können, wäre das Gedicht gereimt. Da er aber Blankvers in Händen hatte, war ihm die vom Reim gewährte euphonische Endlichkeit verwehrt, und er mußte die zu dem einen Vokal des »wer« (»who«) komprimierte Weite loslassen.

Erinnern Sie sich, daß Orpheus' Sichumwenden der Angelpunkt des Mythos ist. Erinnern Sie sich, daß Vers »Umkehr« bedeutet. Erinnern Sie sich vor allem, daß »Wende dich nicht um« das göttliche Verbot war. Auf Orpheus angewandt, bedeutet es: »Verhalte dich in der Unterwelt nicht wie ein Dichter.« Oder eben auch: wie ein Vers. Doch er tut es, weil er nicht anders kann, weil Vers seine zweite Natur ist, vielleicht sogar auch seine erste. Darum dreht er sich um, und Bustrophedon oder nicht, sein Sinn und Blick gehen zurück, verletzen das Verbot. Der Preis dafür ist Eurydikes »Wer?«

Auf Englisch jedenfalls könnte man darauf reimen.

XXXVIII

Und hätte man darauf gereimt, könnte das Gedicht durchaus hier geendet haben. Mit dem Effekt euphonischer Endgültigkeit und dem stimmlichen Äquivalent ferner Bedrohung, die der lange U-Laut (des »who«) enthält.

Das Gedicht geht jedoch weiter, nicht nur weil es in Blankvers ist, in Deutsch und aus kompositorischen Gründen nach einer Lösung verlangt – obwohl das schon genügen würde. Es geht weiter, weil Rilke noch zwei Dinge in petto hat. Eins davon ist sehr persönlich, das andere gehört zum Mythos.

Erst das persönliche; hier betreten wir den nebelverhangenen Bereich der Vermutung. Zunächst einmal ist »begriff sie nichts und sagte leise: Wer?«, wie ich glaube, einem persönlichen Erlebnis des Dichters nachgebildet, der Erfahrung, sagen wir, romantischer Entfremdung. Tatsächlich könnte das ganze Gedicht als Metapher für die romantische Entfremdung zwischen den zwei Beteiligten an einer Affäre ausgelegt werden, wobei die Initiative der Frau zukäme, und der Wunsch, die Sache wieder in Ordnung zu bringen, dem Mann, der natürlich des Autors alter ego wäre.

Die Argumente gegen eine solche Interpretation sind zahlreich; einige davon sind hier erwähnt worden, einschließlich des an unserem Autor gezeigten Horrors vor Selbstverherrlichung. Nichtsdestoweniger sollte man eine solche Interpretation nicht gänzlich ausschließen, gerade weil er sich eben einer solchen Möglichkeit bewußt ist oder auch weil die Möglichkeit, daß ihm eine Affäre schiefgegangen ist, nicht ausgeschlossen werden darf.

Wenn wir uns also vorstellen, daß die Ebene eines persönlichen Bezugs hier gegeben ist, sollten wir den nächsten logischen Schritt tun und uns einen besonderen Kontext vorstellen, der die Äußerung der Heldin im Gedicht mit psychologischer Bedeutung auflädt.

Das ist nicht allzu schwierig. Versetzen Sie sich in die Lage irgendeines abgewiesenen Liebhabers und stellen sich vor, wie Sie, sagen wir, in einer regnerischen Nacht nach längerer Unterbrechung am nur zu vertrauten Hauseingang Ihrer Geliebten vorbeikommen, stehenbleiben und die Klingel drücken. Und stellen Sie sich vor, wie die Stimme vielleicht über eine Gegensprechanlage nachfragt, wer da ist, und wie Sie irgend etwas antworten wie: »Ich bin's, John.« Und stellen Sie sich die Ihnen bis in die winzigsten Modulationen vertraute Stimme vor, wie Sie Ihnen ein leises, farbloses »Wer?« zurückgibt.

Sie würden dann nicht so sehr annehmen, daß Sie restlos vergessen, sondern daß Sie ersetzt worden sind. Es ist die schlimmstmögliche Interpretation des »Wer?« in Ihrer derzeitigen Situation, und Sie werden sich vielleicht darauf stürzen. Ob Sie recht haben, ist eine andere Sache. Aber falls Sie etwa ein Gedicht über Entfremdung schreiben wollen oder über das Schlimmste, was einen Menschen treffen kann, den Tod zum Beispiel, könnten Sie auf diese Erfahrung, ersetzt worden zu sein, zurückgreifen, um sozusagen Lokalkolorit einzubringen. Um so mehr als man selten weiß, durch wen man ersetzt worden ist.

XXXIX

Das also könnte – oder könnte auch nicht – hinter dieser Zeile stehen, die von Rilke einen Einblick in die Natur der Kräfte verlangte, die für die Kluft zwischen Orpheus und Eurydike zuständig sind. Er brauchte noch sieben weitere Zeilen, um zu der Geschichte des Mythos selbst zu kommen, aber das Warten hat sich gelohnt.

Die Geschichte des Mythos selbst geht so:

Orpheus und Eurydike scheinen von widerstreitenden Kräften in entgegengesetzte Richtungen gezogen zu werden: er zum Leben, sie zum Tod. Was heißt: auf ihn erhebt die Endlichkeit Anspruch, auf sie die Unendlichkeit.

Zwischen beiden besteht scheinbar Gleichheit, wobei das Leben vielleicht dem Tod etwas überlegen ist, weil der Tod ihm in seinen Bereich einzudringen gestattet. Oder vielleicht ist es andersherum, und Pluto und Persephone gestatten Orpheus, den Hades zu betreten, um seine Frau zu holen und ins Leben zurückzubringen, gerade weil sie sicher sind, daß er versagt. Vielleicht spiegelt auch ihr Verbot, sich umzudrehen und zurückzusehen, ihre Befürchtung wider, Orpheus könnte ihr Reich zu verlockend finden, um ins Leben zurückzukehren, und sie wollen ihren Götterkollegen Apoll nicht kränken, indem sie seinen Sohn vor der Zeit holen.

Letztendlich stellt sich freilich heraus, daß die Eurydike

beherrschende Kraft stärker ist als die, die Macht über Orpheus hat. Was einleuchtet – bleibt man doch länger tot, als man vermutlich am Leben ist. Und es folgt daraus, daß die Unendlichkeit der Endlichkeit nichts abtritt – außer vielleicht im Vers –, da beides Zeitkategorien sind und damit unveränderbar. Und es folgt weiter daraus, daß diese Kategorien die Sterblichen nicht benutzen, um Präsenz oder Macht ihrer Kräfte aufzuzeigen, sondern um die Grenzen ihres jeweiligen Herrschaftsbereichs abzustecken.

XL

All dies ist hochinteressant, erklärt aber letztlich nicht, wie oder eben auch warum das göttliche Verbot funktioniert. Dazu, so stellt sich heraus, bedarf der Mythos eines Dichters, und der Mythos kann sich glücklich preisen, Rainer Maria Rilke zu finden.

Hier ist der Schluß des Gedichts, der Ihnen von dem Mechanismus dieses Verbots berichtet und davon, wer wen benutzt – ein Dichter einen Mythos oder ein Mythos einen Dichter:

> Fern aber, dunkel vor dem klaren Ausgang,
> stand irgend jemand, dessen Angesicht
> nicht zu erkennen war. Er stand und sah,
> wie auf dem Streifen eines Wiesenpfades
> mit trauervollem Blick der Gott der Botschaft
> sich schweigend wandte, der Gestalt zu folgen,
> die schon zurückging dieses selben Weges,
> den Schritt beschränkt von langen Leichenbändern,
> unsicher, sanft und ohne Ungeduld.

Der »klare Ausgang« ist offensichtlich der Ausgang vom Hades ins Leben, und der »irgend jemand«, der da steht und

»dessen Angesicht nicht zu erkennen« ist, ist Orpheus. Er ist »irgend jemand« aus zwei Gründen: weil er für Eurydike belanglos und für Hermes, den Gott, der ihn an der Schwelle zwischen dem Leben und der dunklen Tiefe der Unterwelt stehen sieht, bloß ein Schattenriß ist.

Mit anderen Worten, Hermes blickt zu diesem Zeitpunkt noch in dieselbe Richtung wie zuvor. Während Orpheus, wie man uns gesagt hat, *sich umgewendet* hat. Was Eurydike betrifft ... und hier das Größte, was dieses Gedicht zustande bringt.

»Er stand und sah«, sagt der Erzähler, der durch die Wahl des Tempus von »stehen« Orpheus' Bedauern und Eingeständnis des Versagens hervorhebt. Doch was Orpheus sieht, ist wahrhaft bemerkenswert. Er sieht nämlich den Gott *sich wenden*, aber *erst jetzt*, »der Gestalt zu folgen,/ die schon zurückging ...« Was bedeutet, daß Eurydike sich auch schon umgewendet hat. Was bedeutet, daß der Gott sich als letzter umwendet.

Und es stellt sich die Frage, *wann* hat Eurydike sich umgewendet? Die Antwort ist, »schon«, und das läuft darauf hinaus, daß Orpheus und Eurydike sich gleichzeitig umgewendet haben.

Mit anderen Worten, unser Dichter hat ihre Bewegungen synchronisiert und teilt uns auf diese Weise mit, daß die die Endlichkeit und Unendlichkeit beherrschenden Kräfte selber von einer Art – nennen wir es – Schalttafel aus gesteuert werden, und daß diese Steuerung auch noch automatisch arbeitet. Unsere nächste Frage ist vermutlich ein leises »Wer?«

XLI

Die Griechen würden die Antwort sicher kennen und sagen: Kronos, da er derjenige ist, auf den sowieso alle Mythen hindeuten. Im Augenblick aber ist er für uns unwesentlich oder eben unerreichbar. Wir sollten hier innehalten, wo die etwa sechshundert Sekunden oder zehn Minuten dieses vor neunzig Jahren geschriebenen Gedichts uns verlassen.

Es ist kein schlechter Ort, wenn auch nur Endlichkeit. Außer daß wir ihn nicht als solche sehen – vielleicht weil wir uns mit Orpheus nicht identifizieren wollen, dem Zurückgewiesenen und Gescheiterten. Wir sehen den Ort mehr als Unendlichkeit, und wir würden uns sogar lieber mit Eurydike identifizieren, weil es leichter ist, sich mit Schönheit zu identifizieren, vor allem einer, die in Auflösung ist und »hingegeben wie gefallner Regen«.

Das sind jedoch die Extreme. Was den Ort, an dem uns dieses Gedicht verläßt, in der Tat anziehend macht, ist die Möglichkeit, uns, solange wir hier sind, mit dem Autor, mit Rainer Maria Rilke, zu identifizieren, wo immer er ist.

Torö, Schweden
1994

Von Schmerz und Vernunft

I

Der Leser sollte wissen, daß das, was folgt, aus einem Seminar entstanden ist, das vor vier Jahren am Collège International de Philosophie in Paris gehalten wurde. Daher eine gewisse Forschheit des Tempos; daher auch die kärglichen biographischen Angaben – meiner Ansicht nach für die Analyse eines Kunstwerks generell irrelevant, besonders aber gegenüber einem ausländischen Auditorium. Jedenfalls bezieht sich die direkte Anrede auf den folgenden Seiten auf Zuhörer, denen die lyrischen und erzählerischen Stärken von Robert Frosts Lyrik unbekannt oder kaum vertraut sind. Doch zuerst einiges Grundlegende.

Robert Frost wurde 1874 geboren und starb 1963 im Alter von achtundachtzig Jahren. Eine Heirat, sechs Kinder; eine ziemlich harte Jugend; Farmarbeiter, später Lehrer an verschiedenen Schulen. Wenige Reisen bis auf die letzten Lebensjahre; lebte die meiste Zeit an der Ostküste, in New England. Wenn Lyrik im Lebenslauf gründen würde, wäre hier keine zu erwarten gewesen. Und doch veröffentlichte er neun Gedichtbände; der zweite, *North of Boston*, der herauskam, als er vierzig war, machte ihn berühmt. Das war 1914.

Von da an wurde es für ihn etwas leichter. Doch literarischer Ruhm ist nicht unbedingt Popularität. Und so bedurfte es des Zweiten Weltkriegs, damit Frosts Werk von der breiten Öffentlichkeit wahrgenommen wurde. 1943 verteilte der Council on Books in Wartime fünfzigtausend Exemplare von Frosts Gedicht »Come In« an die in Übersee stationierten US-Truppen, zur moralischen Aufrüstung. 1955 lagen seine *Selected Poems* in vierter Auflage vor, und man durfte behaupten, daß seine Lyrik nationalen Rang erlangt hatte.

Das hatte sie. Im Verlauf der fünf Jahrzehnte nach dem Erscheinen von *North of Boston* heimste Frost alle Preise und Ehrungen ein, die ein amerikanischer Lyriker überhaupt erhalten kann; kurz vor seinem Tod lud John F. Kennedy ihn ein, bei seiner feierlichen Amtseinführung ein Gedicht vorzutragen. Mit der Anerkennung kam natürlich auch eine Menge Neid und Groll, zu einem erheblichen Teil aus der Feder von Frosts eigenem Biographen. Und dabei hatten Lobhudelei wie Groll eines gemein: ein fast vollständiges Mißverständnis dessen, wofür Frost stand.

Gemeinhin gilt er als Dichter der Landschaft, der ländlichen Schauplätze – als volkstümlicher, rauhbeiniger, witziger alter Gentleman-Farmer von gewöhnlich positiver Einstellung. Kurz, so amerikanisch wie apple pie. Fairerweise sei gesagt, daß er diese Auffassung dadurch stärkte, daß er genau dieses Bild von sich bei zahlreichen öffentlichen Auftritten und Interviews im Verlauf seiner Karriere entwarf. Ich denke mir, daß ihm das nicht sehr schwer fiel, denn er hatte diese Eigenschaften auch. Er war in der Tat der Inbegriff eines amerikanischen Lyrikers; unsere Sache ist es nun herauszufinden, was diesen Inbegriff ausmacht und was »amerikanisch« auf Lyrik angewendet und vielleicht auch allgemein bedeutet.

Bei einem Festessen 1959 in New York aus Anlaß von Robert Frosts fünfundachtzigstem Geburtstag erhob sich Lionel Trilling, der prominenteste Literaturkritiker jener Tage, und verkündete, das Glas in der Hand, Robert Frost sei »ein erschreckender Dichter«. Das verursachte natürlich einigen Aufruhr, aber das Epitheton war gut gewählt.

Nun möchte ich, daß Sie hier zwischen erschreckend und tragisch unterscheiden. Tragödie ist bekanntlich immer ein *fait accompli*, während Schrecken immer etwas mit Vorahnung zu tun hat, mit der Erkenntnis des eigenen negativen Potentials – mit dem Bewußtsein dessen, wozu man imstande ist. Und letzteres war Frosts Stärke, nicht das erste. Mit anderen Worten, seine Haltung unterscheidet sich grundlegend von der kontinentaleuropäischen Tradition des Dichters als tragischem Helden. Und allein schon dieser Unterschied macht ihn – in Ermangelung eines besseren Ausdrucks – amerikanisch.

Oberflächlich gesehen scheint er seiner Umgebung gegenüber sehr positiv eingestellt zu sein – vor allem gegenüber der

Natur. Schon sein geläufiger Umgang mit dem Ländlichen, sein »being versed in country things« (»The Need of Being Versed in Country Things« ist ein Gedicht aus der Sammlung *New Hampshire*) kann diesen Eindruck hervorrufen. Jedoch besteht ein Unterschied zwischen der Art, wie ein Europäer die Natur wahrnimmt und wie ein Amerikaner es tut. In seinem kurzen Essay über Frost (vielleicht dem besten über ihn) spricht W. H. Auden diesen Unterschied an und äußert sich etwa dahingehend, daß ein Europäer, der die Natur sucht, vor seine Hütte oder das kleine Gasthaus tritt, Freunde oder Familie darin hinter sich zurückläßt und einen Abendspaziergang macht. Trifft er auf einen Baum, ist dieser ihm vertraut durch die Geschichte, deren Zeuge er war. Dieser oder jener König hat darunter gesessen, dieses oder jenes Gesetz erlassen – irgend etwas der Art. Ein Baum, dessen Rauschen voller Anspielungen ist. Angenehm berührt und ein wenig nachdenklich kehrt unser Mann, durch die Begegnung erfrischt, aber nicht verändert, in sein Gasthaus oder seine Hütte zurück, findet seine Freunde oder Familie vollkommen unversehrt und macht sich weiter eine vergnügte Zeit. Wenn dagegen ein Amerikaner aus dem Haus geht und auf einen Baum trifft, ist es eine Begegnung von Gleichen. Mensch und Baum stehen einander in ihrer jeweiligen Urkraft gegenüber, frei von Anspielungen oder Bindungen: keiner von beiden hat eine Vergangenheit, und wessen Zukunft größer ist, ist ungewiß. Im Grunde ist es ein Treffen von Haut auf Borke. Unser Mann kehrt zumindest in einem Zustand der Verwirrung in sein Blockhaus zurück, wenn nicht sogar wirklich erschrocken oder angsterfüllt.

Natürlich ist dies eine romantische Karikatur, aber sie unterstreicht die wesentlichen Züge, und darauf kommt es mir hier an. Das Zweite läßt sich jedenfalls mit Sicherheit als Kern der Naturlyrik Robert Frosts bezeichnen. Die Natur ist für diesen Autor weder Freund noch Feind, noch ist sie Hintergrundkulisse menschlichen Dramas; sie ist das erschreckende Selbstporträt dieses Lyrikers. Und nun beginne ich mit einem seiner Gedichte, das in dem 1942 erschienenen Band *A Witness Tree* steht. Ich habe vor, meine Ansichten und Meinungen zu diesen Zeilen ohne Rücksicht auf akademische Objektivität vorzubringen, und einige dieser Ansichten werden ziemlich dunkel sein. Zu meiner Verteidigung kann ich nur sagen, a) daß ich diesen Dichter ungeheuer mag und versuchen will, ihn Ihnen als den nahezubringen, der er ist, und b) daß das Dunkel nur zum Teil von mir allein stammt: die Ablagerungen seiner Zeilen haben meinen Geist verdunkelt; mit anderen Worten, ich habe es von ihm.

II

COME IN

As I came to the edge of the woods,
Thrush music – hark!
Now if it was dusk outside,
Inside it was dark.

Too dark in the woods for a bird
By sleight of wing
To better its perch for the night,
Though it still could sing.

The last of the light of the sun
That had died in the west
Still lived for one song more
In a thrush's breast.

Far in the pillared dark
Thrush music went –
Almost like a call to come in
To the dark and lament.

But no, I was out for stars:
I would not come in.
I meant not even if asked,
And I hadn't been.

KOMM HEREIN

Als zum Rande des Waldes ich kam,
horch – Drosselschlag!
Nun war zwar Dämmerung draußen –
drinnen war Nacht.

Zu düster dem Vogel im Wald,
um leicht sich empor
zu besserem Schlafplatz zu schwingen,
doch er sang nach wie vor.

Letztes Leuchten der Sonne von West –
ihres Sterbens Ort –,
in der Drosselbrust lebte es
für ein Lied noch fort.

Fern in dem Säulendunkel
klang Drosselschlag –
fast wie ein Ruf: komm herein
zu Klage und Nacht.

Aber nein, ich war doch hier draußen,
um Sterne zu sehn.
Wäre auch nicht auf Bitten gekommen,
und das war nicht geschehn.

Lassen Sie uns »Come In« ansehen. Ein kurzes Gedicht in kurzem Metrum – eine Verbindung von drei- und zweihebigem Vers, von Anapäst und Jambus. Material, das man für Balladen hernimmt, die mehr oder minder alle von Bluttat und Strafe handeln. Das tut bis zu einem gewissen Punkt dieses Gedicht auch. Das Metrum weist darauf hin. Womit haben wir es hier zu tun? Einem Waldspaziergang? Einem Durchstreifen der Natur? Ist es etwas, was Dichter zu tun pflegen? (Und übrigens, wenn ja, warum?) »Come In« ist eines von vielen Gedichten, die Frost über solch zielloses Umherwandern geschrieben hat. Denken Sie an »Stopping by Woods on a Snowy Evening«, »Acquainted with the Night«, »Desert Places«, »Away!« und so fort. Oder denken Sie sonst an Thomas Hardys »The Darkling Thrush« (»Die Schwarzdrossel«), zu dem dieses Gedicht eine deutliche Affinität hat. Hardy schätzte ebenfalls einsame Wanderungen, nur daß sie bei ihm dazu neigten, fast immer auf einem Kirchhof zu enden – wohl, da England schon seit langem und auch dichter besiedelt war.

Zunächst einmal haben wir auch hier eine Drossel. Und ein Vogel ist, wie Sie wissen, sehr oft ein Sänger, da, technisch gesprochen, beide singen. Wir sollten im weiteren also im Sinn behalten, daß unser Dichter möglicherweise gewisse Aspekte seiner Psyche dem Vogel zuweist. Ich bin tatsächlich der festen Meinung, daß die beiden Vögel in Beziehung zueinander stehen. Der Unterschied ist lediglich, daß Hardy sechzehn Zeilen braucht, um den Vogel einzuführen, Frost dagegen schon in der zweiten Zeile zur Sache kommt. Das ist typisch für den Unterschied zwischen Amerikanern und Briten – in der Lyrik, meine ich. Wegen des größeren kulturellen Erbes, des größeren Vorrats an Anspielungen und Verweisen braucht ein Brite gewöhnlich viel länger, um sein Gedicht in Gang zu bekommen. Er hat zu viele Echos im Ohr, darum beugt und reckt er sich und demonstriert seine Gelenkigkeit, bevor er zum Thema kommt. Normalerweise ergibt sich daraus ein Gedicht, dessen Exposition ebensoviel Gewicht hat wie die eigentliche Aussage und damit eine gewisse Langatmigkeit, wenn Sie so wollen, obwohl – je nachdem, wer das Ganze veranstaltet – das kein Nachteil sein muß.

Nun wollen wir aber Zeile für Zeile vorgehen. »As I came

to the edge of the woods« (Als ich zum Waldrand kam) ist eine ziemlich schlichte Mitteilung, die das Thema benennt und das Metrum festsetzt. Eine unschuldige Zeile, oberflächlich zumindest, meinen Sie nicht auch? Ja, schon, mit Ausnahme von »the woods«. Der Wald macht einen argwöhnisch, und sein Rand, »the edge«, damit ebenfalls. Die Poesie ist eine Dame mit einem riesigen Stammbaum, und jedes Wort ist von Anspielungen und Assoziationen praktisch überwuchert. Seit dem vierzehnten Jahrhundert geht vom Wald ein sehr starker Geruch nach *selva oscura* aus, und Sie entsinnen sich vielleicht, wohin jene *selva* den Verfasser der *Göttlichen Komödie* führte. Jedenfalls, wenn ein Dichter des zwanzigsten Jahrhunderts ein Gedicht damit beginnt, daß er sich an einem Waldrand befindet, ist ein gerüttelt Maß an Gefahr gegeben – oder wenigstens eine vage Andeutung davon. Schon der Rand als solcher ist scharfkantig genug.

Vielleicht auch nicht; vielleicht ist unser Argwohn unbegründet, vielleicht haben wir nur Verfolgungswahn und lesen zuviel in diese Zeile hinein. Gehen wir zur nächsten über, dann werden wir sehen:

As I came to the edge of the woods,
Thrush music – hark!

Als ich zum Waldrand kam,
Drosselgesang – horch!

Sieht aus, als ob wir uns lächerlich gemacht hätten. Was könnte harmloser sein als dies antiquierte, viktorianisch klingende, dem Märchen entsprungene »hark«? Ein Vogel singt – hör zu! »Horch« gehört wahrlich in ein Gedicht von Hardy oder in eine Ballade; noch besser in irgendwelches Versgeklingel. Es suggeriert eine Ausdrucksebene, auf der unmöglich irgendeine Widrigkeit mitgeteilt werden könnte. Das Gedicht verspricht, auf beruhigende, melodiöse Weise weiterzugehen. Das meint man jedenfalls, nachdem man das »hark« gehört hat: daß man nun eine Art Beschreibung des Drosselgesangs bekommt und damit auf vertrautes Gebiet gelangt.

Aber wir sind hereingelegt worden, wie die folgenden beiden Zeilen beweisen. Es war nichts als eine von Frost in zwei Zeilen gezwängte Exposition. Sprachstil und Tonlage wechseln abrupt, auf eine ziemlich ungehörige, sachliche, unmelodische und unviktorianische Art:

> Now if it was dusk outside,
> Inside it was dark.

> Nun war zwar Dämmerung draußen,
> drinnen aber Dunkel.

Es ist das »now«, das der Phantasie sehr wenig Spielraum läßt. Außerdem erkennt man, daß »hark« sich auf »dark« reimt. Und daß dieses »dark«, das Dunkel, der Zustand des Drinnen ist, das möglicherweise nicht nur auf den Wald anspielt, da das Komma jenes »inside« in scharfen Gegensatz zum »outside« der dritten Zeile stellt und da dieser Gegensatz uns in der vierten Zeile mitgeteilt wird, was die Aussage drastischer macht. Gar nicht davon zu reden, daß dieser Gegensatz bloß durch den Austausch von zwei Buchstaben hergestellt wird: durch das Auswechseln von *ar* zwischen *d* und *k* gegen *us*. Der vokalische Klang bleibt im wesentlichen gleich. Was hier vorliegt, ist eine Unterscheidung in nur einem Konsonanten.

Die vierte Zeile hat etwas leicht Stockendes. Das liegt an der Verteilung der Hebungen, die von der im ersten zweihebigen Vers abweicht. Die Strophe zieht sich gegen Ende gewissermaßen zusammen, und die Zäsur nach »inside« unterstreicht die Isoliertheit des »drinnen« nur noch. Ich biete Ihnen hier zwar eine bewußt verkürzte Interpretation, dennoch möchte ich Sie dringend bitten, auf jeden Buchstaben und jede Zäsur dieses Gedichts sehr genau zu achten, nicht zuletzt, weil es von einem Vogel handelt; und Vogeltriller sind eine Materie der Pausen und, wenn Sie so wollen, Schriftzeichen. Das Englische, weil vorwiegend monosyllabisch, eignet sich hervorragend für solch papageienhaftes Nachahmen, und je kürzer das Metrum, desto größer ist der Druck auf jedem Buchstaben, jeder Zäsur, jedem Komma. Jedenfalls macht jenes »dark« den Wald buchstäblich zur *selva oscura.*

Eingedenk dessen, wozu jener dunkle Wald der Eingang war, wollen wir uns der nächsten Strophe nähern:

Too dark in the woods for a bird
By sleight of wing
To better its perch for the night,
Though it still could sing.

Zu dunkel im Wald für einen Vogel,
um durch Flügelfertigkeit
den Schlafplatz für die Nacht zu verbessern,
obgleich er immer noch singen konnte.

Was meinen Sie, was hier passiert? Ein naiver Mensch, ob Brite, Kontinentaleuropäer oder eben auch richtiger Amerikaner, würde noch immer antworten, daß es um einen Vogel geht, der am Abend singt, und daß es eine hübsche Melodie ist. Interessanterweise hätte er recht, und auf berechtigten Urteilen dieser Art beruht Frosts Ruf. Dabei ist gerade diese Strophe besonders dunkel. Es ließe sich die Meinung vertreten, daß das Gedicht etwas ziemlich Unerfreuliches ins Auge faßt, einen Selbstmord möglicherweise. Oder wenn nicht Selbstmord – nun, dann Tod. Und wenn nicht notwendigerweise Tod, dann – zumindest in dieser Strophe – die Idee eines Lebens nach dem Tode.

In »Too dark in the woods for a bird« erkundet ein Vogel alias Sänger den Wald und findet ihn zu dunkel. Das »Too« ist ein Echo der Anfangszeilen der *Göttlichen Komödie*: unser Vogel/Sänger schätzt jene *selva* anders ein als deren Autor. Schlicht gesagt, ist das Leben nach dem Tode für Frost dunkler als für Dante. Man fragt sich, warum, und die Antwort ist, weil er entweder an die ganze Sache nicht glaubt oder weil er sich nach seinem Selbstverständnis als zur Verdammnis bestimmt begreifen muß. Nichts, was in seiner Macht steht, kann seinen etwaigen Stand verbessern, und ich wage zu behaupten, daß »sleight of wing« (Flügelfertigkeit) als Verweis auf Sterberiten verstanden werden kann. Vor allem anderen geht es in diesem Gedicht ja um das Altsein und das Nachsinnen über das, was kommt. »To better its perch for the night« hat mit der Möglichkeit zu tun, woanders hinbeordert zu werden, nicht einfach in die Hölle – denn die Nacht hier ist die der Ewigkeit. Das einzige, was der Vogel / Sänger zu seinen Gunsten vorzuweisen hat, ist, daß er immer noch singen kann.

Der Wald ist zu dunkel für einen Vogel, weil der Vogel in seinem Vogelsein zu weit fortgeschritten ist. Keine Regung seiner Seele, alias »sleight of wing«, kann sein letztendliches Schicksal in diesem Wald verbessern. Wessen Wald dies ist, denke ich, wissen wir: auf einem seiner Zweige wird der Vogel sowieso enden, und »perch« (Schlafplatz / Sitzstange) vermittelt die Vorstellung, daß dieser Wald gut aufgebaut ist: er ist ein Gehege, eine Art Hühnerauslauf, wenn Sie so wollen. Unser Vogel ist damit verloren; keine Wandlung im letzten Augenblick (»sleight« ist ein Ausdruck der Beschwörung) läßt sich bewerkstelligen, nicht zuletzt, weil der Sänger zu alt für irgendeine rasche Handbewegung ist. Doch so alt er auch ist, er kann noch singen.

Und in der dritten Strophe singt dieser Vogel nun: das Lied selbst erklingt, das letzte. Es ist eine ungeheuer weitgespannte Gebärde. Sehen Sie hin, wie hier jedes Wort das folgende verzögert. »The last« – Zäsur – »of the light« – Zäsur – »of the sun« – Zeilenbruch, also eine große Zäsur – »That had died« – Zäsur – »in the west«. Unser Vogel / Sänger spürt dem letzten Leuchten bis zu seinem entschwundenen Ursprung nach. Man hört in diesen Zeilen fast das gute alte »Shenandoah«, das Lied derer, die gen Westen zogen. Aufschub und Verzögerung sind hier greifbar. »The last« ist nicht begrenzt,

»of the light« ist nicht begrenzt, und »of the sun« ist es nicht. Mehr noch, auch »That had died« ist nicht begrenzt, obwohl es das hätte sein müssen. Sogar »in the west« ist es nicht. Was wir hier haben, ist das Lied vom Verweilen: des Lichts, des Lebens. Man sieht fast den Finger auf den Ursprung hindeuten und dann, in einer breiten Kreisbewegung der letzten beiden Zeilen, zum Sprecher zurückkehren in »Still lived« – Zäsur – »for one song more« – Zeilenbruch – »In a thrush's breast«. Zwischen »The last« und »breast« legt unser Dichter eine außerordentliche Entfernung zurück: die Weite des Erdteils, wenn Sie so wollen. Er beschreibt ja das Licht, das noch auf ihn fällt, das Gegenteil des Waldesdunkels. Die Brust ist schließlich der Ursprung jeden Gesangs, und man sieht hier eigentlich weniger eine Drossel als eine Nachtigall; jedenfalls einen Vogel, der bei Sonnenuntergang singt: dessen Leuchten schimmert noch auf des Vogels Brust.

Und hier, in den Anfangszeilen der vierten Strophe, trennen sich Vogel und Sänger. »Far in the pillared dark / Thrush music went« (Fern im säulenbestandenen Dunkel/ tönte Drosselgesang). Das Schlüsselwort ist hier natürlich »pillared«: es läßt an den Innenraum einer Kathedrale denken, an ein Kirchenschiff jedenfalls. Mit anderen Worten, unsere Drossel fliegt in den Wald hinein, und man vernimmt ihren Gesang aus dessen Innerem, »almost like a call to come in / To the dark and lament« (fast wie einen Ruf hereinzukommen / zu Dunkel und Klage). Sie können, wenn Sie wollen, »lament« durch »repent« (Reue) ersetzen: die Wirkung bleibt praktisch die gleiche. Was hier beschrieben wird, ist eine der Alternativen, vor denen unser alter Sänger an diesem Abend steht: diejenige, die er nicht wählt. Die Drossel hat letzten Endes doch das »sleight of wing« gewählt. Sie sucht sich einen besseren Schlafplatz für die Nacht; sie akzeptiert ihr Schicksal, denn Klage ist Einverständnis. Man könnte hier in ein Labyrinth theologischer Bedeutungen eintauchen – Frosts fundamentaler Protestantismus usw. Ich würde davon abraten, da eine stoische Haltung Gläubigen wie Agnostikern gleich gut ansteht; bei dieser Art von Werk ist sie praktisch unvermeidlich. Letztlich sollte man Anspielungen (vor allem religiöse) nicht zu Folgerungen schrumpfen lassen.

»But no, I was out for stars« (Aber nein, ich war draußen, weil ich Sterne sehen wollte) ist Frosts übliches Täuschungsmanöver, das seine positiven Empfindungen vermittelt: Zeilen wie diese sind es, die ihn berühmt gemacht haben. Wenn er tatsächlich der Sterne wegen hinausgegangen war, warum hatte er das nicht gleich gesagt? Warum schrieb er das ganze Gedicht über etwas anderes? Aber diese Zeile steht hier nicht nur, um Sie zu täuschen. Sie steht hier, um ihn selbst zu täuschen oder vielmehr zu beschwichtigen. Die ganze Strophe dient diesem Zweck. Außer wir lesen diese Zeile als allgemeine Aussage des Dichters über seine Anwesenheit in dieser Welt – in romantischer Tonart also, als Zeile über sein generelles metaphysisches Verlangen, das von dieser läppischen Agonie eines Abends nicht gestillt wird.

I would not come in.
I meant not even if asked,
And I hadn't been.

Ich würde nicht hereinkommen.
Und zwar nicht einmal, wenn man mich gebeten hätte,
Und das hatte man nicht getan.

Diese Zeilen enthalten zu viel scherzhaftes Ungestüm, als daß man sie für bare Münze nehmen könnte, obwohl wir diese Möglichkeit nicht ausschließen dürfen. Der Mann schirmt sich gegen seine eigenen Einsichten ab und wird grammatikalisch wie syllabisch bestimmter und weniger idiomatisch – vor allem in der zweiten Zeile »I would not come in«, die sich leicht zu »I *won't* come in« verstümmeln ließe. »I meant not even if asked« kommt mit einer bedrohlichen Entschlossenheit daher, die auf eine Erklärung seines Agnostizismus hinauslaufen könnte, wäre da nicht die allzu schlaue

Ergänzung in der letzten Zeile: »And I hadn't been.« Das ist nun wirklich Fingerfertigkeit, d.h. Taschenspielerei.

Oder Sie können diese Strophe und damit das ganze Gedicht als Frosts demütige Fußnote oder Nachschrift zu Dantes *Commedia* behandeln, die mit dem Wort »Sterne« endet – als sein Eingeständnis, den geringeren Glauben oder das geringere Talent zu haben. Der Dichter weist hier eine Aufforderung, ins Dunkel einzutreten, zurück; ja, er stellt sogar den Ruf in Frage: »*Almost* like a call to come in ...«. Man sollte nicht zuviel Wind um Frosts Affinität zu Dante machen, aber hie und da ist sie greifbar, vor allem in den Gedichten, die von den dunklen Nächten der Seele handeln – wie zum Beispiel »Acquainted with the Night«. Anders als eine Reihe seiner berühmten Zeitgenossen trägt Frost nie seine Bildung zur Schau – hauptsächlich deshalb, weil er sie im Blut hat. Darum könnte man »I meant not even if asked« nicht nur als seine Weigerung lesen, einer furchtbaren Ahnung nachzugeben, sondern auch als Hinweis auf den von ihm gewählten Stil, der eine Großform ausschloß. Wie auch immer, eines ist klar: ohne Dantes *Commedia* gäbe es dieses Gedicht nicht.

Sollten Sie dennoch »Come In« als Naturgedicht lesen wollen, so tun Sie das bitte. Ich schlage Ihnen allerdings vor, einen längeren Blick auf den Titel zu werfen. Die zwanzig Gedichtzeilen stellen sozusagen die Übersetzung des Titels dar. Und in dieser Übersetzung, fürchte ich, bedeutet die Formulierung »komm herein«: »stirb«.

III

Während »Come In« Frost auf der Höhe seines lyrischen Könnens zeigt, sehen wir ihn in »Home Burial« auf dem Gipfel seiner erzählerischen Kunst. Eigentlich ist »Home Burial« (Hausbegräbnis) nicht erzählend; es ist eine Ekloge. Oder, genauer, es ist ein Pastorale – nur, daß es ein sehr düsteres ist.

Insoweit als es eine Geschichte erzählt, ist es natürlich ein erzählendes Gedicht; das Transportmittel dieser Geschichte ist jedoch Dialog, und das Transportmittel definiert das Genre. Das Pastorale, erfunden von Theokrit in seinen Idyllen, verfeinert von Vergil in den Gedichten, die er Eklogen oder Bukolika nannte, ist im wesentlichen ein Gedankenaustausch zweier oder mehrerer Personen an einem ländlichen Schauplatz, wobei das Thema oft jenes unerschöpfliche, die Liebe, ist. Da das englische und französische »Pastoral« mit heiteren Nebenbedeutungen überfrachtet ist und da Frost Vergil näher steht als Theokrit, und das nicht nur chronologisch, wollen wir Vergil folgen und dies Gedicht eine Ekloge nennen. Der ländliche Schauplatz ist vorhanden und ebenso die beiden Personen: ein Farmer und seine Frau, die als Schäfer und Schäferin hingehen mögen, nur daß es zweitausend Jahre später ist. Und das gilt auch für ihr Thema: Liebe, zweitausend Jahre später.

Um es kurz zu machen, Frost ist ein sehr vergilischer Lyriker. Damit meine ich den Vergil der *Bucolica* und *Georgica*, nicht den der *Aeneis*. Zunächst einmal hat der junge Frost ziemlich viel Landwirtschaft betrieben – und eine Menge geschrieben. Die Attitüde des Gentleman-Farmer war nicht nur Pose. Bis zum Ende seiner Tage kaufte er ja Farmen auf. Als er starb, war er, wenn ich nicht irre, Besitzer von vier Farmen in Vermont und New Hampshire. Er verstand einiges davon, wie man von seinem Land lebt – bestimmt nicht weniger als Vergil, der ein verheerender Landwirt gewesen sein muß, nach den Ratschlägen zum Ackerbau zu urteilen, die er in den *Georgica* erteilt.

Von wenigen Ausnahmen abgesehen ist die amerikanische Lyrik im wesentlichen vergilisch, also kontemplativ. Das heißt, wenn Sie vier römische Dichter der augusteischen Epoche, nämlich Properz, Ovid, Vergil und Horaz, als Standardvertreter der vier Temperamente ansehen (Properz mit seiner cholerischen Intensität, Ovid mit seinen sanguinischen Kopplungen, Vergil mit seinen phlegmatischen Grübeleien und Horaz mit seiner melancholischen Ausgeglichenheit), dann kommt einem die amerikanische Lyrik – im Grunde ganz allgemein englischsprachige Lyrik – im großen und ganzen vergilisch oder horazisch vor. (Denken Sie an den Großteil der Selbstgespräche von Wallace Stevens oder an den späten amerikanischen Auden.) Doch Frosts Affinität zu Vergil ist weniger eine Frage des Temperaments als der Technik. Abgesehen von dem häufigen Rückgriff auf Verkleidung (oder Maske) und dem Wahrnehmen jeder Gelegenheit, zu sich selbst auf Distanz zu gehen, wie sie eine erfundene Figur dem Dichter bietet, haben Frost und Vergil die Neigung gemein, das eigentliche Thema ihrer Dialoge unter dem monotonen opaken Schimmer ihrer Pentameter und Hexameter zu verstecken. Mit seiner eindringlichen Art, den Dingen auf den Grund zu gehen, und seiner tiefen Unruhe gilt der Vergil der *Eklogen* und der *Georgica* gemeinhin als Sänger der Liebe und der Freuden des Landlebens, genau wie der Autor von *North of Boston*.

Hinzugefügt werden sollte, daß Vergil, wie er bei Frost auf uns kommt, durch Wordsworth und Browning verdunkelt ist. »Gefiltert« ist vielleicht das bessere Wort, und Brownings dramatischer Monolog ist wirklich ein Filter, so wie er die dramatische Situation unter solider viktorianischer Ambivalenz und Ungewißheit begräbt. Frosts düstere Pastorales sind ebenfalls dramatisch, nicht nur hinsichtlich der Intensität, mit der sich das Wechselspiel der Figuren vollzieht, sondern vor allem in dem Sinn, daß sie tatsächlich theatralisch sind. Es ist eine Art Theater, in dem der Autor alle Rollen spielt, einschließlich der des Bühnenbildners, Regisseurs, Ballettmeisters usw. Er ist es, der die Lichter löscht, und manchmal ist er auch das Publikum.

Das hat gute Gründe. Theokrits Idyllen sind nämlich wie fast alle augusteische Lyrik im Grunde nichts als komprimiertes griechisches Drama. In »Home Burial« haben wir eine auf eine Treppe reduzierte Arena mit einem Geländer wie von Hitchcock. Die Anfangszeile sagt einem ebensoviel über die Positionen der Akteure wie über ihre Rollen: die des Jägers und seiner Beute. Oder, wie Sie später sehen werden, die von Pygmalion und Galatea, nur daß in diesem Fall der Bildhauer sein lebendes Modell in Stein verwandelt. Letztlich ist »Home Burial« ein Liebesgedicht, und nur darum läßt es sich als Pastorale bezeichnen.

Doch untersuchen wir diese anderthalb Zeilen:

> He saw her from the bottom of the stairs
> Before she saw him.

> Er sah sie von dem Fuß des Treppenaufgangs,
> bevor sie ihn sah.

Frost hätte gleich hier aufhören können. Dies ist schon ein Gedicht, ist schon ein Drama. Stellen Sie sich diese anderthalb Zeilen allein auf einer Seite vor, ganz minimalistisch. Es ist eine äußerst spannungsgeladene Szene – oder, noch besser, Einstellung. Wir haben einen geschlossenen Ort, ein Haus, und zwei Individuen mit entgegengesetzten – nein, unterschiedlichen – Vorhaben. Er ist am Fuß der Treppe; sie am oberen Ende. Er sieht zu ihr hinauf; sie, soweit wir bis jetzt wissen, registriert seine Anwesenheit überhaupt nicht. Sie müssen sich auch merken, daß das Ganze in Schwarzweiß ist. Die sie trennende Treppe verweist auf eine Bedeutungshierarchie. Und zwar ist die Treppe ein Sockel mit *ihr* darauf (zumindest in seinen Augen) und *ihm* am Fuß (in unseren Augen und möglicherweise in ihren). Der Winkel ist steil. Versetzen Sie sich hier in eine der Positionen – lieber in seine –, und Sie werden sehen, was ich meine. Stellen Sie sich vor, wie Sie jemanden beobachten, belauern oder daß man Sie beobachtet. Stellen Sie sich vor, wie Sie jemandes Bewegungen – oder Reglosigkeit – ohne Wissen jener Person interpretieren. Das macht Sie zu einem Jäger oder zu Pygmalion.

Lassen Sie mich das mit Pygmalion etwas weiter treiben. Prüfung und Deutung sind das Wesen jedes intensiven menschlichen Zusammenspiels und ganz besonders der Liebe. Sie sind auch die kraftvollste Quelle der Literatur: der Prosa (die im großen und ganzen von Verrat handelt) und vor allem der lyrischen Dichtung, wo man das geliebte Wesen und was es bewegt herauszuarbeiten sucht. Und dies Herausarbeiten bringt uns zu Pygmalion zurück, denn je mehr man herausmeißelt und in die Person eindringt, um so mehr hebt man sein Modell auf einen Sockel. Ein geschlossener Ort – ob ein Haus, ein Atelier, eine Seite – verstärkt dieses Sockelhafte enorm. Und je nach eigenem Eifer und der Fähigkeit des Modells zur Mitarbeit resultiert aus diesem Vorgang entweder ein Meisterwerk oder eine Katastrophe. In »Home Burial« ergibt sich beides. Denn jede Galatea ist letztlich die Selbstprojektion eines Pygmalion. Andererseits ahmt die Kunst nicht das Leben nach, sondern infiziert es.

Lassen Sie uns also das Verhalten des Modells beobachten:

She was starting down,
Looking back over her shoulder at some fear.
She took a doubtful step and then undid it
To raise herself and look again.

Sie war im Herabgehn,
den Kopf zurückgewandt nach einem Schrecknis.
Sie setzte zögernd einen Fuß, zog ihn zurück,
reckte sich hoch und schaute wieder.

Auf der wörtlichen Ebene, der Ebene direkter Erzählung, haben wir die Heldin, die die Treppe herunterzugehen beginnt, den Kopf uns im Profil zugewandt, die Augen von einem schrecklichen Anblick gebannt. Sie zögert und unterbricht ihren Abstieg, die Augen noch immer auf vermutlich denselben Anblick gerichtet: weder auf die Stufen noch auf den Mann am Fuß der Treppe. Aber man ist hier noch einer weiteren Ebene gewahr oder nicht? Lassen wir diese Ebene vorerst noch unbenannt. Jedes Stück Information in dieser Erzählung kommt isoliert daher, innerhalb einer fünffüßigen Zeile. Die Isolation wird durch die weißen Ränder hergestellt, die gewissermaßen die gesamte Szene einrahmen, gleich dem Schweigen des Hauses; und die Zeilen selber sind die Treppe. Im Grunde haben wir hier eine Abfolge von Einzeleinstellungen. »She was starting down« ist eine Einzeleinstellung. »Looking back over her shoulder at some fear« ist eine weitere; nämlich eine Nahaufnahme, ein Profil – man sieht ihren Gesichtsausdruck. »She took a doubtful step and then undid it« ist eine dritte: wieder eine Nahaufnahme – die Füße. »To raise herself and look again« ist eine vierte – die Figur in voller Größe.

Aber es ist auch ein Ballett. Wir haben hier mindestens zwei *Pas de deux*, die uns mit wunderbar euphonischer, fast alliterativer Genauigkeit übermittelt werden. Ich meine die *D*s in dieser Zeile, in »doubtful« und »undid it«, obwohl die *T*s auch eine Rolle spielen. »Undid it« ist besonders gelungen, weil man das Zurückschnellen in diesem Schritt spürt. Und jenes Profil im Gegensatz zur Körperdrehung – Grundformel einer dramatischen Heldin – stammt ebenfalls direkt aus dem Ballett.

Doch der wirkliche *faux Pas de deux* beginnt mit »He spoke/Advancing toward her« (Er / sprach zu ihr im Hinaufgehn). In den nächsten fünfundzwanzig Zeilen findet ein Gespräch auf der Treppe statt. Der Mann steigt sie hinauf, während er spricht, um mechanisch und verbal zu überwinden, was sie beide trennt. »Advancing« bezeugt Selbstbewußtsein und Besorgnis. Die Spannung wächst mit zunehmender Nähe. Die mechanische und damit auch physische Nähe ist jedoch leichter herzustellen als die verbale, d. h. die geistige – und darum geht es in diesem Gedicht. »›What is it you see / From up there always? – for I want to know‹« (»Was siehst du / vom Platz da oben immer? Ich will's wissen«) ist eine typische Pygmalionfrage, gerichtet an das Modell auf dem Sockel – dem Kopf der Treppe. Seine Faszination gilt nicht dem, was er sieht, sondern dem, was es – das, was er dort hingestellt hat – seiner Vorstellung nach verbirgt. Er hüllt in Geheimnis und rast, es zu enthüllen: immer ist es diese wilde Gier, die Pygmalion zwiefach bindet. Es ist, als wäre der Bildhauer vom Gesichtsausdruck seines Modells verwirrt: sie »sieht« etwas, was er nicht »sieht«. Also muß er selber den Sockel besteigen, um sich an ihren Platz zu stellen. Den topographisch (in Bezug auf das Haus) und psychologisch vorteilhaften Platz »da oben immer«, auf den er sie selber gestellt hat. Es ist dieser zweite, der psychologische Vorteil seines Geschöpfs, der den Schöpfer stört, wie das emphatische »for I want to know« zeigt.

Das Modell weigert sich mitzuspielen. In der nächsten Einzeleinstellung (»She turned and sank upon her skirts at that« – Sie fuhr herum und sank in sich zusammen), gefolgt von der Nahaufnahme »And her face changed from terrified to dull« (ihr Antlitz wechselte von schreckerfüllt zu leer), sieht man das fehlende Mitspiel ganz direkt. Und doch, verweigertes Mitspiel *ist* Mitspiel. Je weniger man mitspielt, desto mehr ist man Galatea. Denn wir dürfen nicht vergessen, daß der psychologische Vorteil der Frau eine Projektion des Mannes ist. Er schreibt ihn ihr zu. Wenn sie ihn also abweist, facht sie nur seine Phantasie an. In diesem Sinne gibt sie mit ihrer Verweigerung den Ball weiter. Darin besteht im Grunde ihr ganzes Spiel. Je weiter hinauf er steigt, desto größer wird jener Vorteil; mit jeder Stufe stößt er sie gewissermaßen weiter hinein.

Noch immer steigt er hinauf: in »he said to gain time« (Zeit zu gewinnen, fragte er) wie auch in

»What is it you see?«
Mounting until she cowered under him.
»I will find out now – you must tell me, dear.«

»Was siehst du?«,
stieg stetig, bis sie unter ihm sich duckte.
»Ich finde es heraus – sag's mir jetzt, Liebes.«

Das wichtigste Wort hier ist das Verbum »see«, das uns zum zweitenmal begegnet. In den nächsten neun Zeilen wird es noch viermal gebraucht werden. Wir kommen gleich dazu. Erst wollen wir uns mit der Zeile befassen, die mit »Mounting« beginnt, und mit der folgenden. Ein Meisterstück. Mit »mounting« (steigend / ragend) schlägt der Dichter zwei Fliegen mit einer Klappe, denn es beschreibt den Aufstieg wie den, der hinaufsteigt. Und der Hinaufgestiegene ragt um so bedrohlicher auf, als die Frau sich unter ihm duckt, d. h. zusammenschrumpft. Entsinnen Sie sich, daß sie auf etwas blickt, das sie erschreckt. »Mounting« gegen »cowered« drückt den Gegensatz zwischen den Naheinstellungen von den beiden aus und ebenso die unausgesprochene Gefahr, die von seiner Größe ausgeht. Jedenfalls ist ihre Alternative zu Furcht nicht Beruhigung. Und in der Entschlossenheit von »I will find out now« vernehmen wir die überlegene Körpermasse, deren Gewicht nicht verringert wird durch das schmeichelnde »dear«, das auf eine Bemerkung folgt – »you must tell me« –, die befehlend und zugleich sich dieses Kontrasts bewußt ist.

She, in her place, refused him any help,
With the least stiffening of her neck and silence.
She let him look, sure that he wouldn't see,
Blind creature; and awhile he didn't see.
But at last he murmured, »Oh,« and again, »Oh.«

»What is it – what?« she said.
»Just that I see.«
»You don't,« she challenged. »Tell me what it is.«

»The wonder is I didn't see at once.«

Sie wiederum versagte alle Hilfe,
versteifte Hals und Nacken nur und schwieg.
Sie ließ ihn schauen, sicher sah er nichts,

blindes Geschöpf; und vorerst sah er nichts.
Dann murmelte er: »Oh«, und wieder »Oh.«

»Was, was denn?« sagte sie.
»Jetzt seh ich es.«
»Das glaub ich dir nicht. Sag mir, was es ist.«

»Das Sonderbare ist, ich sah's nicht gleich.«

Und nun nehmen wir uns dieses Verbum »see« vor. In fünfzehn Zeilen ist es sechsmal vorgekommen. Jeder erfahrene Lyriker weiß, wie riskant es ist, dasselbe Wort in kurzem Abstand mehrfach zu benutzen. Man riskiert Tautologie. Was also will Frost hier erreichen? Ich meine, eben das: Tautologie. Noch genauer, nichtsemantische Äußerung. Wie sie z. B. in »›Oh,‹ and again, ›Oh.‹« vorliegt. Frost hatte eine Theorie über das, was er »sentence-sounds«, Satzklänge, nannte. Sie stand im Zusammenhang mit seiner Beobachtung, daß der Klang, der Ton menschlicher Redeweise so semantisch ist wie die eigentlichen Worte. Zum Beispiel, Sie hören zwei Leute hinter einer geschlossenen Tür in einem Zimmer miteinander reden. Sie hören die Worte nicht, und doch erkennen sie den allgemeinen Gesprächsverlauf; ja, Sie können dessen Gegenstand ziemlich genau ausmachen. Mit anderen Worten, die Melodie ist wichtiger als der Text, der sozusagen austauschbar oder redundant ist. Jedenfalls setzt die Wiederholung dieses oder jenes Worts die Melodie frei und macht sie besser vernehmlich. Überdies macht eine solche Wiederholung den Geist frei – sie befreit einen von dem vom Wort dargestellten Begriff. (Das ist natürlich die alte Zentechnik, aber sie in einem amerikanischen Gedicht zu finden, bringt einen schon auf den Gedanken, ob nicht philosophische Prinzipien Texten entspringen und nicht umgekehrt.)

Das sechsmalige »see« leistet genau das. Es ist mehr Ausruf als Erklärung. Statt »see« könnte es »Oh« sein oder auch »yes« – es könnte jedes einsilbige Wort sein. Die Absicht ist, das Verb von innen zu sprengen, denn der Inhalt der eigentlichen Beobachtung siegt über den Beobachtungsvorgang, dessen Mittel und den Beobachter selbst. Die Wirkung, die Frost zu erzielen sucht, ist die Unzulänglichkeit der Reaktion, wenn man automatisch das erste Wort wiederholt, das einem auf die Lippen kommt. Sehen ist hier einfach Wegtaumeln vom Unnennbaren. Am wenigsten sieht unser Held in »Just that I see«, denn an diesem Punkt hat das Verb nach viermaliger Verwendung seine Bedeutungen »beobachten« und »verstehen« längst eingebüßt (ganz zu schweigen davon – was das Wort noch inhaltsleerer macht –, daß wir Leser nach wie vor im dunkeln tappen, noch immer nicht wissen, was aus dem Fenster zu sehen ist). Inzwischen ist es reiner Klang, der mehr eine animalische als rationale Reaktion bezeichnet.

Solche Explosionen von Bona-fide-Wörtern zu reinem nichtsemantischem Klang kommen in diesem Gedicht mehrfach vor. Das nächste Mal schon sehr bald, zehn Zeilen weiter. Typisch ist, daß diese Explosionen sich dann ereignen, wenn die Spieler einander körperlich nahe sind. Sie sind das verbale – besser noch akustische – Äquivalent eines Bruchs. Frost setzt sie ungeheuer konsequent ein und verweist so auf die (dieser Szene zumindest vorangehende) tiefreichende Unvereinbarkeit seiner Personen. »Home Burial« ist in der Tat eine Studie hierüber, und die auf der wörtlichen Ebene beschriebene Tragödie ist die Abrechnung der Personen miteinander, weil sie die territorialen und geistig-seelischen Lebensprinzipien des jeweils anderen dadurch verletzt haben, daß sie ein Kind hatten. Jetzt, nach dem Verlust des Kindes, drängen diese Lebensprinzipien sich mit Macht vor: sie fordern ihr Recht.

IV

Der Mann steht nun neben der Frau und teilt ihren Blickpunkt. Weil er größer ist als sie und auch weil es *sein* Haus ist (wie Zeile 23 zeigt), in dem er vermutlich den größten Teil seines Lebens verbracht hat, muß er sich wahrscheinlich etwas bücken, um mit seinen Augen ihre Blickrichtung nachzuvollziehen. Sie stehen eng nebeneinander, fast intim, an der Schwelle zu ihrem Schlafzimmer am Kopfende der Treppe. Das Schlafzimmer hat ein Fenster, das Fenster hat eine Aussicht. Und hier bringt Frost den überwältigendsten Vergleich dieses Gedichts, vielleicht seiner gesamten Laufbahn:

»The wonder is I didn't see at once.
I never noticed it from here before.
I must be wonted to it – that's the reason.
The little graveyard where my people are!
So small the window frames the whole of it.
Not so much larger than a bedroom, is it?
There are three stones of slate and one of marble,
Broad-shouldered little slabs there in the sunlight
On the sidehill. We haven't to mind *those*.
But I understand: it is not the stones,
But the child's mound –«

»Das Sonderbare ist, ich sah's nicht gleich.
Ich habe es noch nie von hier bemerkt.
Ich muß daran gewöhnt sein, darum wohl.
Der kleine Friedhof, wo die Meinen sind!
Dies kleine Fenster rahmt ihn gänzlich ein.
Gar nicht viel größer als ein Schlafraum, oder?
Drei Schiefersteine und ein Marmorstein,
breitschultrig-kleine Tafeln in der Sonne
am Abhang dort. *Die* müssen uns nicht kümmern.
Doch ich versteh: die Steine sind es nicht,
der Grabhügel des Kindes ist es –«

»The little graveyard where my people are!« erzeugt eine Atmosphäre von Zärtlichkeit, und in dieser Atmosphäre beginnt dann »So small the window frames the whole of it«, nur um in »Not so much larger than a bedroom, is it?« hineinzuschlittern. Das Schlüsselwort hier ist »frames«, denn es beschreibt einmal den eigentlichen Fensterrahmen und gleichzeitig ein Bild an der Schlafzimmerwand. Das Fenster hängt gewissermaßen an der Schlafzimmerwand wie ein Bild, und abgebildet darauf ist ein Friedhof. »Abbilden« heißt nun aber auf die Größe eines Bildes reduzieren. Stellen Sie sich das in Ihrem Schlafzimmer vor. In der nächsten Zeile erhält der Friedhof allerdings seine ursprüngliche Größe zurück und wird aus diesem Grund mit dem Schlafzimmer gleichgesetzt. Diese Gleichsetzung gilt psychisch wie räumlich. Unabsichtlich entfährt dem Mann das Resümee ihrer Ehe (das sich in dem grimmigen Wortspiel des Titels schon andeutet). Und ebenso unabsichtlich fordert sein »is it?« die Frau auf, diesem Resümee zuzustimmen, setzt dabei stillschweigend ihre Mitschuld fast voraus.

Als wäre das noch nicht genug, verstärken die folgenden zwei Zeilen mit ihren Schiefer- und Marmorsteinen noch den Vergleich, setzen Friedhof und gemachtes Bett gleich – ein Bett mit fünfhebig verteilten Kissen und bevölkert von einer Schar lebloser kleiner Kinder: »Broad-shouldered little slabs«. Das ist der entfesselt wütende Pygmalion. Wir haben hier das Eindringen des Mannes in die Seele der Frau, eine Verletzung ihres geistig-seelischen Lebensprinzips, dessen Verknöcherung und Erstarrung, wenn Sie so wollen. Und dann reckt sich diese verknöchernde – eigentlich versteinernde – Hand nach dem, was greifbar wie auch in ihrem Innern noch eine frische Wunde ist:

»But I understand: it is not the stones,
But the child's mound –«

Nicht daß der Gegensatz zwischen den Steinen und dem Grabhügel zu stark wäre, obwohl er es ist; daß der Mann imstande ist – oder vielmehr versucht –, ihn zu artikulieren, das ist es, was sie unerträglich findet. Denn sollte es ihm gelingen, sollte er die Worte finden, um ihre seelischen Ängste auszudrücken, würde der Hügel sich mit den Steinen im »Bild« vereinigen, würde selber zu einem Grabstein werden, ein Kissen auf ihrem Bett. Außerdem würde das auf das völlige Durchdringen ihres inneren Heiligtums hinauslaufen: ihres Geists. Und er ist nahe daran:

»Don't, don't, don't,
don't,« she cried.

She withdrew, shrinking from beneath his arm
That rested on the banister, and slid downstairs;
And turned on him with such a daunting look,
He said twice over before he knew himself:
»Can't a man speak of his own child he's lost?«

»Nicht, nicht, nicht,
nicht«, schrie sie.

Sie zwängte hastig unter seinem Arm sich durch,
der auf dem Handlauf lag, und glitt treppabwärts;
und drehte sich ihm zu mit derart kaltem Blick,
daß er, bevor er's wußte, zweimal sagte:
»Kann denn ein Mann vom Tod des eignen Kinds nicht
sprechen?«

Das Gedicht nimmt an dunkler Kraft zu. Das vierfache »don't« ist jene nichtsemantische Explosion mit einem Bruch als Folge. Wir sind jetzt so sehr in der Handlung drin – bis zur Nasenspitze –, daß wir möglicherweise vergessen, daß dies noch immer ein Ballett ist, noch immer eine Abfolge von Einstellungen, noch immer ein Kunststück unter der Regie des Dichters. Ja, wir sind schon drauf und dran, Partei zu ergreifen, oder etwa nicht? Ich schlage vor, daß wir uns an unserer

Nase hier herausziehen und einen Augenblick darüber nachdenken, was uns das alles von unserem Dichter erzählt. Stellen Sie sich zum Beispiel vor, daß die Handlung eigener Erfahrung nachgezeichnet ist – sagen wir, dem Verlust eines Erstgeborenen. Was sagt all das, was Sie bis jetzt gelesen haben, Ihnen über den Autor, über seine Empfindsamkeit? Wie sehr ist er von der Geschichte gefangen und – was der kritischere Punkt ist – bis zu welchem Grad ist er frei von ihr?

Wäre dies ein Seminar, würde ich auf Ihre Antworten warten. Da nicht, muß ich diese Frage selbst beantworten. Und die Antwort ist: er ist sehr frei. Gefährlich frei. Allein die Fähigkeit, solches Material zu benutzen – mit ihm zu spielen –, weist auf eine äußerst weite Spanne innerer Distanz hin. Die Fähigkeit, aus diesem Material monotonen fünffüßigen Blankvers zu machen, fügt dieser Distanz ein weiteres Stück hinzu. Eine Beziehung zwischen einem Familienfriedhof und einem Ehebett wahrzunehmen, noch eins. Zusammengenommen führen sie zu einem beträchtlichen Maß an innerer Distanz. Einem Ausmaß, das menschliches Zusammenspiel zum Scheitern verurteilt, das Kommunikation unmöglich macht, denn Kommunikation setzt jemand Gleiches voraus. Dies ist in vielem Pygmalions Los gegenüber seinem Modell. So daß nicht die Geschichte, die das Gedicht erzählt, autobiographisch ist, vielmehr ist das Gedicht des Autors Selbstporträt. Darum verabscheut man literarische Biographie – weil sie verkleinernd wirkt. Darum sträube ich mich, Sie mit Daten zu Frost zu versehen.

Wo will er mit all der inneren Distanz hin, fragen Sie vielleicht. Die Antwort ist: zu äußerster Autonomie. Von dort gewahrt er Ähnlichkeiten zwischen Ungleichem, von dort imitiert er die volkstümliche Sprechweise. Würden Sie Mr. Frost gerne kennenlernen? Dann lesen Sie seine Gedichte, nichts anderes; sonst müssen Sie auf Kritik von unten gefaßt sein. Wären Sie gerne er? Würden Sie gern Robert Frost werden? Vielleicht sollte einem jemand von solchem Streben abraten. Für eine Sensibilität wie die seine gibt es sehr wenig

Hoffnung auf wahre menschliche Geistesverwandtschaft oder entsprechenden Ehestand; und tatsächlich hängt diesem Autor so gut wie kein romantischer Schmutz der Sorte an, die solche Hoffnung normalerweise angebracht erscheinen läßt.

Dies ist nicht unbedingt eine Abschweifung, aber lassen Sie uns zum Text zurückkehren. Erinnern Sie sich an den Bruch und was ihn verursacht hat, und erinnern Sie sich, daß dies ein Kunst-Stück ist. Sogar der Autor selbst erinnert uns daran:

> She withdrew, shrinking from beneath his arm
> That rested on the banister, and slid downstairs.

Sie sehen, es ist immer noch ein Ballett, und die Regieanweisung ist in den Text eingebaut. Das sprechendste Detail ist hier das Geländer. Warum bringt der Autor es an dieser Stelle? Erstens, um die Treppe wieder einzuführen, die wir inzwischen – von der Verheerung des Schlafzimmers gelähmt – vergessen haben könnten. Zweitens aber nimmt das Geländer ihr Hinuntergleiten vorweg, da jedes Kind Geländer zum Hinunterrutschen benutzt. »And turned on him with such a daunting look« ist eine weitere Regieanweisung.

> He said twice over before he knew himself:
> »Can't a man speak of his own child he's lost?«

Das ist eine bemerkenswert gute Zeile. Sie hat etwas sehr Volkstümliches, fast Sprichworthaftes. Und der Autor ist sich eindeutig dessen bewußt, wie gut sie ist. Um nun die Wirkung zu unterstreichen und sein Bewußtsein davon zu vertuschen, betont er die Unbewußtheit dieser Äußerung: »He said twice over before he knew himself«. Auf der wörtlichen, der erzählenden Ebene haben wir den vom kalten Blick, dem »daunting look« der Frau, gelähmten Mann, der nach Worten ringt. Frost war fabelhaft in solchen formelhaften, quasi sprichwörtlichen Einzeilern. »For to be social is to be forgiving« (in »The Star-Splitter«) oder »The best way out is always through« (»A Servant to Servants«) zum Beispiel. Ein paar Zeilen weiter kommt noch so ein Einzeiler. Meistens sind sie fünffüßig; fünffüßiger Jambus ist dafür besonders geeignet.

In diesem Gedichtabschnitt, von »Don't, don't, don't, don't« an, schwingt offensichtlich Sexuelles mit: daß sie den Mann zurückweist. Und das ist der Kern der Geschichte von Pygmalion und seinem Modell. Auf wörtlicher Ebene entwickelt »Home Burial« sich entlang einer Kette ähnlicher schwer greifbarer Zeilen. Ich glaube allerdings nicht, daß Frost sich bei all seiner Autonomie dessen bewußt war. (*North of Boston* zeigt schließlich keinerlei Kenntnis Freudscher Terminologie.) Und wenn er es nicht war, ist diese Art unserer Annäherung verfehlt. Trotzdem sollten wir etwas davon im Sinn behalten, bevor wir nun den Hauptteil des Gedichts angehen:

»Not you! – Oh, where's my hat? Oh, I don't need it!
I must get out of here. I must get air. –
I don't know rightly whether any man can.«

»Amy! Don't go to someone else this time.
Listen to me. I won't come down the stairs.«
He sat and fixed his chin between his fists.
»There's something I should like to ask you, dear.«

»You don't know how to ask it.«
»Help me, then.«

Her fingers moved the latch for all reply.

»Du nicht! Wo ist mein Hut? Ach was, wozu!
Ich muß hinaus. Ich brauche frische Luft. –
Ich weiß nicht, ob irgendein Mann es kann.«

»Amy! Geh diesmal nicht zu jemand andrem.
Hör mir doch zu. Ich komme nicht herunter.«

Er setzte sich, das Kinn zwischen den Fäusten.
»Ich würde dich gern etwas fragen, Liebes.«

»Du weißt ja gar nicht, wie.«
»Dann hilf mir doch.«

Zur Antwort drückte ihre Hand die Klinke.

V

Was wir hier haben, ist der Wunsch zu entfliehen: nicht so sehr dem Mann als der Geschlossenheit des Orts, erst recht dem Thema ihres Wortwechsels. Und doch ist der Entschluß nicht endgültig, wie das nervöse Gefummel mit dem Hut zeigt, denn die Ausführung dieses Wunschs muß kontraproduktiv für das Modell sein, soweit es Gegenstand der Enträtselung ist. Darf ich so weit gehen anzudeuten, daß dies eine Preisgabe des Vorteils und überdies das Ende des Gedichts wäre? Tatsächlich endet das Gedicht genau damit, mit ihrem Abgang. Die wörtliche Ebene kann nur mit der metaphorischen in Konflikt geraten oder mit ihr verschmelzen. Daher das »I don't know rightly whether any man can«, das die beiden Ebenen verschmilzt und das Gedicht fortzufahren zwingt; man weiß nicht mehr, wer Roß und wer hier Reiter ist. Ich bezweifle, daß der Dichter selbst es an diesem Punkt wußte. Die Verschmelzung setzt eine gewisse Kraft frei, die sich seine Feder untertan macht, und das beste, was er tun kann, ist, beide Stränge, den wörtlichen wie den metaphorischen, unter Kontrolle zu halten.

Wir erfahren den Namen der Heldin und daß es solche Gespräche schon gegeben hat, mit identischem Ergebnis. Da wir wissen, wie das Gedicht endet, können wir diese Gelegenheiten beurteilen bzw. uns ausmalen. Die Szene in »Home Burial« ist lediglich eine Wiederholung. Aus diesem Grund gibt das Gedicht nicht so sehr Auskunft über beider Leben, vielmehr tritt es an dessen Stelle. Wir erfahren auch aus »Don't go to someone else this time« von einer Mischung aus Eifersucht und Scham, die mindestens einer der beiden empfindet. Und wir erfahren aus »I won't come down the stairs« und »He sat and fixed his chin between his fists« von der Furcht vor Gewalt, die ihrer körperlichen Nähe beigemengt ist. Letztere Zeile ist eine wunderbare Verkörperung von Stase, ganz im Stil von Rodins *Penseur*, wenn auch mit zwei Fäusten – ein sehr sprechendes Detail, da das gewaltsame Anlegen der Faust ans Kinn zum Knockout führt.

Die Hauptsache ist hier jedoch die Wiedereinführung der Treppe. Nicht nur als Wort, sondern auch der Stufen in »he sat«. Von hier an findet der gesamte Dialog auf der Treppe statt, die nun aber eher eine Sackgasse als einen Durchgang darstellt. Es wird kein körperlicher Schritt getan. Statt dessen gibt es verbale oder mündliche Ersatzhandlungen. Das Ballett endet, macht dem verbalen Ausfall und Rückzug Platz, der sich ankündigt mit »›There's something I should like to ask you, dear‹«. Beachten Sie wieder das Schmeichelnde in »dear«, dem man diesmal die Erkenntnis seiner Sinnlosigkeit anhört. Beachten Sie auch, daß letztmalig etwas Ähnliches wie wirkliche Interaktion vorkommt in »›You don't know how to ask it‹. ›Help me, then‹« – dies ist das letzte Pochen an die Tür oder, besser noch, an die Wand. Beachten Sie »Her fingers moved the latch for all reply«, weil diese Finte mit dem Hantieren an der Tür die letzte körperliche Bewegung ist, die letzte theatralische oder filmische Geste in dem Gedicht, mit Ausnahme eines weiteren Klinkendrückens.

»My words are nearly always an offense.
I don't know how to speak of anything
So as to please you. But I might be taught,
I should suppose. I can't say I see how.
A man must partly give up being a man
With womenfolk. We could have some arrangement

By which I'd bind myself to keep hands off
Anything special you're a-mind to name.
Though I don't like such things 'twixt those that love.
Two that don't love can't live together without them.
But two that do can't live together with them.«
She moved the latch a little.

»Fast jedes Wort von mir nimmst du als Kränkung.
Ich kann von keiner Sache reden, so
daß es dir recht ist. Doch ich könnt es lernen,
das denk ich schon. Obzwar, ich weiß nicht, wie.
Ein Mann darf nicht ganz Mann im Umgang
mit Frauen sein. Wir könnten ausmachen,
daß ich verspreche, mich herauszuhalten
aus ganz bestimmten Dingen, die du nennst.
Obwohl, wenn man sich liebt, dann braucht's das nicht.
Zwei ohne Liebe können ohne das nicht leben.
Doch zweie, die sich lieben, nicht damit.«
Sie drückte leicht die Klinke.

Die innerliche Hektik des Sprechers wird durch seine Bewegungslosigkeit vollständig aufgewogen. Wenn dies ein Ballett ist, dann ein geistiges. Tatsächlich hat es viel Ähnlichkeit mit Fechten: nicht mit einem Gegner oder einem Schatten, sondern mit dem eigenen Ich. Die Zeilen gehen immer einen Schritt vor und dann wieder zurück. (»She took a doubtful step and then undid it.«) Technisch ist das wichtigste Mittel hier das Enjambement, das physisch dem Hinuntersteigen einer Treppe ähnelt. Dies Hin und Her, Geben und Nehmen vermittelt einem wirklich fast ein Gefühl von Atemnot. Bis zur Befreiung davon durch das formel- und volkstonhafte »A man must partly give up being a man / With womenfolk.«

Auf diese Befreiung folgen drei Zeilen in gleichmäßigerem Rhythmus, fast ein Tribut an die Leichtigkeit, mit der fünffüßiger Jambus Zusammenhänge herstellt, die mit dem triumphierenden Vers enden »Though I don't like such things ’twixt those that love«. Und hier zielt unser Dichter ein weiteres Mal nicht eben unauffällig aufs Sprichwörtliche ab: »Two that don’t love can’t live together without them. / But two that do can’t live together with them« – obwohl das ein bißchen schwerfällig herüberkommt und auch nicht gänzlich überzeugend.

Frost ahnt das zumindest, daher das »She moved the latch a little«. Aber das ist nur eine mögliche Erklärung. Worauf dieser mit Vorbehalten befrachtete Monolog abzielt, ist die Enträtselung seiner Adressatin. Der Mann macht tastende Versuche zu verstehen. Er begreift, daß er, um zu verstehen, seine Vernunft aussetzen, wenn nicht völlig aufgeben muß. Mit anderen Worten, er steigt hinunter. Aber das ist, wie wenn einer eine Treppe hinunterläuft, die aufwärts führt. Und teils weil er mit seinem Witz ganz bald am Ende sein wird und teils aus rein rhetorischen Trägheitszwängen bietet er hier die Idee der Liebe auf. Mit anderen Worten, dieser quasisprichwörtliche Zweizeiler über Liebe ist ein rationales Argument, und das genügt seiner Adressatin natürlich nicht.

Denn je mehr sie enträtselt wird, desto entrückter wird sie: desto höher wird ihr Sockel (was nun, da sie unten steht, vielleicht von besonderer Bedeutung für sie ist). Nicht Schmerz treibt sie aus dem Haus, sondern das Grauen davor, enträtselt zu werden, wie auch das Grauen vor demjenigen, der das zu tun versucht. Sie will unergründlich bleiben und wird von ihm nichts akzeptieren, was nicht eine so gut wie vollständige Unterwerfung ist. Und er ist durchaus auf dem Weg dahin:

> »Don’t – don’t go.
> Don’t carry it to someone else this time.
> Tell me about it if it’s something human.«

> »Nicht, geh nicht.«
> Trag’s diesmal nicht zu jemand anderem.
> Erzähl es mir, wenn es denn menschlich ist.«

Die letzte Zeile ist nach meiner Ansicht die erstaunlichste und tragischste in dem gesamten Gedicht. Sie bedeutet praktisch den letztlichen Sieg der Heldin, d. h. die eben erwähnte vernunftmäßige Unterwerfung dessen, der sie zu enträtseln, zu interpretieren sucht. Bei allem umgangssprachlichen Ton verleiht diese Zeile den inneren Prozessen der Frau übernatürlichen Status und erkennt damit die Unendlichkeit – die durch den Tod des Kindes Eingang in ihr Gemüt gefunden hat – als seinen Rivalen an. Dagegen ist er machtlos, da ihr Zugang zu dieser Unendlichkeit, ihr Aufgehen darin und Umgang damit in seinen Augen durch die ganze Mythologie vom anderen Geschlecht gestützt werden – dadurch, daß die gesamte Vorstellung von dem rivalisierenden Anderen ihm an diesem Punkt durch sie ziemlich massiv aufgedrückt wird. An diese Vorstellung verliert er sie, indem er vernünftig bleibt. Es ist eine schrille, fast hysterische Zeile, die die Begrenztheit des Mannes eingesteht und das ganze Gespräch vorübergehend auf eine Betrachtungsebene hebt, auf der die Heldin sich heimisch fühlen könnte – diejenige, die sie vermutlich sucht. Doch nur vorübergehend. Er kann auf diesem Niveau nicht weitermachen und verfällt in flehentliches Bitten:

»Let me into your grief. I'm not so much
Unlike other folks as your standing there
Apart would make me out. Give me my chance.
I do think, though, you overdo it a little.
What was it brought you up to think it the thing
To take your mother-loss of a first child
So inconsolably – in the face of love.
You'd think his memory might be satisfied –«

»Laß mich in deinen Schmerz ein. So viel anders
als andre bin ich nicht, wie dein Verhalten
hier mich jetzt hinstellt. Gib mir eine Chance.
Zwar finde ich, du übertreibst ein wenig.
Was ließ dich meinen, du als Mutter müßtest

über den Tod des Erstgebornen so
untröstlich sein – im Angesicht der Liebe.
Wir halten sein Gedächtnis doch in Ehren –«

Er stürzt gewissermaßen von der hysterischen Höhe des »Tell me about it if it's something human« herunter. Doch dieser Fall, dieses geistige Aufschlagen auf die metrisch abfallende Treppe, bringt ihn der Vernunft mit all ihren Vorbehalten zurück. Das führt ihn ziemlich nah an den Kern der Sache – daß sie über den Tod ihres ersten Kindes so untröstlich ist –, und er beschwört wieder die Allzweckidee der Liebe, diesmal etwas überzeugender, wenn auch immer noch leicht rhetorisch-floskelhaft: »in the face of love«. Das Wort »Liebe« untergräbt hier seine eigene emotionale Wirklichkeit, reduziert das Gefühl auf seine Nutzanwendung: als Mittel, Tragisches zu überwinden. Überwindung von Tragischem beraubt jedoch dessen Opfer ihres Status als Held oder Heldin. Zusammen mit dem Unmut der Heldin darüber, daß ihr Interpret die hohe Betrachtungsebene wieder verlassen hat, führt dies dazu, daß die Heldin sein »You'd think his memory might be satisfied –« mit »There you go sneering now!« (Du machst dich wieder lustig!) unterbricht. Es ist Galateas Verteidigung, die Verteidigung gegen den weiteren Einsatz des Meißels an ihren schon herausgearbeiteten Zügen.

Man ist sehr versucht, »Home Burial« wegen seiner fesselnden Handlung als Tragödie von der Unmöglichkeit der Kommunikation einzuordnen, als ein Gedicht über das Versagen von Sprache; und viele sind dieser Versuchung erlegen. Dabei ist es gerade das Gegenteil: es ist eine Tragödie der Kommunikation, denn das logische Ende von Kommunikation ist die Vergewaltigung des geistig-seelischen Lebensprinzips unseres Gesprächspartners. Es ist ein Gedicht über den erschreckenden Erfolg der Sprache, denn letztlich sind der Sprache die von ihr artikulierten Gefühle fremd. Niemand ist sich dessen bewußter als ein Dichter; und wenn »Home Burial« autobiographisch ist, dann in erster Linie als Zeugnis dafür, daß Frost den Widerstreit zwischen seinem Metier und seinen Emotionen begriff. Um diesen Punkt endgültig abzuschließen, möchte ich vorschlagen, daß Sie Ihr tatsächliches Gefühl für ein Ihnen nahestehendes Individuum mit dem Wort »Liebe« vergleichen. Ein Dichter ist dazu verurteilt, Worte zu Hilfe zu nehmen. Genauso ergeht es dem Sprecher in »Home Burial«. Daher überlappen sich die beiden in diesem Gedicht; daher auch dessen Ruf, autobiographisch zu sein.

Doch lassen Sie uns das noch einen Schritt weiter führen. Der Dichter sollte hier nicht mit einer der Personen identifiziert werden, sondern mit beiden. Er ist der Mann hier, das schon, aber er ist auch die Frau. Darum haben wir den Zusammenstoß nicht nur zweier Gefühlswelten, sondern zweier Sprachen. Gefühlswelten können miteinander verschmelzen – im Liebesakt etwa; Sprachen können es nicht. Gefühlswelten können ein Kind zur Folge haben; Sprachen nicht. Und nun, da das Kind tot ist, sind zwei vollkommen autonome Sprachen zurückgeblieben, zwei einander nicht überschneidende Verbalisierungssysteme. Kurz gesagt: Worte. Seine gegen ihre, und ihre sind geringer an Zahl. Das macht die Frau rätselhaft. Rätsel müssen entschlüsselt werden, und dagegen wehren sie sich – in ihrem Fall mit allem, was sie hat. Seine Aufgabe oder genauer die Aufgabe seiner Sprache ist deshalb die Entschlüsselung ihrer Sprache oder genauer ihrer Schweigsamkeit. Was im menschlichen Zusammenspiel ein Rezept für Unglück ist. Bei einem Gedicht eine enorme Herausforderung.

Kein Wunder also, daß dieses »dunkle Pastorale« mit jeder Zeile düsterer wird; sein Fortgang bedeutet Verschlimmerung, was nicht so sehr das komplexe Gemüt des Autors widerspiegelt als vielmehr die Gier der Worte nach Unglück. Denn je mehr Druck man auf Schweigsamkeit ausübt, desto größer wird sie, da sie auf nichts als sich selbst verwiesen ist. Das Rätsel wird damit größer. Es ist wie mit Napoleon, der in Rußland einmarschiert und merkt, daß es hinter dem Ural noch weitergeht. Kein Wunder, daß unser »dunkles Pastorale« keine andere Wahl hat, als sich im Fortgang zu verschlimmern, da der Autor sowohl die eindringende Armee als auch das überfallene Gebiet spielt; am Ende kann er keine Partei ergreifen. Ein Gefühl von der unbegreiflichen Weite dessen, was noch kommt, ein Gefühl, das nicht nur den Begriff Eroberung, sondern sogar den Sinn von Weiterentwicklung über den Haufen wirft, durchdringt sowohl »Tell me about it if it's something human« als auch die auf »There you go sneering now!« folgenden Zeilen:

»I'm not, I'm not!
You make me angry. I'll come down to you.
God, what a woman!«

»Tu ich nicht!
Du machst mich wütend. Ich komm runter zu dir.
Gott, was für eine Frau!«

Eine Sprache, die in die Schweigsamkeit eindringt, erringt dort keine Trophäe außer dem Echo der eigenen Worte. Was sie für ihre Mühen herzeigen kann, ist bloß eine gute alte Zeile, die schon vorher nichts gebracht hat:

»And it's come to this,
A man can't speak of his own child that's dead.«

»So weit ist es:
Ein Mann kann nicht vom Tod des eignen Kindes sprechen.«

Auch das verweist nur auf sich selbst. Ein Patt.

Es wird von der Frau aufgebrochen. Genauer, ihre Schweigsamkeit wurde aufgebrochen. Was von der männlichen Figur als Erfolg angesehen werden könnte, wäre da nicht das, was die Frau erwidert. Was weniger ein Angriff ist als eine Verneinung all dessen, wofür der Mann steht.

»You can't because you don't know how to speak.
If you had any feelings, you that dug
With your own hand – how could you? – his little grave;
I saw you from that very window there,
Making the gravel leap and leap in air,
Leap up, like that, like that, and land so lightly
And roll back down the mound beside the hole.
I thought, Who is that man? I didn't know you.
And I crept down the stairs and up the stairs
To look again, and still your spade kept lifting.
Then you came in. I heard your rumbling voice
Out in the kitchen, and I don't know why,
But I went near to see with my own eyes.
You could sit there with the stains on your shoes
Of the fresh earth from your own baby's grave
And talk about your everyday concerns.
You had stood the spade up against the wall
Outside there in the entry, for I saw it.«

»I shall laugh the worst laugh I ever laughed.
I'm cursed. God, if I don't believe I'm cursed.«

»Du kannst es nicht, weil du es nicht vermagst.
Du hast ja kein Gefühl – wie konntest du
mit eigner Hand das kleine Grab ihm graben?
Ich sah dich von genau dem Fenster aus,
wie du den Kies aufwarfst, so leicht, so hoch,
und wieder, wieder, wie er leicht dann aufkam
und von dem Haufen bei dem Loch abrollte.
Ich dachte, wer ist das? Ich kannt' dich nicht.
Die ganze Zeit schlich ich treppab, treppauf,
sah nach: dein Spaten war noch immer tätig.
Dann kamst du. Deine laute Stimme drang von
der Küche her, und ich weiß nicht, warum,
doch ging ich hin, mit eignem Aug zu sehen.
Du saßest da, Erdflecken auf den Schuhen

von deines Babys frisch gegrabnem Grab,
und konntest von den Alltagsdingen reden.
Dein Spaten stand da draußen in der Diele
gegen die Wand gelehnt, ich sah ihn dort.«

»Ich kann nur lachen, nur noch lachen, lachen.
Verflucht bin ich, o Gott, es darf nicht wahr sein.«

Dies ist in der Tat die Stimme eines sehr fremden Hoheitsgebiets: eine fremde Sprache. Es ist ein Blick auf den Mann aus einer Entfernung, die er unmöglich ausloten kann, da sie der Häufigkeit proportional ist, mit der die Heldin die Treppe hinauf- und herunterwandert. Die wiederum dem Auffliegen der Kiesel proportional ist, während er das Grab gräbt. Wie immer die Relation ist, sie steht nicht zugunsten seiner wirklichen oder geistigen Schritte auf der Treppe in ihre Richtung. Noch steht das Grundprinzip hinter ihrem Trepp-auf-Treppab-Wandern, während er gräbt, zu seinen Gunsten. Vermutlich ist niemand sonst da, der es tun könnte. (Daß sie ihr Erstgeborenes verloren haben, läßt annehmen, daß sie ziemlich jung sind und damit nicht sehr wohlhabend.) Vermutlich auch beschwichtigt oder zähmt der Mann seinen Schmerz, indem er diese Knechtsarbeit ausführt und das auf eine eigentümlich mechanische Weise – wie es eine bemerkenswert geschickte Mimesis in diesem Vers anzeigt (oder wie die Heldin ihm vorwirft); das heißt, seine Bewegungen sind, anders als die der Heldin, funktional.

Kurz, dies ist der Blick der Sinnlosigkeit auf die Nützlichkeit. Aus offenkundigen Gründen ist dieser Blick gewöhnlich genau und urteilskräftig: »If you had any feelings« und »Leap up, like that, like that, and land so lightly / And roll back down the mound beside the hole.« Je nach Dauer der Beobachtung – die Beschreibung des Grabens zieht sich über neun Zeilen hin – kann dieser Blick in ein Gefühl äußerster Unvereinbarkeit von Beobachter und Beobachtetem münden: »I thought, Who is that man? I didn't know you.« Denn Beobachtung führt, wie Sie sehen, zu nichts, während beim Graben zumindest ein Haufen herauskommt oder ein Loch. Dessen Äquivalent im Geist der Beobachterin wohl ein Grab ist. Oder vielmehr ein Verschmelzen des Mannes mit seinem Zweck und, noch weiter gehend, mit seinem Werkzeug. Was Sinnlosigkeit und Frosts fünffüßiger Jambus hier vor allem registrieren, ist Rhythmus. Die Heldin beobachtet eine seelenlose Maschine. Der Mann, den sie sieht, ist ein Totengräber und damit für sie das Andere.

Nun empfinden wir den Anblick des Anderen, sofern es uns betrifft, immer als unwillkommen, um nicht zu sagen bedrohlich. Je näher man diesem Anblick ist, desto quälender ein allgemeines Gefühl von Schuld und verdienter Strafe. Im Gemüt einer Frau, die ihr Kind verloren hat, mag dies Gefühl besonders quälend sein. Fügen Sie dem ihre Unfähigkeit hinzu, ihren Schmerz in irgendeine nützliche Handlung zu übersetzen, außer in ein hocherregtes Treppauf-Treppab, sowie die Erkenntnis und anschließende Verklärung dieser Unfähigkeit. Und fügen Sie eine gegenläufige Entsprechung zwischen ihren und seinen Bewegungen hinzu: zwischen ihren Schritten und seinem Spaten. Was, meinen Sie, kommt dabei heraus? Und bedenken Sie, daß sie in *seinem* Haus ist, daß es der Friedhof ist, wo *seine* Familie liegt. Und daß er ein Totengräber ist.

»Then you came in. I heard your rumbling voice
Out in the kitchen, and I don't know why,
But I went near to see with my own eyes.«

Beachten Sie dies »and I don't know why«, weil sie sich hier unbewußt auf ihre eigene Projektion zubewegt. Sie muß jetzt nur noch diese Projektion mit eigenen Augen überprüfen. Das heißt, sie will ihr geistiges Bild körperhaft machen:

»You could sit there with the stains on your shoes
Of the fresh earth from your own baby's grave

And talk about your everyday concerns.
You had stood the spade up against the wall
Outside there in the entry, for I saw it.«

Was also, meinen Sie, sieht sie mit eigenen Augen, und was beweist dieser Anblick? Was zeigt die Einstellung diesmal? Was sieht sie in Nahaufnahme? Ich fürchte, sie sieht eine Mordwaffe: ein blankes, scharfkantiges Eisenblatt. Die Flekken von der frischen Erde auf den Schuhen oder auf seinem Spaten lassen dessen Kanten blinken: machen ihn zur Waffe. Und macht Erde »Flecken«, selbst wenn sie ganz frisch ist? Daß sie gerade dieses Substantiv wählt, das Flüssiges bezeichnet, verweist auf Blut, klagt dessen an. Was hätte unser Mann tun sollen? Hätte er die Schuhe ausziehen sollen, bevor er ins Haus ging? Vielleicht. Vielleicht hätte er auch den Spaten vor der Tür lassen sollen. Aber er ist Farmer und verhält sich wie einer, vermutlich aus Übermüdung. Also nimmt er sein Werkzeug mit herein – in ihren Augen das Werkzeug des Todes. Und dasselbe gilt für seine Schuhe und ebenso für den ganzen übrigen Mann. Ein Totengräber wird hier, wenn Sie so wollen, dem Sensenmann gleichgesetzt. Und sie sind in diesem Haus nur zu zweit.

Das fürchterlichste ist das »for I saw it«, weil es die Wahrnehmung des draußen an der Dielenwand abgestellten Spatens als Symbol betont: für künftigen Gebrauch. Oder als Wächter. Oder als ein unabsichtliches *memento mori.* Gleichzeitig vermittelt »for I saw it« die Sprunghaftigkeit ihrer Wahrnehmung und den Triumph von jemandem, der sich nicht zum Narren halten läßt, den Triumph, den Feind gefangen zu haben. Das ist Sinnlosigkeit in vollster Blüte, wie sie die Nützlichkeit in ihren Schatten zieht und verschluckt.

»I shall laugh the worst laugh I ever laughed.
I'm cursed. God, if I don't believe I'm cursed.«

Dies ist praktisch das nonverbale Eingeständnis der Niederlage in der Form eines typisch Frostschen Understatement – lauter tautologische Einsilber, die ihre semantischen Funktionen rasch verlieren. Unser Napoleon oder Pygmalion ist von seinem Geschöpf restlos geschlagen, doch es bedrängt ihn weiter.

»I can repeat the very words you were saying:
›Three foggy mornings and one rainy day
Will rot the best birch fence a man can build.‹
Think of it, talk like that at such a time!
What had how long it takes a birch to rot
To do with what was in the darkened parlor?«

»Ich kann dir deine Worte wiederholen:
›Drei Nebelmorgen und ein Regentag
lassen den besten Birkenzaun verrotten.‹
Zu solcher Zeit so denken und so reden!
Was hatte wie lang Birke zum Verrotten braucht
zu tun mit dem, was in der dunklen Stube?«

Hier ist das Gedicht eigentlich zu Ende. Der Rest ist nur noch Auflösung, in der unsere Heldin sich auf immer unzusammenhängendere Weise über den Tod ausläßt, die böse Welt, lieblose Freunde und daß sie sich allein fühlt. Es ist ein ziemlich hysterischer Monolog, dessen einzige Funktion im Rahmen der Handlung ist, um die Freisetzung dessen zu kämpfen, was sich in ihrem Kopf zusammengeballt hat. Dazu kommt es nicht, und am Ende nimmt sie Zuflucht zur Tür, als wäre nur Landschaft ihrem Gemütszustand angemessen und damit Trost.

Und wahrscheinlich ist sie das. Ein Konflikt in einem geschlossenen Raum – sagen wir, einem Haus – gerät normalerweise zur Tragödie, weil die Rechtwinkligkeit des Orts die Vernunft höher bewertet und der Emotion nur eine Zwangsjacke bietet. Der Mann ist nämlich nicht nur Herr im Haus, weil es sein Haus ist, sondern weil – im Kontext des Gedichts – er die Vernunft vertritt. In einer Landschaft wäre der Dialog von »Home Burial« anders abgelaufen; in einer Landschaft wäre der Mann der Verlierer. Der dramatische Konflikt wäre möglicherweise noch größer, denn es ist eine Sache, wenn ein Haus zu einer Person hält, und eine andere, wenn die Elemente es tun. Darum jedenfalls will sie zur Tür.

Lassen Sie uns also zu den fünf Zeilen zurückkehren, die der Auflösung vorangehen, zu dieser Geschichte mit dem verrottenden Birkenholz. »Three foggy mornings and one rainy day / Will rot the best birch fence a man can build«, soll unser Farmer wörtlich gesagt haben, als er in der Küche saß, frische Erdklumpen an den Schuhen, und der Spaten in der Diele stand. Man könnte diesen Satz wieder seiner Übermüdung zuschreiben und dem, was als nächste Aufgabe auf ihn wartet: einen kleinen Zaun um das neue Grab zu ziehen. Aber es ist ja kein öffentlicher, sondern ein Familienfriedhof, und also könnte der erwähnte Zaun durchaus eins seiner Alltagsprobleme sein, etwas, um das er sich auch noch kümmern muß. Und wahrscheinlich erwähnt er ihn, um sich von dem, was er gerade ausgeführt hat, abzulenken. Doch ganz ist ihm das trotz aller Mühe nicht gelungen, wie das Verb »verrotten« anzeigt: die Zeile enthält den Schatten eines versteckten Vergleichs – wenn ein Zaun an der feuchten *Luft* so schnell verrottet, wie schnell verrottet dann ein kleiner Sarg in einer Erde, die so feucht ist, daß sie »Flecken« auf den Schuhen hinterläßt? Aber die Heldin entzieht sich erneut den Umarmungen sprachlicher Schachzüge – Metapher, Ironie, Litotes –, klammert sich an die wörtliche Bedeutung und stürzt sich auf das Absolute mit »What had how long it takes a birch to rot / To do with what was in the darkened parlor?« Bemerkenswert ist hier, wie unterschiedlich sie mit der Idee des Verrottens bzw. Verwesens umgehen. Während er von einem Birkenzaun redet, was eindeutig eine Ablenkung ist, um nicht zu sagen eine Anspielung auf Oberirdisches, nimmt sie ins Visier »what was in the darkened parlor«. Es ist verständlich, daß sie als Mutter sich auf das tote Kind konzentriert – bzw. daß Frost sie darauf konzentriert sein läßt. Und doch ist die Art und Weise, wie sie darauf Bezug nimmt, äußerst umschreibend, sogar euphemistisch: »what was in«. Nicht zu reden davon, daß sie von ihrem toten Kind als einem »Was« spricht, nicht von einem »Wer«. Wir erfahren seinen Namen nicht, und nach allem, was wir wissen, hatte es nach seiner Geburt nicht lange zu leben. Beachten Sie außerdem ihre Anspielung auf das Grab: »the darkened parlor«.

Mit dieser verdunkelten Stube beschließt der Autor das Porträt der Heldin. Wir müssen im Sinn behalten, daß dies ein ländlicher Schauplatz ist, daß die Heldin in »seinem« Haus wohnt – d.h. daß sie von außerhalb hierher gekommen ist. Bei aller umgangssprachlichen Geläufigkeit klingt diese verdunkelte Stube wegen ihrer Nähe zu Verrottung oder Verwesung auffallend kryptisch, um nicht zu sagen urtümlich. Für das moderne Ohr hat sie einen fast viktorianischen Klang, der auf unterschiedliche Empfindungswelten verweist, die an Klassenunterschiede grenzen.

Ich glaube, Sie stimmen mir zu, daß dies kein europäisches Gedicht ist. Es ist nicht französisch, nicht italienisch, nicht deutsch, nicht einmal britisch. Ich kann Ihnen auch versichern, daß es in keinster Weise russisch ist. Und im Sinne dessen, was heutige amerikanische Lyrik ist, ist es auch nicht amerikanisch. Es ist ein sehr Frostsches Gedicht, und er ist nun seit über einem Vierteljahrhundert tot. Kein Wunder also, daß man sich seinen Zeilen so ausschweifend und weitschweifig widmet, dazu noch an sonderbaren Orten, obwohl es ihn sicher schütteln würde, einem französischen Auditorium von einem Russen vorgestellt zu werden. Andererseits waren Ungereimtheiten ihm nicht fremd.

Worum ging es ihm also in diesem sehr persönlichen Gedicht? Ich meine, um Schmerz und Vernunft, die füreinander Gift, für die Sprache aber der wirksamste Brennstoff sind – oder, wenn Sie so wollen, die unauslöschliche Tinte der Lyrik. Daß Frost hier und anderswo darauf baute – auf Schmerz und

Vernunft –, gibt einem fast das Gefühl, daß er hoffte, durch das Eintauchen in dieses Tintenfaß dessen Oberflächenspiegel zu senken; man entdeckt eine Art berechtigtes Interesse seinerseits. Doch je häufiger man in das Tintenfaß eintaucht, desto mehr füllt es sich mit der schwarzen Essenz des Daseins, und desto mehr befleckt sich der eigene Geist, den eigenen Fingern gleich, an dieser Flüssigkeit. Denn je mehr Schmerz da ist, desto mehr Vernunft gibt es. So sehr man versucht sein mag, in »Home Burial« Partei zu ergreifen – die Anwesenheit des Erzählers schließt das aus, denn während die Figuren für Vernunft bzw. für Schmerz stehen, steht der Erzähler für deren Verschmelzung. Anders gesagt, während die faktische Verbindung der Figuren sich auflöst, vermählt die Geschichte gewissermaßen Schmerz mit Vernunft, da hier die bindende Kraft der Erzählung an die Stelle der individuellen Dynamik tritt – nun ja, zumindest für den Leser. Vielleicht ebenso für den Autor. Mit anderen Worten, das Gedicht spielt Schicksal.

Ich nehme an, daß es Frost um diese Art Vermählung ging oder vielleicht auch umgekehrt. Vor vielen Jahren stieß ich während eines Flugs von New York nach Detroit zufällig auf einen Aufsatz von Frosts Tochter, der in der Flugzeitschrift der American Airlines abgedruckt war. In diesem Aufsatz erzählt Lesley Frost, daß ihr Vater und ihre Mutter auf der Abschlußfeier der High School, die sie gemeinsam besuchten, beide eine Abschiedsrede hielten. Während sie sich an das Thema der Rede ihres Vaters zu diesem Anlaß nicht erinnert, entsinnt sie sich, was nach Berichten das Thema ihrer Mutter gewesen sein soll. Es lautete etwa »Gespräch als eine Kraft im Leben« (oder »als Lebenskraft«). Sollten Sie eines Tages, was ich hoffe, auf eine Ausgabe von *North of Boston* stoßen und sie lesen, werden Sie feststellen, daß Elinor Whites Thema in nuce das in jenem Band hauptsächlich verwendete strukturelle Mittel ist, denn die meisten Gedichte in *North of Boston* sind Dialoge – sind Gespräche. In diesem Sinn haben wir es hier – in »Home Burial« wie anderswo in *North of Boston* – mit Liebesdichtung zu tun oder, wenn Sie so wollen, mit einer

Lyrik des Besessenseins: weniger der eines Mannes von einer Frau als vielmehr der eines Arguments von einem Gegenargument – einer Stimme von einer anderen. Das gilt eigentlich auch für Monologe, da ein Monolog ein Streitgespräch mit einem selbst ist; nehmen Sie beispielsweise »Sein oder nicht sein …«. Darum wenden Lyriker sich so oft dem Stückeschreiben zu. Letztlich war es Robert Frost natürlich nicht um Dialog zu tun, eher umgekehrt, wenn auch nur, weil zwei Stimmen für sich genommen wenig ergeben. Vereinigt, setzen sie etwas in Gang, das wir, mangels eines besseren Begriffs, ebensogut »Leben« nennen können. Darum endet »Home Burial« mit einem Ausrufungszeichen, nicht mit einem Punkt.

HOME BURIAL

He saw her from the bottom of the stairs
Before she saw him. She was starting down,
Looking back over her shoulder at some fear.
She took a doubtful step and then undid it
To raise herself and look again. He spoke
Advancing toward her: »What is it you see
From up there always? – for I want to know.«
She turned and sank upon her skirts at that,
And her face changed from terrified to dull.
He said to gain time: »What is it you see?«
Mounting until she cowered under him.
»I will find out now – you must tell me, dear.«
She, in her place, refused him any help,
With the least stiffening of her neck and silence.
She let him look, sure that he wouldn't see,
Blind creature; and awhile he didn't see.
But at last he murmured, »Oh,« and again, »Oh.«

»What is it – what?« she said.
                    »Just that I see.«
»You don't,« she challenged. »Tell me what it is.«

»The wonder is I didn't see at once.
I never noticed it from here before.
I must be wonted to it – that's the reason.
The little graveyard where my people are!
So small the window frames the whole of it.
Not so much larger than a bedroom, is it?
There are three stones of slate and one of marble,
Broad-shouldered little slabs there in the sunlight
On the sidehill. We haven't to mind *those*.
But I understand: it is not the stones,
But the child's mound –«

»Don't, don't, don't,
don't,« she cried.

She withdrew, shrinking from beneath his arm
That rested on the banister, and slid downstairs;
And turned on him with such a daunting look,
He said twice over before he knew himself:
»Can't a man speak of his own child he's lost?«

»Not you! – Oh, where's my hat? Oh, I don't need it!
I must get out of here. I must get air. –
I don't know rightly whether any man can.«

»Amy! Don't go to someone else this time.
Listen to me. I won't come down the stairs.«
He sat and fixed his chin between his fists.
»There's something I should like to ask you, dear.«

»You don't know how to ask it.«
»Help me, then.«

Her fingers moved the latch for all reply.

»My words are nearly always an offense.
I don't know how to speak of anything

So as to please you. But I might be taught,
I should suppose. I can't say I see how.
A man must partly give up being a man
With womenfolk. We could have some arrangement
By which I'd bind myself to keep hands off
Anything special you're a-mind to name.
Though I don't like such things 'twixt those that love.
Two that don't love can't live together without them.
But two that do can't live together with them.«
She moved the latch a little. »Don't – don't go.
Don't carry it to someone else this time.
Tell me about it if it's something human.
Let me into your grief. I'm not so much
Unlike other folks as your standing there
Apart would make me out. Give me my chance.
I do think, though, you overdo it a little.
What was it brought you up to think it the thing
To take your mother-loss of a first child
So inconsolably – in the face of love.
You'd think his memory might be satisfied –«

»There you go sneering now!«

»I'm not, I'm not!
You make me angry. I'll come down to you.
God, what a woman! And it's come to this,
A man can't speak of his own child that's dead.«

»You can't because you don't know how to speak.
If you had any feelings, you that dug
With your own hand – how could you? – his little grave;
I saw you from that very window there,
Making the gravel leap and leap in air,
Leap up, like that, like that, and land so lightly
And roll back down the mound beside the hole.
I thought, Who is that man? I didn't know you.

And I crept down the stairs and up the stairs
To look again, and still your spade kept lifting.
Then you came in. I heard your rumbling voice
Out in the kitchen, and I don't know why,
But I went near to see with my own eyes.
You could sit there with the stains on your shoes
Of the fresh earth from your own baby's grave
And talk about your everyday concerns.
You had stood the spade up against the wall
Outside there in the entry, for I saw it.«

»I shall laugh the worst laugh I ever laughed.
I'm cursed. God, if I don't believe I'm cursed.«

»I can repeat the very words you were saying:
›Three foggy mornings and one rainy day
Will rot the best birch fence a man can build.‹
Think of it, talk like that at such a time!
What had how long it takes a birch to rot
To do with what was in the darkened parlor?
You *couldn't* care! The nearest friends can go
With anyone to death, comes so far short
They might as well not try to go at all.
No, from the time when one is sick to death,
One is alone, and he dies more alone.
Friends make pretense of following to the grave,
But before one is in it, their minds are turned
And making the best of their way back to life
And living people, and things they understand.
But the world's evil. I won't have grief so
If I can change it. Oh, I won't. I won't!«

»There, you have said it all and you feel better.
You won't go now. You're crying. Close the door.
The heart's gone out of it: why keep it up?
Amy! There's someone coming down the road!«

»*You* – oh, you think the talk is all. I must go –
Somewhere out of this house. How can I make you –«

»If – you – do!« She was opening the door wider.
»Where do you mean to go? First tell me that.
I'll follow and bring you back by force. I *will*! –«

HAUSBEGRÄBNIS

Er sah sie von dem Fuß des Treppenaufgangs,
bevor sie ihn sah. Sie war im Herabgehn,
den Kopf zurückgewandt nach einem Schrecknis.
Sie setzte zögernd einen Fuß, zog ihn zurück,
reckte sich hoch und schaute wieder. Er
sprach zu ihr im Hinaufgehn: »Was siehst du
vom Platz da oben immer? Ich will's wissen.«
Sie fuhr herum und sank in sich zusammen,
ihr Antlitz wechselte von schreckerfüllt zu leer.
Zeit zu gewinnen, fragte er: »Was siehst du?«,
stieg stetig, bis sie unter ihm sich duckte.
»Ich finde es heraus – sag's mir jetzt, Liebes.«
Sie wiederum versagte alle Hilfe,
versteifte Hals und Nacken nur und schwieg.
Sie ließ ihn schauen, sicher sah er nichts,
blindes Geschöpf; und vorerst sah er nichts.
Dann murmelte er: »Oh«, und wieder »Oh.«

»Was, was denn?« sagte sie.
»Jetzt seh ich es.«
»Das glaub ich dir nicht. Sag mir, was es ist.«

»Das Sonderbare ist, ich sah's nicht gleich.
Ich habe es noch nie von hier bemerkt.
Ich muß daran gewöhnt sein, darum wohl.
Der kleine Friedhof, wo die Meinen sind!
Dies kleine Fenster rahmt ihn gänzlich ein.

Gar nicht viel größer als ein Schlafraum, oder?
Drei Schiefersteine und ein Marmorstein,
breitschultrig-kleine Tafeln in der Sonne
am Abhang dort. *Die* müssen uns nicht kümmern.
Doch ich versteh: die Steine sind es nicht,
der Grabhügel des Kindes ist es –«
»Nicht, nicht, nicht,
nicht«, schrie sie.

Sie zwängte hastig unter seinem Arm sich durch,
der auf dem Handlauf lag, und glitt treppabwärts;
und drehte sich ihm zu mit derart kaltem Blick,
daß er, bevor er's wußte, zweimal sagte:
»Kann denn ein Mann vom Tod des eignen Kinds nicht
sprechen?«

»Du nicht! Wo ist mein Hut? Ach was, wozu!
Ich muß hinaus. Ich brauche frische Luft. –
Ich weiß nicht, ob irgendein Mann es kann.«

»Amy! Geh diesmal nicht zu jemand andrem.
Hör mir doch zu. Ich komme nicht herunter.«
Er setzte sich, das Kinn zwischen den Fäusten.
»Ich würde dich gern etwas fragen, Liebes.«

»Du weißt ja gar nicht, wie.«
»Dann hilf mir doch.«

Zur Antwort drückte ihre Hand die Klinke.

»Fast jedes Wort von mir nimmst du als Kränkung.
Ich kann von keiner Sache reden, so
daß es dir recht ist. Doch ich könnt es lernen,
das denk ich schon. Obzwar, ich weiß nicht, wie.
Ein Mann darf nicht ganz Mann im Umgang
mit Frauen sein. Wir könnten ausmachen,

daß ich verspreche, mich herauszuhalten
aus ganz bestimmten Dingen, die du nennst.
Obwohl, wenn man sich liebt, dann braucht's das nicht.
Zwei ohne Liebe können ohne das nicht leben.
Doch zweie, die sich lieben, nicht damit.«
Sie drückte leicht die Klinke. »Nicht, geh nicht.
Trag's diesmal nicht zu jemand anderem.
Erzähl es mir, wenn es denn menschlich ist.
Laß mich in deinen Schmerz ein. So viel anders
als andre bin ich nicht, wie dein Verhalten
hier mich jetzt hinstellt. Gib mir eine Chance.
Zwar finde ich, du übertreibst ein wenig.
Was ließ dich meinen, du als Mutter müßtest
über den Tod des Erstgebornen so
untröstlich sein – im Angesicht der Liebe.
Wir halten sein Gedächtnis doch in Ehren –«

»Du machst dich wieder lustig!«

»Tu ich nicht!
Du machst mich wütend. Ich komm runter zu dir.
Gott, was für eine Frau! So weit ist es:
Ein Mann kann nicht vom Tod des eignen Kindes sprechen.«

»Du kannst es nicht, weil du es nicht vermagst.
Du hast ja kein Gefühl – wie konntest du
mit eigner Hand das kleine Grab ihm graben?
Ich sah dich von genau dem Fenster aus,
wie du den Kies aufwarfst, so leicht, so hoch,
und wieder, wieder, wie er leicht dann aufkam
und von dem Haufen bei dem Loch abrollte.
Ich dachte, wer ist das? Ich kannt' dich nicht.
Die ganze Zeit schlich ich treppab, treppauf,
sah nach: dein Spaten war noch immer tätig.
Dann kamst du. Deine laute Stimme drang von
der Küche her, und ich weiß nicht, warum,

doch ging ich hin, mit eignem Aug zu sehen.
Du saßest da, Erdflecken auf den Schuhen
von deines Babys frisch gegrabnem Grab,
und konntest von den Alltagsdingen reden.
Dein Spaten stand da draußen in der Diele
gegen die Wand gelehnt, ich sah ihn dort.«

»Ich kann nur lachen, nur noch lachen, lachen.
Verflucht bin ich, o Gott, es darf nicht wahr sein.«

»Ich kann dir deine Worte wiederholen:
›Drei Nebelmorgen und ein Regentag
lassen den besten Birkenzaun verrotten.‹
Zu solcher Zeit so denken und so reden!
Was hatte wie lang Birke zum Verrotten braucht
zu tun mit dem, was in der dunklen Stube?
Dir machte es nichts aus! Die besten Freunde
begleiten einen in den Tod und könnten
genausogut es lassen, denn es bringt nichts.
Nein, von der Zeit an, wo man sterbenskrank ist,
ist man allein. Im Tod erst recht allein.
Die Freunde tun, als folgten sie ans Grab,
doch eh man drin ist, hat ihr Sinn sich schon
dem Leben wieder zugewandt und denen,
die leben, und den Dingen, die vertraut.
Die Welt ist schlecht. Ich will den Schmerz nicht so,
wenn ich es ändern kann. Nicht so, nein, nein!«

»Schon gut, jetzt bist du's los und fühlst dich besser.
Du mußt nun nicht mehr gehn. Du weinst. Mach doch
die Tür zu. Und laß gut sein. Hör jetzt auf.
Amy! Jemand kommt unsre Straße lang!«

»*Du* – oh, du denkst nur ans Gerede. Ich
will raus. Nur fort von hier. Wie kann ich dir –«

»Wenn – du – das – tust!« Sie öffnete die Tür.
»Wo willst du hin? Sag mir's. Ich geh dir nach
und hol dich mit Gewalt zurück. Ich *tu's*! –«

Dieses Gedicht mag dunkel sein – dunkler noch ist das Gemüt seines Schöpfers, der alle drei Rollen spielt: den Mann, die Frau, den Erzähler. Sie sind gleich wirklich, aber, ob einzeln oder zusammengenommen, weniger wirklich als ihr Autor, da »Home Burial« schließlich nur ein Gedicht unter vielen ist. Der Preis, den er für seine Autonomie zahlt, zeigt sich natürlich in der Färbung des Gedichts, und vielleicht ist, was dies Gedicht Ihnen am Ende gibt, nicht seine Geschichte, sondern das Bild seines letztlich autonomen Schöpfers. Die Figuren und der Erzähler verdrängen den Autor gewissermaßen aus jedem menschlich greifbaren Zusammenhang: er steht außerhalb, der Wiedereintritt ist ihm verwehrt, vielleicht verlangt er gar nicht danach. Das ist das Werk des Dialogs alias Lebenskraft. Und diese spezifische Haltung, diese äußerste Autonomie, empfinde ich als äußerst amerikanisch. Daher dieses Dichters fünffüßig monotone, schleppende Sprache: ein Signal von weit entferntem Ort. Man könnte ihn mit einem Raumschiff vergleichen, das sich, wenn die Erdanziehungskraft nachläßt, im Zugriff einer anderen Schwerkraft wiederfindet, die es nach draußen zieht. Der Brennstoff jedoch ist noch immer derselbe: Schmerz und Vernunft. Dieser meiner Metapher steht als einziges entgegen, daß amerikanische Raumschiffe gewöhnlich zurückkehren.

1994

In Memoriam Stephen Spender

I

Dreiundzwanzig Jahre später ist der Wortwechsel mit dem Paßbeamten in Heathrow schnell beendet. »Geschäftlich oder zum Vergnügen?«

»Wozu zählt ein Begräbnis?«

Er winkt mich durch.

II

Dreiundzwanzig Jahre zuvor kostete es mich fast zwei Stunden, an seinen Vorgängern vorbeizukommen. Die Schuld lag allerdings bei mir. Ich hatte gerade Rußland verlassen und war auf dem Weg in die Vereinigten Staaten über London, wohin man mich zur Teilnahme an dem Festival Poetry International eingeladen hatte. Ich hatte keinen richtigen Paß, nur einen riesigen braunen Briefumschlag mit einem US-Transitvisum, das man mir im amerikanischen Konsulat in Wien ausgestellt hatte.

Ich war natürlich unruhig, aber abgesehen davon war mir das Warten ausgesprochen unangenehm wegen Wystan Auden, mit dem ich in derselben Maschine aus Wien gekommen war. Während die Zollbeamten mit dem braunen Briefumschlag kämpften, sah ich ihn hinter der Sperre erregt auf und ab gehen, zunehmend verärgert. Hin und wieder versuchte er, den einen oder anderen anzusprechen, nur um sich dumm anreden lassen zu müssen. Er wußte, daß ich in London niemanden kannte und er mich hier nicht allein lassen konnte. Ich fühlte mich furchtbar, nicht zuletzt weil er doppelt so alt war wie ich.

Als wir endlich aus dem Zoll herauskamen, wurden wir von einer auffallend schönen hochgewachsenen Frau von fast königlicher Haltung begrüßt. Sie küßte Wystan auf die Wange und stellte sich vor. »Ich bin Natasha«, sagte sie. »Ich hoffe, Sie haben nichts dagegen, bei uns zu wohnen. Wystan wohnt auch bei uns.« Und als ich etwas grammatikalisch nicht ganz Einwandfreies zu murmeln anfing, griff Auden ein: »Sie ist die Frau von Stephen Spender. Am besten sagen Sie zu. Sie haben Ihnen ein Zimmer hergerichtet.«

Als nächstes waren wir in einem Auto mit Natasha Spender am Steuer. Sie hatten offensichtlich an alles gedacht; vielleicht hatten sie es am Telephon besprochen – obwohl ich jemand Wildfremdes war. Wystan kannte mich kaum, die Spenders noch weniger. Und doch ... Die Londoner Vororte zogen blitzartig am Wagenfenster vorbei, und ich versuchte, Schilder zu lesen. Das häufigste war BED AND BREAKFAST; ich verstand die Worte, begriff aber, weil kein Verb dabei war, zum Glück nicht ihre Bedeutung.

III

Später an jenem Abend, als wir drei beim Abendbrot saßen, versuchte ich Natasha zu erklären (während ich die ganze Zeit über die Diskrepanz zwischen dem wundervoll geschnittenen Gesicht und dem gemütlich klingenden russischen Namen staunte), daß ich doch nicht ganz wildfremd war. Daß ich nämlich bei mir in Rußland einige Gegenstände aus diesem Haushalt besessen hatte, mir überbracht von Anna Achmatowa nach ihrer Rückkehr aus England, wo man ihr 1965 in Oxford den Ehrendoktor verliehen hatte. Die Gegenstände waren zwei Schallplatten (*Dido and Aeneas* von Purcell und eine Auswahl englischer Dichter, gelesen von Richard Burton) und eine veritable Trikolore von Collegeschal. Sie hatte sie, wie sie mir erzählte, von einem ungewöhnlich gutaussehenden englischen Dichter erhalten, dessen Name Stephen Spender war und der sie gebeten hatte, mir diese Dinge zu geben.

»Ja«, sagte Natasha. »Sie hat uns viel von Ihnen erzählt. Sie waren im Gefängnis, und wir waren alle schrecklich besorgt, Sie könnten frieren. Deswegen der Schal.«

Gleich darauf läutete es an der Tür, und sie ging hinaus, um zu öffnen. Ich war mitten in einem Gespräch mit Wystan oder vielmehr ich hörte ihm zu, da meine Grammatik nur sehr wenig Initiative zuließ. Obgleich ich einiges aus dem Englischen übersetzt hatte (hauptsächlich die Elisabethaner, aber auch etwas moderne amerikanische Lyrik und ein paar Stücke), waren meine Unterhaltungskünste zu der Zeit minimal. Ich sagte zum Beispiel »Zittern des Bodens« anstelle von »Erdbeben«. Außerdem erforderte Wystans Sprechweise wegen ihres unglaublichen Tempos und ihrer wahrhaft transatlantischen Beschaffenheit beträchtliche Konzentration meinerseits.

Die aber für einen Augenblick total aussetzte. Herein trat ein sehr hochgewachsener, leicht gebückter weißhaariger Mann mit einem sanften, fast entschuldigenden Lächeln auf dem Gesicht. Er bewegte sich in dem, was vermutlich sein eigenes Eßzimmer war, mit der Scheu eines Neuankömmlings und nicht mit der Sicherheit des Hausherrn. »Hallo Wystan«, sagte er, und dann begrüßte er mich.

Ich erinnere mich nicht an die genauen Worte, aber ich erinnere mich, von ihrem Wohlklang überwältigt worden zu sein. Es kam mir vor, als ob aller Adel, alle Höflichkeit, alle Anmut und Gelöstheit der englischen Sprache plötzlich den Raum füllten. Als würden die Saiten eines Instruments alle gleichzeitig angeschlagen. Auf mich mit meinem damals ungeübten Ohr hatte das eine magische Wirkung. Sie rührte ohne Zweifel zum Teil von dem gebückten Gehäuse des Instruments her: man fühlte sich nicht so sehr als Zuhörer wie als Komplize dieser Musik. Ich sah mich im Zimmer um: keiner zeigte die leiseste Regung. Aber das tun Komplizen ja nie.

IV

Noch später in derselben Nacht fuhren Stephen Spender – denn er war es – und ich zum BBC-Fernsehen für das Life-Interview der Spätnachrichten. Vor dreiundzwanzig Jahren zählte die Ankunft von jemandem wie mir in London noch als Nachricht. Die ganze Sache dauerte zwei Stunden, einschließlich der Hin- und Rückfahrt mit dem Taxi. In diesen beiden Stunden – vor allem während der Taxifahrt – ließ der magische Bann, unter dem ich stand, etwas nach, da wir logistische Probleme besprachen. Die des Fernsehinterviews, des Festivals Poetry International, das am nächsten Tag begann, die meines Aufenthalts in England. Auf einmal war die Unterhaltung leicht: wir waren einfach zwei Männer, die relativ handgreifliche Dinge erörterten. Ich fühlte mich merkwürdig wohl in Gegenwart dieses sechs Fuß großen, blauäugigen, weißhaarigen Mannes, den ich nie zuvor gesehen hatte, und wunderte mich, warum. Wahrscheinlich fühlte ich mich einfach beschützt, weil er mir an Körpergröße und Alter so weit voraus war, aber sicher auch durch seinen Oxfordakzent. Doch ganz abgesehen davon, spürte ich in seinem sanft zögernden Benehmen, das fast linkisch war und von einem schuldbewußten Lächeln begleitet wurde, wie sehr er sich der vorläufigen, leicht absurden Natur jeder vorhandenen Wirklichkeit bewußt war. Diese Haltung war auch mir nicht fremd, da sie weniger der Physis oder dem Temperament entspringt als dem Metier. Einige Menschen sind weniger bereit, sie offen zu zeigen, andere mehr. Dann gibt es noch diejenigen, die außerstande sind, sie zu verbergen. Ich spürte, daß er und ich in letztere Kategorie gehörten.

V

Ich würde dies als den Hauptgrund für die dreiundzwanzig Jahre unserer unüblichen Freundschaft bezeichnen. Es gab noch ein paar Gründe mehr, und ich werde einige nennen. Doch bevor ich fortfahre, sollte ich eines sagen: wenn das, was folgt, etwas zu sehr nach eigenen Memoiren klingt, wenn ich darin zu oft vorkomme, dann weil es mir unmöglich ist – jedenfalls jetzt noch –, über Stephen Spender in der Vergangenheitsform zu sprechen. Ich will mich nicht auf die solipsistische Masche verlegen, das Offensichtliche zu leugnen: daß er nicht mehr ist. Das könnte ein leichtes für mich sein, da wir uns in den erwähnten dreiundzwanzig Jahren ziemlich selten gesehen haben und auch nie länger als fünf Tage nacheinander. Doch was ich denke und tue, ist in meinem Gedächtnis so sehr mit seinem und Wystan Audens Leben und ihrer beider Zeilen verwoben, daß es mir gegenwärtig angebrachter erscheint, mich der Erinnerung hinzugeben, als zu versuchen, meine Gefühle zu begreifen. Leben ist wie Zitieren – wenn man einmal etwas auswendig gelernt hat, gehört es einem genauso wie dem Autor.

VI

Die nächsten paar Tage, die ich unter ihrem Dach verbrachte, wurde ich von den Spenders und Wystan bis ins kleinste betan, vom Frühstück bis zum Abendessen und zum Schlummertrunk. Einmal versuchte Wystan mir beizubringen, wie man das englische öffentliche Telephon benutzt, und war von meiner Begriffsstutzigkeit entgeistert. Stephen machte den Versuch, mir das U-Bahnsystem zu erklären, aber am Ende chauffierte Natasha mich überallhin. Wir lunchten im Café Royal, dem Schauplatz ihrer jungen Liebe während des Blitzkriegs, wohin sie zwischen den Luftangriffen gegangen waren, um etwas Warmes zu essen, während die Kellner die Splitter der zerborstenen Fensterscheiben des Cafés wegfegten. (»Als die Deutschen uns in Trümmer legten, waren wir wirklich gespannt, wie bald sich die russischen Flieger ihnen anschließen würden. Wir haben damals täglich mit russischen Bombern gerechnet.«) Oder wir gingen zum Lunch zu Sonia Orwell. (»*1984* ist kein Roman«, verkündete Wystan, »sondern eine Studie.«) Es gab auch ein Dinner im Garrick Club mit Cyril Conolly, dessen *Enemies of Promise* ich ein paar Jahre zuvor gelesen hatte, und Angus Wilson, von dem ich nichts kannte. Ersterer sah grau, aufgedunsen und merkwürdig russisch aus; letzterer glich in seinem rosa Hemd einem tropischen Vogel. Ich konnte dem Gespräch nicht folgen und mußte mich aufs Beobachten beschränken.

Das passierte mir damals oft, und ich fühlte mich bei einer Reihe von Anlässen ziemlich unbeholfen. Ich setzte das Stephen auseinander, aber er hielt offenbar mehr von Osmose als von Analyse. An einem Abend nahmen er und Natasha mich zu einer Essenseinladung des Londoner Bischofs mit, in dessen Residenz irgendwo im Süden der Stadt. Seine Eminenz erwies sich als etwas zu lebhaft, um nicht zu sagen aufdringlich; zu lila für mein ungeübtes Auge, um nicht zu sagen lavendelfarben. Das Essen allerdings war hervorragend, ebenso der Wein, und sein Stall hübscher junger Geistlicher, die die Gäste bedienten, war erfreulich anzusehen. Als das Essen vorbei war, verzogen sich die Damen in ein angrenzendes Zimmer; die Herren blieben zu Portwein und Havanna. Ich fand mich C. P. Snow gegenübersitzen, der mir ein Loblied auf Tugend und Wahrhaftigkeit der Prosa Scholochows zu singen anfing. Ich brauchte etwa zehn Minuten, bis ich die passenden Stichworte aus Partridges Englischem Slangwörterbuch (in Rußland hatte ich nur Band I besessen) für eine angemessene Antwort beisammen hatte. Mr. Snows Gesicht wurde tatsächlich schneeweiß; Stephen lachte schallend. Dabei zielte ich im Grunde gar nicht so sehr auf den rötlich angehauchten Romanautor als vielmehr auf den lavendelfarbenen Gastgeber, dessen Lackschuh mit meinem ehrbaren Hush Puppy unter dem Tisch füßelte.

Auf der Rückfahrt versuchte ich Stephen das zu erklären, aber er kicherte weiter. Es war gegen Mitternacht. Als wir über Westminster Bridge fuhren, sah er aus dem Fenster und sagte: »Sie haben noch immer Sitzung.« Und zu mir: »Bist du müde?« Ich verneinte. »Dann laß uns hineingehen.« Natasha hielt an; wir stiegen aus und gingen zu den Houses of Parliament hinüber. Wir stiegen mehrere Treppenfluchten hinauf, betraten einen großen Saal und landeten in den Galeriesitzen. Es war, glaube ich, das Unterhaus, und irgendeine Steuerdebatte war voll im Gang. Männer von mehr oder minder gleicher Größe und Gesichtsfarbe standen auf, hielten heftig klingende Tiraden, setzten sich, um binnen kurzem wieder aufzustehen. Stephen versuchte mir ins Ohr zu flüstern, um was es ging; trotzdem blieb es für mich weitgehend unergründlich, praktisch eine Pantomime. Eine Weile saß ich da und musterte die Dachsparren und farbigen Glasfenster. Da war ich nun, von Angesicht zu Angesicht mit der heiligsten Idee meiner Jugend, und war von der Nähe geblendet. Ich begann mich vor stillem Lachen zu schütteln. Meine geistige und meine physische Wirklichkeit klafften weit auseinander: während letztere einen grünen Ledersitz im Herzen Westminsters einnahm, steckte erstere mit den Füßen gewissermaßen noch irgendwo hinter dem Ural. Das hat man von Flugreisen, dachte ich und sah zu Stephen hin. Osmose funktionierte anscheinend.

VII

Poetry International war eine große, etwas chaotische Veranstaltung in Queen Elizabeth Hall auf dem Südufer der Themse. Es gibt kaum etwas Schlimmeres als die Mischung von Armut und Beton, aber die Mischung von Beton und Frivolität gehört dazu. Andererseits paßte sie zu dem, was innen ablief. Vor allem die Westdeutschen benahmen sich dem Geist des Hauses entsprechend, sie trieben *vers libre* noch eine Stufe weiter, indem sie schlicht Körpersprache zu Hilfe nahmen, und ich erinnere mich, wie Wystan mürrisch in den Fernsehmonitor hinter der Bühne sagte: »Dafür hat man Sie nicht bezahlt.« Die Bezahlung war schäbig, aber für mich waren es die ersten Pfundnoten, die ich je in Händen hatte, und ich fand es aufregend, praktisch dasselbe Zahlungsmittel in der Tasche zu haben wie die Gestalten von Dickens und Joseph Conrad.

Die Eröffnungsfeier fand im obersten Stockwerk eines Hochhauses an der Pall Mall statt; ich meine, es hieß New Zealand House. Während ich dies schreibe, blicke ich auf das Photo, das damals dort aufgenommen wurde: Stephen sagt etwas Komisches zu Wystan, der herzlich zurücklacht, während John Ashbery und ich zuschauen. Stephen ist viel größer als wir anderen, und sein Profil zeigt eine fast greifbare Zärtlichkeit, wie er Wystan so ansieht, der, die Hände in den Hosentaschen, ungeheuer belustigt ist. Ihre Augen begegnen sich; zu diesem Zeitpunkt kennen sie einander seit vierzig Jahren, und beide fühlen sich in der Gesellschaft des anderen wohl. Ach, dieses unerträgliche Schnappschußlachen! Das ist, was einem bleibt – angehaltene Augenblicke, dem Leben gestohlen ohne jede Vorahnung des weit größeren Diebstahls, der noch kommt und der unsere gehorteten Schätze zum Quell äußerster Verzweiflung macht. Vor hundert Jahren wäre einem wenigstens das erspart geblieben.

VIII

Stephen las an einem anderen Abend als Wystan und ich, und ich war bei seiner Lesung nicht anwesend. Aber ich weiß, was er gelesen hat, weil ich seine *Selected Poetry* habe, die er mir gab, als er jene Nacht zurückkam. Er hatte sieben Stücke im Inhaltsverzeichnis angestrichen – so wie wir alle es vor einer Lesung tun. Die Ausgabe war identisch mit der, die ich zu Hause gehabt hatte – ein Geschenk eines englischen Austauschstudenten –, und ich kannte sie gut genug, um gleich zu sehen, daß meine Lieblingsgedichte »Air Raid Across the Bay at Plymouth« und »Polar Expedition« nicht angemerkt waren. Ich glaube, ich fragte ihn, warum, obwohl ich die Antwort zum Teil voraussehen konnte, da beide Gedichte ziemlich alt waren. Vielleicht erinnere ich mich deshalb nicht an seine Antwort. Woran ich mich jedoch erinnere, ist, daß das Gespräch sehr schnell auf Henry Moores *Shelter Drawings* der Londoner U-Bahn kam und Natasha ihre abgegriffene Paperbackausgabe herauszog, die ich mit ins Bett nahm.

Er hatte Moores *Shelter Drawings* erwähnt, nehme ich an, weil ich das Gedicht »Air Raid« angesprochen hatte. In meiner früheren russischen Inkarnation hatte dieses Gedicht mich (trotz meines schwachen Englischs) in Staunen versetzt mit seinem Bild von den Suchscheinwerfern, das sich vom Visuellen zum Visionären fortentwickelte. Meiner Ansicht nach verdankte das Gedicht etliches der zeitgenössischen postkubistischen (in Rußland sagte man konstruktivistischen) Malerei, jemandem wie Wyndham Lewis. Ich muß nicht betonen, daß Suchscheinwerfer ein wesentlicher Bestandteil meiner Kindheit waren: nämlich meine erste Erinnerung. So sehr, daß ich bis zum heutigen Tag beim Anblick römischer Ziffern sofort an den nächtlichen Kriegshimmel über meiner Heimatstadt denken muß. Vermutlich hatte ich also etwas in dieser Art zu Stephen gesagt, und die Folge war Henry Moores kleines Buch mit den Zeichnungen.

IX

Ich werde nun nie mehr erfahren, ob es einfach ein Wechsel des Gesprächsthemas war oder Teil von Stephens planvollem Osmosespiel vis-à-vis mir Naivling. Ob eins oder das andere, der Eindruck der Skizzen war außerordentlich. Ich hatte eine ganze Anzahl von Reproduktionen Moorescher Werke gesehen: all jene ruhenden Mikrozephalen, einzeln oder in Gruppen. Meist auf Postkarten, obwohl mir auch ein paar Kataloge zwischen die Finger geraten waren. Ich hatte genügend gehört von präkolumbischen Einflüssen, organischer Form, dem Konzept Höhlung gegen Masse, hielt aber von keinem dieser Dinge besonders viel. Das übliche Moderne-Kunst-Geschwätz, das Lied von der Unsicherheit.

Shelter Drawings hatte sehr wenig mit moderner Kunst zu tun und sehr viel mit Sicherheit. Wenn die Zeichnungen auf etwas zurückgingen, konnte das nur Mantegnas *Christus am Ölberg* sein. Moore war offenbar ebenso besessen von Ellipsoiden, und der Blitzkrieg hatte ihm eine regelrechte Safari beschert. Das Ganze findet in der Londoner U-Bahn statt, der Underground, was in mehr als einer Hinsicht der passende Ausdruck ist. Darum ist hier nirgends ein Engel in Lüften zu sehen mit dem Kelch in Händen, obwohl »Laß ihn an mir vorübergehen« mutmaßlich auf aller Lippen ist. Um Wystan zu paraphrasieren: *Shelter Drawings* ist nicht Graphik, sondern eine Studie. Vor allem in Ellipsoiden, von den eingewickelten Körpern, die die Bahnsteige bedecken, bis hin zu den Gewölben der Haltestellen. Aber es ist auch eine Studie in Unterwerfung, da ein aus Sicherheitsgründen auf seine gattungstypische Urform reduzierter Körper diese Reduktion nicht vergißt und sich nicht mehr völlig aufrichtet. Wer sich einmal furchtergeben geduckt hat, dessen Rückgrat hat nur eine Zukunft: es wird sich wieder ducken. Anthropologisch gesprochen, führt Krieg zu einem Rückschritt – außer natürlich man ist ein unverständiges Kleinkind.

Und das war ich, als Moore mit seiner Studie von Ellipsoiden und Stephen mit seiner Erforschung von Suchscheinwerfern beschäftigt waren. Beim Betrachten von Moores Zeichnungen kam mir die Erinnerung wieder an die zum Luftschutzkeller umfunktionierte Krypta unserer nahe gelegenen Kirche mit ihren Gewölben und den zugedeckten oder eingewickelten Körpern, darunter dem meiner Mutter und meinem. Während draußen »Dreiecke, Parallelen, Parallelogramme / auf schwarzer Himmelstafel / mit Hypothesen experimentierten ...« Wenn das so weitergeht, sagte ich mir beim Umblättern der besessen vollgestrichelten Seiten, werde ich mich auch noch an meine eigene Geburt erinnern, vielleicht sogar an die Zeit davor; faktisch könnte ich – nieder mit dem Gedanken – englisch werden.

X

Etwas dieser Art hatte sich angebahnt, seit mir die Penguin-Anthologie *Poetry in the Thirties* in die Hände gefallen war. Wenn man in Rußland geboren ist, ist Sehnsucht nach einer alternativen Herkunft unvermeidlich. Die dreißiger Jahre waren einigermaßen nah, da ich 1940 geboren bin. Was mir das Jahrzehnt noch stärker geistesverwandt machte, war seine schmuddelige monochrome Kennung, hauptsächlich verursacht durch das gedruckte Wort und die Schwarzweißfilme: mein Heimatreich zeigte die gleiche Schattierung und blieb so auch noch lange nach der Kodakinvasion. Bei MacNeice, Auden und Spender – ich nenne sie in der Reihenfolge, in der ich sie fand – fühlte ich mich auf der Stelle heimisch. Es war nicht ihre Weltanschauung, da mein Feind schließlich schrecklicher und allgegenwärtiger war als ihrer; es war ihre Poetik. Sie ent-fesselte mich: vor allem metrisch und strophisch. Nach »Bagpipe Music« kam mir der gute alte vierfüßige Vierzeiler – anfänglich zumindest – weniger verlockend vor. Was mich darüber hinaus unglaublich anzog, war die ihnen gemeinsame Fähigkeit, Vertrautes mit erstauntem Blick zu sehen.

Nennen Sie es Einfluß; ich nenne es Affinität. Ungefähr seit ich achtundzwanzig war, betrachtete ich sie als meine Verwandten und nicht so sehr als meine Meister oder »imaginären Freunde«. Sie waren meine geistige Familie – weit mehr als irgendeiner meiner eigenen Zeitgenossen innerhalb oder außerhalb Rußlands. Kreiden Sie das meiner Unreife an oder verstecktem stilistischen Konservatismus. Oder einfach der Eitelkeit: dem kindlichen Wunsch, nach einem fremden Gewissenskodex beurteilt zu werden. Bedenken Sie andererseits die Möglichkeit, daß das, was sie machten, aus der Ferne geliebt werden konnte. Oder daß die Lektüre von Dichtern fremder Zunge von dem Verlangen zeugt, jemanden zu verehren. Es sind schon seltsamere Dinge geschehen: denken Sie an die Kirchen.

XI

Ich war glücklich in dieser geistigen Familie. Das mauerdicke englisch-russische Wörterbuch war in Wirklichkeit eine Tür oder vielmehr ein Fenster, da es oft beschlagen war und das Hindurchstarren einige Konzentration erforderte. Aber sie lohnte sich ganz besonders, da es um Lyrik ging, denn in einem Gedicht ist jede Zeile eine Entscheidung. Man kann viel über jemanden sagen anhand seiner Wahl eines Epithetons. Ich dachte mir MacNeice chaotisch, musikalisch, undiszipliniert und stellte ihn mir launisch und schweigsam vor. Ich dachte mir Auden geistreich, entschieden, zutiefst tragisch, witzig; ich stellte ihn mir etwas schräg und schroff vor. Ich hielt Spender für gefühlvoller und anspruchsvoller in seinen Bildern als die beiden anderen, wenn auch sehr betont modern, aber ich konnte mir überhaupt kein Bild von ihm machen.

Lesen ist eine Einbahnstraße – wie Lieben –, und all das fand statt, ohne daß einer der drei davon wußte. Als ich in jenem Sommer also im Westen landete, war ich wirklich wildfremd. (Ich wußte zum Beispiel nicht, daß MacNeice schon seit neun Jahren tot war.) Weniger vielleicht für Wystan, da er die Einleitung zu meiner *Selected Poetry* geschrieben und mit Sicherheit bemerkt hatte, daß mein »In Memory of T. S. Eliot« auf seinem »In Memory of W. B. Yeats« fußte. Aber bestimmt für Stephen und Natasha, was immer die Achmatowa ihnen erzählt haben mochte. Weder damals noch im Verlauf der folgenden dreiundzwanzig Jahre habe ich jemals mit ihm über seine Gedichte gesprochen oder er mit mir. Dasselbe gilt für seine Bücher *World Within World, The Thirties and After, Love-Hate Relations, Journals.* Zunächst war daran wohl meine Schüchternheit schuld, im Verein mit meinem elisabethanischen Wortschatz und meiner wackeligen Grammatik. Später lag es an seiner oder meiner transatlantischen Übermüdung, an zuviel Öffentlichkeit, Leuten um uns oder an Angelegenheiten, die uns mehr beschäftigten als unsere schriftstellerische Arbeit. Politik etwa oder Presseskandale oder Wystan. Irgendwie gingen wir von Anbeginn davon aus, daß wir mehr miteinander gemein hatten als nicht, so wie es eben in einer Familie ist.

XII

Was uns abgesehen von unseren Muttersprachen trennte, waren die über dreißig Jahre Leben in dieser Welt, Wystans und Stephens überlegene Intelligenz und ihr Privatleben – bei Wystan mehr, bei Stephen weniger. Das klingt nach viel; war es aber im Grunde nicht. Ich wußte nichts von ihren wechselnden Zuneigungen, als ich sie kennenlernte; außerdem waren sie beide in den Sechzigern. Wessen ich damals gewahr wurde, noch bin und bis zu meiner letzten Stunde sein werde, ist ihre außerordentliche Intelligenz, wie ich sie bis heute nicht annähernd sonst erlebt habe. Was mich in meiner intellektuellen Unsicherheit zwar ein wenig beruhigt, die Kluft aber nicht schließt. Daß ihr Privatleben so viel Aufmerksamkeit fand, lag meiner Meinung nach gerade an ihrer offenkundigen intellektuellen Überlegenheit. Schlicht gesagt, weil sie in den dreißiger Jahren links waren, wobei Spender ein paar Tage lang der Kommunistischen Partei angehörte. Was in einem totalitären Staat die Geheimpolizei erledigt, ist in einer offenen Gesellschaft vermutlich die Domäne der persönlichen Gegner oder Kritiker. Dennoch, das Gegenteil davon – die eigene Leistung der sexuellen Identität zuzuschreiben – ist vielleicht sogar noch alberner. Insgesamt ist das Beharren darauf, den Menschen als Geschlechtswesen zu definieren, eine atemberaubende Verkürzung. Auch weil die Relation von sexueller Aktivität zu anderen Tätigkeiten – wie Geldverdienen, Auto fahren – selbst in unseren besten Tagen trostlos ist. Theoretisch hat ein Dichter mehr Zeit zur Verfügung, aber wenn man bedenkt, wie Lyrik bezahlt wird, rechtfertigt sein Privatleben weniger Forschungseifer, als man ihm widmet. Vor allem wenn er in einer Sprache schreibt, die mit dem Geschlecht so zurückhaltend verfährt wie das Englische. Und wenn die Sprache kein Aufhebens davon macht, warum sollten die es tun, die sie sprechen? Nun ja, vielleicht tun sie es gerade, weil die Sprache es nicht tut. Jedenfalls hatte ich wirklich das Gefühl, daß wir viel mehr gemein hatten als nicht. Die einzige Kluft, die ich nicht würde schließen können, war die des Alters. Was den Intelligenzunterschied betrifft, darf ich in meinen besten Momenten überzeugt sein, daß ich mich ihrem Betrachtungsniveau annähere. Was blieb, war die Sprachkluft, die ich hie und da so gut ich konnte zu schließen versucht habe, auch wenn das Prosa erforderte.

XIII

Das einzige Mal, daß ich Stephen direkt auf eines seiner Bücher ansprach, war, fürchte ich, als sein *Temple* herauskam. Ich muß gestehen, daß Romane zu der Zeit schon nicht mehr zu meiner bevorzugten Lektüre gehörten, und ich hätte ihn überhaupt nicht darauf angesprochen, wäre das Buch nicht Herbert List gewidmet, einem großen deutschen Photographen, in dessen Nichte ich einmal verliebt war. Kaum hatte ich die Widmung entdeckt, rannte ich zu ihm mit dem Buch zwischen den Zähnen – ich meine, es war in London – und erklärte triumphierend: »Siehst du, wir sind verwandt!« Er lächelte matt und sagte, die Welt sei klein und Europa ganz besonders. Ja, sagte ich, die Welt ist klein, und auch der nächste Mensch macht sie nicht größer. Und auch ein nächstes Mal nicht, fügte er hinzu, oder irgend etwas der Art, und fragte dann, ob mir das Buch denn gefalle. Ich sagte ihm, daß ich einen autobiographischen Roman immer für einen Widerspruch in sich gehalten habe; daß er mehr ver- als enthülle, selbst wenn der Leser parteiisch ist. Daß für mich jedenfalls mehr von dem Autor in der weiblichen Hauptperson des Buchs stecke als in seinem Helden. Er gab zurück, daß das einiges mit dem geistigen Klima jener Zeit im allgemeinen und mit Zensur im besonderen zu tun habe und daß er die ganze Sache vielleicht hätte umschreiben sollen. Dagegen protestierte ich, sagte, Verschleierung sei die Mutter der Literatur, und Zensur könne vielleicht sogar die Vaterschaft beanspruchen, und es gebe nichts Schlimmeres, als wenn Prousts Biographen draufloskritzelten, um zu beweisen, daß Albertine in Wirklichkeit Albert gewesen sei. Ja, sagte er, ihr Schreibzeug bewegt sich in einer Richtung, die der des Autors diametral entgegengesetzt ist: sie trennen das Gewebe auf.

XIV

Ich sehe die Vergangenheitsform sich einschleichen und frage mich, ob ich wirklich dagegen ankämpfen soll. Er starb am 16. Juli; heute ist der 5. August. Noch immer kann ich nicht summarisch über ihn denken. Was immer ich von ihm sage, wird vorläufig oder einseitig sein. Definitionen wirken immer verkleinernd, und daß er sich ihnen mit sechsundachtzig entziehen konnte, kommt nicht überraschend, auch wenn ich nur mit einem Viertel davon mitgehalten habe. Irgendwie ist es einfacher, die eigene Gegenwart in Frage zu stellen, als daran zu glauben, daß er tot ist.

Das liegt daran, daß Freundlichkeit und Höflichkeit das dauerhafteste sind. Und bei ihm sind sie von allerhaltbarster Art, da die schmutzige, grausame Entweder-Oder-Epoche sie geboren hatte. Vorsichtig gesagt, scheint seine Art, sich zu geben – im Vers wie im Leben –, eine Sache ebenso der Wahl wie des Temperaments gewesen zu sein. In verweichlichten Zeiten wie diesen kann man, ein Schriftsteller erst recht, es sich leisten, brutal, beinhart, gemein usw. zu sein. Tatsächlich muß man in verweichlichten Zeiten mit Blut und Schund hausieren gehen, denn sonst verkauft man nichts. Mit Hitler und Stalin als Nachbarn nimmt man die andere Richtung … Oh, all dies brutale Paperbacktalent! So zahlreich und so unnötig und so in Geld schwimmend. Allein das schon kann einen sehnsüchtig nach den dreißiger Jahren machen und sich verheerend auf persönliche Affinitäten auswirken. Letztlich jedoch kommt es im Leben wie auf dem Papier – bei Taten wie bei Epitheta – auf das an, was einem hilft, die eigene Würde zu bewahren, und Freundlichkeit und Höflichkeit tun das. Schon allein aus diesem Grunde ist und bleibt er präsent. Von Tag zu Tag mehr.

XV

Meine Phantastereien (Affinität, geistige Familie usw.) einmal beiseite, kamen wir sehr gut miteinander aus. Das lag zum Teil an der völligen Unvorhersehbarkeit seiner Gedanken und ihrer Volten. Unter Menschen war er wahnsinnig amüsant – nicht ihretwegen, sondern weil er organisch unfähig zu Banalität war. Eine allgemeingültige Idee, die ihm etwa über die Lippen kam, war bis zum Ende des Satzes gänzlich untergraben. Doch ging es ihm auch nicht um eigenes Amüsement: seine Sprache versuchte lediglich, mit seinen unablässig in Bewegung befindlichen Gedanken Schritt zu halten, und war darum für den Sprecher selbst einigermaßen unvorhersehbar. Angesichts seines Alters war die Vergangenheit bemerkenswert selten sein Thema; sehr viel seltener als die Gegenwart oder die Zukunft, an der ihm besonders gelegen war.

Teilweise ergab sich das wohl aus seinem Metier. Lyrik schult einen enorm in Unsicherheit und Ungewißheit. Man weiß nie, ob das, was man gemacht hat, etwas taugt, noch weniger weiß man, ob man am nächsten Tag etwas Brauchbares zustandebringt. Wenn einen das nicht kaputtmacht, werden Unsicherheit und Ungewißheit schließlich zu engen Freunden, und man gesteht ihnen fast eine ganz eigene Intelligenz zu. Darum, meine ich, zeigte er so großes Interesse an der Zukunft – von Ländern, Individuen, kulturellen Entwicklungen: als versuche er, die gesamte Skala aller möglichen Fehler im voraus durchzuspielen – nicht um sie später einmal zu vermeiden, sondern bloß, um jene engen Freunde besser kennenzulernen. Aus demselben Grund schwelgte er nie in vergangenen Erfolgen oder auch Mißerfolgen.

XVI

Darum hatte man immer den Eindruck, daß er frei von Ehrgeiz und Eitelkeit war. Und dieser Eindruck war wohl im großen und ganzen richtig. Ich erinnere mich an einen Tag vor vielen Jahren, als ich mit Stephen zusammen eine Lesung in Atlanta, Georgia, hielt. Es ging darum, Gelder für *Index on Censorship* zu sammeln – eine Zeitschrift, die wesentlich sein Geisteskind war und deren Schicksal, wie überhaupt das Problem Zensur, ihm sehr am Herzen lag.

Wir sollten etwa anderthalb Stunden auf der Bühne stehen; noch saßen wir im Vorraum und sortierten unsere Unterlagen, blätterten darin herum. Wenn zwei Dichter gemeinsam eine Lesung halten, liest normalerweise erst der eine fünfundvierzig Minuten in einem durch, dann der andere. Um dem Publikum ein überzeugendes Bild von sich zu bieten. »Ich bin wer« ist die Devise. Da dreht Stephen sich zu mir um und sagt: »Joseph, warum machen wir nicht jeder fünfzehn Minuten, dann eine Pause mit Fragen und Antworten, und lesen dann wieder jeder fünfzehn Minuten. Auf die Weise langweilen sie sich nicht. Was meinst du?« Fabelhaft, sage ich. Denn das war es; es gab dem ganzen Unternehmen etwas von Unterhaltung. Was eine Lyriklesung ja in erster Linie ist und keineswegs ein Egotrip. Sie ist eine Schau, ein Stück Theater – vor allem, wenn sie zu Wohltätigkeitszwecken veranstaltet wird.

Das war in Atlanta, Georgia, USA. Wo das Publikum, selbst ein wohlgesinntes, reichlich wenig von der eigenen, der amerikanischen Lyrik weiß und erst recht nichts von den Briten. Das Verfahren, das er vorschlug, würde seinen Ruhm nicht mehren noch den Verkauf seiner Bücher fördern. Was zeigt, daß es ihm nicht um sich selbst ging, und er las auch nicht etwa etwas Aktuelles. Ich kann mir keinen von seinen amerikanischen Kollegen vorstellen (schon gar nicht seines Alters), der sich absichtlich zurücknähme, weder einer Sache noch dem Publikum zuliebe. In dem Saal waren etwa achthundert Menschen, wenn nicht mehr.

»Ich glaube, die amerikanischen Lyriker gehen alle drauf«, pflegte er zu sagen (in Anspielung auf die berühmten Selbstmorde in diesem Berufszweig), »weil die Einnahmen dort so hoch sind. In Großbritannien bekommt man nie soviel bezahlt, und Nationalruhm steht nicht zur Debatte, obwohl das Land viel kleiner ist.« Dann kicherte er immer und fügte hinzu: »Eigentlich gerade deshalb.«

XVII

Nicht, daß er eine geringe Meinung von sich hatte; er war einfach wahrhaft demütig. Eine Tugend, von der ich annehme, daß auch sie auf das Metier zurückging. Wenn man nicht mit einer organischen Störung zur Welt gekommen ist, wird das Schreiben wie das Lesen von Lyrik einen Demut lehren, und das ziemlich schnell. Vor allem wenn man Lyrik sowohl schreibt als auch liest. Schon die Toten rufen einen rasch zur Ordnung, von den Zeitgenossen gar nicht zu reden. Sich nachträglich zu kritisieren wird einem zur zweiten Natur. Freilich mag man von den eigenen Bemühungen eine Zeitlang angetan sein, vorausgesetzt die Gleichaltrigen taugen nichts; aber wenn man in seinen frühen Studententagen Wystan Auden begegnet, ist die Selbstverblendung zwangsweise kurz.

Nach dieser Begegnung war nichts mehr einfach: weder Schreiben noch Leben. Ich mag mich irren, aber ich habe den Eindruck, daß er sehr viel mehr verwarf als veröffentlichte. Im Leben jedoch, wo man nichts verwerfen kann, führte diese Verunsicherung zu einem außerordentlichen Scharfblick und einer erschreckenden Nüchternheit (wobei Auden dann und wann aufs Korn genommen, aber nie wirklich verwundet wurde). Es ist diese Mischung – von Scharfblick und Nüchternheit –, die einen Gentleman ausmacht, vorausgesetzt, der Scharfblick hat die Oberhand.

XVIII

Und das war er, ein Gentleman in der reichlich ungehobelten literarischen Menge beiderseits des Atlantik. Er stach hervor, im wörtlichen wie im übertragenen Sinn. Und die Reaktion der Menge, ob links oder rechts, war vorhersehbar. X tadelte ihn, im Zweiten Weltkrieg Pazifist gewesen zu sein (obwohl er nichts dergleichen war, man hatte ihn aus Gesundheitsgründen abgelehnt, er hatte danach als Feuerwehrmann gedient – und zwischen einem Feuerwehrmann während des Blitzkriegs in London und einem damaligen Kriegsdienstverweigerer anderswo ist ein erheblicher Unterschied). Y klagte ihn an, in den fünfziger Jahren den von der CIA finanzierten *Encounter* herausgegeben zu haben (obwohl Stephen von diesem Posten zurücktrat, als er erfuhr, welcherart die Geldquelle der Zeitschrift war – und überhaupt, warum haben diese Leute, die sich wegen der CIA-Mittel so anstellten, kein eigenes Geld zugeschossen, um die Publikation über Wasser zu halten?). Ein rechtschaffener Z fiel über ihn her, weil er sich bereit erklärt hatte, auf der Stelle in das unter Bombardement stehende Hanoi zu reisen, und fragte nach, wer denn den Flug bezahle. Ein Mann, der vom Schreiben lebt – die über dreißig Bücher, von den ungezählten Kritiken Stephens nicht zu reden, sagen einem deutlich, wie er seinen Lebensunterhalt verdiente –, hat selten das Geld, seine Überzeugungen auszuleben; andererseits wollte er vermutlich seine Bedenken nicht auf Kosten der nordvietnamesischen Regierung äußern. Und dies ist nur das Ende des Alphabets. Eigenartigerweise – oder erwartungsgemäß – waren jene Vorwürfe und Proteste zumeist amerikanischen Ursprungs; d. h. sie kamen aus einem Land, wo Moral dem Geld näher steht als andernorts. Im großen und ganzen war die Nachkriegswelt eine ziemlich primitive Darbietung, und er beteiligte sich ab und zu daran, nicht wegen des Beifalls und der Blumen, sondern – so sieht es rückblickend aus – als ihr Gnadenbringer.

XIX

Ich merke, ich gerate ins Leitartikelhafte; das Genre beginnt den Inhalt zu diktieren. Man kann das hinnehmen, aber nicht unter den gegebenen Umständen. Unter den gegebenen Umständen muß der Inhalt das Genre bestimmen – und wenn Fragmente dabei herauskommen. Weil das das Ergebnis ist, wenn unser Leben erst einmal seinem Betrachter anvertraut ist. Darum lassen Sie mich die Augen schließen und sehen: einen Abend in einem Mailänder Theater vor zehn oder zwölf Jahren; viele Leute, Geglitzer, Kandelaber, Fernsehen usw.; auf der Bühne ein Haufen italienischer Professoren und Literaturkritiker sowie Stephen und ich; wir alle sind Mitglieder der Jury für irgendeinen großen Lyrikpreis. Der in diesem Jahr an Giorgio Caproni geht, einen krächzenden bärbeißigen Achtzigjährigen von knorrigem Äußeren, der gewisse Ähnlichkeit mit Robert Frost hat. Der alte Mann schlurft ungeschickt den Gang entlang, beginnt mit großer Mühe die Stufen zur Bühne hinaufzusteigen und murmelt dabei irgend etwas unhörbar vor sich hin. Keiner rührt sich; die italienischen Professoren und Literaturkritiker auf ihren Stühlen beobachten einen alten Mann, der sich die Stufen hinaufkämpft. In diesem Moment steht Stephen auf und beginnt zu klatschen; ich schließe mich ihm an. Dann kommt eine Ovation.

XX

Oder ein menschenleerer windgepeitschter Platz in der Innenstadt von Chicago, weit nach Mitternacht, vor etwa zwanzig Jahren. Wir kriechen aus jemandes Auto in den Winterregen hinaus und marschieren auf ein gigantisches Arrangement aus Gußeisen und Stahlseilen zu, das schwach beleuchtet auf einem Sockel in der Mitte des Platzes steht. Es ist eine Skulptur von Picasso; ein weiblicher Kopf, wie sich herausstellt, und Stephen will ihn jetzt sehen, weil er am Morgen abreist. »Sehr spanisch«, sagt er. »Und sehr kriegsmäßig.« Und plötzlich ist es für mich das Jahr 1938, der Spanische Bürgerkrieg – wo er hinfuhr (was er, soviel ich weiß, aus eigener Tasche bezahlte), weil es die letzte von Menschen betriebene Suche nach der Stadt der Gerechten war, kein Schachspiel der Supermächte, und wir verloren, und anschließend wurde das Ganze vom Gemetzel des Zweiten Weltkriegs zur Bagatelle abgewertet. Die Nacht ist körnig vor Regen und Wind, kalt und ganz und gar schwarzweiß. Und der hochgewachsene Mann mit vollkommen weißem Haar, der die Hände aus den Ärmeln seines alten schwarzen Jacketts reckt und dadurch wie ein Schuljunge aussieht, umkreist langsam diese ungleichen Metallteile, die von dem spanischen Genie zu einem Kunstwerk verschlungen sind, das einer Ruine gleicht.

XXI

Oder es ist das Café Royal in London; ich bestehe darauf, ihn und Natasha jedesmal dorthin zum Lunch auszuführen, wenn ich da bin. Um ihrer und meiner Erinnerungen willen. Daher ist es schwer zu sagen, welches Jahr es ist – aber es ist nicht allzu lange her. Isaiah Berlin ist mit dabei und auch meine Frau, die ihre jungen Augen nicht von Stephens Gesicht lassen kann. Denn wirklich, mit dem schneeweißen Haar, den leuchtend graublauen Augen und dem entschuldigenden Grinsen über dem sechs Fuß hohen gebückten Gestell sieht er in seinen Achtzigern wie die Allegorie eines gütigen Winters aus, der die anderen Jahreszeiten besucht. Selbst unter seinen Altersgenossen oder innerhalb der Familie, von völlig Fremden gar nicht erst zu reden. Außerdem ist es Sommer. (»Das Gute am Sommer hier ist«, höre ich ihn sagen, während er in seinem Garten eine Flasche entkorkt, »daß man den Wein nicht kühlen muß.«) Wir machen die Liste »Die großen Schriftsteller dieses Jahrhunderts«: Proust, Joyce, Kafka, Musil, Faulkner, Beckett. »Aber das ist nur bis zu den fünfziger Jahren«, sagt Stephen und wendet sich zu mir. »Gibt es jetzt irgendwen, der so gut ist?« »Vielleicht John Coetzee«, sage ich. »Südafrikaner. Der einzige, der das Recht hat, nach Beckett Prosa zu schreiben.« »Nie gehört«, sagt Stephen. »Wie schreibt er sich?« Also nehme ich ein Stück Papier, schreibe den Namen auf, füge *Life and Times of Michael K* hinzu und gebe es Stephen. Dann verfallen wir wieder in Klatsch, eine Neuinszenierung von *Così fan tutte*, in der die Sänger ihre Arien auf dem Boden liegend singen, die neuesten Erhebungen in den Ritterstand – schließlich ist dies ein Lunch mit zwei Rittern. Auf einmal grinst Stephen breit und sagt: »Die neunziger Jahre sind eine gute Zeit zum Sterben.«

XXII

Nach dem Lunch wollen wir ihn zu Hause absetzen, aber am Strand bittet er den Taxifahrer anzuhalten, verabschiedet sich von uns und entschwindet, den Papierfetzen mit Coetzees Namen wedelnd, in eine große Buchhandlung. Ich mache mir Sorgen, wie er nach Hause kommt; dann fällt mir ein, daß London mehr seine Stadt ist als meine.

XXIII

Da wir von Fragmenten reden – ich erinnere mich, wie ich 1986 nach der Explosion der Challenger über Cape Canaveral den ABC- oder CNN-Sprecher Stephens Gedicht »I Think Continually of Those Who Were Truly Great« lesen hörte, das vor fünfzig Jahren entstanden ist.

Near the snow, near the sun, in the highest fields,
See how these names are fêted by the waving grass
And by the streamers of white cloud
And whispers of wind in the listening sky.
The names of those who in their lives fought for life,
Who wore at their hearts the fire's centre.
Born of the sun, they travelled a short while toward the sun
And left the vivid air signed with their honour.

ICH DENKE FORTWÄHREND AN DIE,
DIE WAHRHAFT GROSS WAREN

Nah dem Schnee, nah der Sonne, in höchsten Gefilden,
Sieh diese Namen, gefeiert vom wogenden Gras
und den Streifen weißen Gewölks
und dem Windgeflüster am lauschenden Himmel.
Die Namen jener, die lebend fürs Leben kämpften,
die am Herzen des Feuers Mitte trugen.
Sonnengeboren, flogen sie einen Moment auf die Sonne zu
und verließen die mit ihrer Ehre unterzeichnete Lebensluft.

XXIV

Ich glaube, ich erzählte ihm das einige Jahre später, und ich meine, er lächelte sein berühmtes Lächeln, das gleichzeitig Freude, das Bewußtsein allgemeiner Sinnlosigkeit, sein partielles Schuldgefühl gegenüber dieser Sinnlosigkeit und schiere Wärme ausdrückte. Wenn ich mich hier nicht festlege, dann weil ich die Umgebung nicht richtig vor mir sehe. (Aus irgendeinem Grund habe ich immer ein Krankenhauszimmer vor Augen.) Seine Reaktion hätte aber gar nicht anders sein können: »I Think Continually« ist sein abgeleiertstes, am häufigsten in Anthologien vertretenes Gedicht. Die bekanntesten von all seinen Zeilen – ob geschrieben, verworfen, ungeschrieben oder restlos vergessen –, die dennoch in seinem Innern glühen. Das Metier setzt sich ja auf die eine oder andere Weise durch. Daher sein Strahlen, das auf meiner Netzhaut bleibt, ob ich die Augen schließe oder nicht. Daher jedenfalls jenes Lächeln.

XXV

Die Menschen sind, an was wir uns von ihnen erinnern. Was wir Leben nennen, ist letztlich das Flickwerk der Erinnerung eines anderen. Mit dem Tod löst es sich auf, und am Ende steht man da mit zufälligen, unzusammenhängenden Fragmenten. Mit Scherben oder meinetwegen auch mit Schnappschüssen. Erfüllt von ihrem unerträglichen Lachen oder gleichermaßen unerträglichen Lächeln. Die unerträglich sind, weil eindimensional. Ich muß das wissen; schließlich bin ich Sohn eines Photographen. Und ich könnte vielleicht sogar so weit gehen, eine Verbindung zwischen Photographieren und dem Schreiben von Versen zu suggerieren – nun ja, insofern, als die Fragmente schwarzweiß sind. Oder insofern, als Schreiben Bewahren bedeutet. Doch man kann nicht so tun, als ob das, was man sieht, über die leere Rückseite hinausgeht. Und wenn man einmal begriffen hat, wie sehr das Leben eines anderen Geisel unserer eigenen Erinnerung ist, stockt man vor dem Schlund der Vergangenheitsform. Von allem sonstigen abgesehen, steckt in ihr zuviel von Tuscheln hinter dem Rücken des anderen oder von Zugehörigkeit zu einer triumphierenden tugendhaften Mehrheit. Unser Herz sollte versuchen, ehrlicher zu sein – wenn es denn nicht geschickter sein kann – als unsere Grammatik. Oder man müßte ein Tagebuch führen, dessen Einträge schon per definitionem dieses Tempus in Schach halten.

XXVI

Nun also das letzte Fragment. Gewissermaßen ein Tagebucheintrag: für den 20. und 21. Juli 1995. Obwohl ich nie Tagebuch geführt habe. Im Gegensatz zu Stephen.

Entsetzlich heißer Abend, schlimmer als New York. D. [Freund der Familie] holt mich ab, und nach 45 Minuten sind wir in Loudoun Road. Oh, wie gut ich alle Stockwerke und das Souterrain dieses Hauses kenne! Natashas erste Worte: »Daß er einmal sterben könnte, war so unvorstellbar.« Ich mag nicht daran denken, wie die letzten vier Tage für sie gewesen sind, wie diese Nacht für sie wird. Es steht alles in ihren Augen. Dasselbe gilt für die Kinder: für Matthew und Lizzie. Barry [Lizzies Mann] kommt mit Whisky und schenkt mir reichlich ein. Niemand ist in guter Verfassung. Und wir reden ausgerechnet über Jugoslawien. Ich konnte im Flugzeug nichts essen und kann es noch immer nicht. Also noch mehr Whisky, noch mehr Jugoslawien, und mittlerweile ist es Mitternacht für sie. Matthew und Lizzie schlagen vor, ich solle in Stephens Arbeitszimmer oder in Lizzies und Barrys Mansarde übernachten. Aber M. hat für mich ein Hotel gebucht, und sie fahren mich dahin: es ist ein paar Häuserblocks weg.

Am Morgen fährt D. uns alle zu St. Mary's am Paddington Green. Auf Grund meines Russentums richtet Natasha es ein, daß ich Stephen im offenen Sarg sehen kann. Er sieht streng aus und gefaßt auf alles, was kommen mag. Ich küsse ihn auf die Braue und sage: »Dank für alles, Stephen. Grüß mir Wystan und meine Eltern. Leb wohl.« Ich erinnere mich an seine Beine, im Krankenhaus, wie sie aus dem Nachthemd ragten: voll dunkler Flecken von geplatzten Blutgefäßen – ganz genau wie die meines Vaters, der sechs Jahre älter war als Stephen. Nein, ich bin nicht nach London geflogen, weil ich bei seinem Tod nicht zugegen war. Obwohl das ebenso ein Grund sein könnte wie jeder andere. Nein, nicht deswegen. Tatsächlich fühle ich mich, nachdem ich Stephen im offenen

Sarg gesehen habe, viel ruhiger. Vermutlich hat diese Sitte etwas mit ihrer therapeutischen Wirkung zu tun. Das könnte Wystan gedacht haben, schießt mir durch den Kopf. Er wäre hier, wenn er könnte. Also kann genausogut ich es sein. Selbst wenn ich Natasha und den Kindern keinen Trost bieten kann, so kann ich sie doch ablenken. Jetzt schraubt Matthew den Sargdeckel zu. Er kämpft mit den Tränen, aber sie sind stärker. Man kann ihm nicht helfen; noch sollte man, glaube ich. Dies ist Sohnespflicht.

XXVII

Nach und nach treffen die Leute zur Trauerfeier ein und stehen in Grüppchen draußen herum. Ich erkenne Valerie Eliot, und nach anfänglicher Verlegenheit kommen wir ins Gespräch. Sie erzählt mir folgende Geschichte: An dem Tag, als ihr Mann starb, brachte die BBC im Rundfunk eine Würdigung seines Lebens und Werks, gelesen von Auden. »Er war hundertprozentig der richtige Mann dafür«, sagt sie, »aber trotzdem war ich von seiner Schnelligkeit irgendwie überrascht.« Kurz darauf, sagt sie, kommt er nach London, sucht sie auf und erzählt ihr, daß die BBC bei der Nachricht von Eliots schwerer Erkrankung ihn angerufen und gebeten habe, einen Nachruf aufzunehmen. Wystan sagte, er habe abgelehnt, von T. S. Eliot in der Vergangenheit zu sprechen, während er noch lebte. In dem Fall, sagte die BBC, gehen wir zu jemand anderem. »Also mußte ich die Zähne zusammenbeißen und es tun«, sagte Auden, »und dafür bitte ich Sie um Vergebung.«

Dann beginnt die Trauerfeier. Sie ist so schön, wie etwas Derartiges nur sein kann. Das Fenster hinter dem Altar geht auf einen wunderbar sonnenbeschienenen Friedhof. Haydn und Schubert. Nur daß ich, als das Quartett zu einem Crescendo ansetzt, durch das Seitenfenster einen Lift mit Bauarbeitern sehe, der zu dem x-ten Stockwerk des angrenzenden Hochhauses hinauffährt. Dies berührt mich als etwas, das Stephen selber bemerkt und später erwähnt hätte. Und während der ganzen Trauerfeier gehen mir völlig unpassende Zeilen aus Wystans Gedicht über Mozart durch den Kopf:

How seemly then to celebrate the birth
Of one who didn't do harm to our poor earth,
Created masterpieces by the dozen,
Indulged in toilet humor with his cousin
And had a pauper funeral in the rain –
The like of whom we'll never meet again.

Wie schicklich eine Feier des Geburtstags
Von einem, der der Erde nichts zuleid tat,
Der Meisterwerke schuf im Dutzendmaße,
Schrieb Unanständigkeiten seiner Base
Und fand ein elend Grab bei Regen –
ach, seinesgleichen wird es nie mehr geben.

Also ist er doch hier: nicht als Tröster, aber zur Ablenkung. Und anders als gewohnt: Ich denke mir, seine Zeilen waren ziemlich oft zu Gast in Stephens Kopf und Stephens in seinem. Nun werden beider Zeilen für immer Heimweh leiden.

XXVIII

Nach der Trauerfeier begibt sich alles in die Loudoun Road, zu Drinks im Garten. Die Sonne brennt, der Himmel ist eine massive blaue Schiefertafel. Allgemeines Geplauder; die häufigsten Einleitungssätze sind »Das Ende einer Epoche« und »Was für ein herrlicher Tag«. Das Ganze ähnelt mehr einer Garteneinladung als irgend etwas anderem. Vielleicht ist dies die Art, wie die Engländer ihre wirklichen Gefühle unter

Kontrolle halten, obwohl einige Gesichter Verstörung verraten. Lady R. begrüßt mich und macht eine Bemerkung in der Richtung, daß man bei allen Beerdigungen unweigerlich an die eigene denkt, nicht wahr? Ich sage, nein, und als sie ihre Ungläubigkeit bekundet, erkläre ich ihr, daß man in unserem Gewerbe durch das Schreiben von Elegien einen engeren Blickwinkel bekommt. Das, füge ich hinzu, färbt auf die eigene Haltung in der Wirklichkeit ab. »Ich wollte sagen, daß man uneingestanden so lange leben will wie der Mensch, der gerade gestorben ist«, laviert Lady R. Ich nehme ihr das Uneingestandene ab und gehe zum Ausgang. Als ich vor die Tür trete, stoße ich fast mit einem eben eintreffenden Paar zusammen. Der Mann hat etwa mein Alter und kommt mir vage bekannt vor (jemand aus der Verlagsbranche). Wir grüßen einander zögernd, und er sagt: »Das Ende einer Epoche.« Nein, will ich zu ihm sagen, nicht das Ende einer Epoche. Eines Lebens. Das länger und besser war als Ihres oder meins. Statt dessen setze ich bloß ein vergnügtes breites Grinsen à la Stephen auf, sage: »Ich glaube nicht«, und gehe.

10. August 1995

Ein unbescheidener Vorschlag

Ansprache in der Library of Congress, Washington,
die Brodsky 1991 zum U.S. Poet Laureate ernannt hatte

Vor etwa einer Stunde waren die Bühne, auf der ich jetzt stehe, wie auch Ihre Sitze vollkommen leer. In einer Stunde werden sie wieder leer sein. Die meiste Zeit des Tages, stelle ich mir vor, ist dieser Ort leer; Leere ist sein natürlicher Zustand. Wäre er mit einem eigenen Bewußtsein begabt, würde er unsere Anwesenheit als lästig ansehen. Jedenfalls veranschaulicht dieses Bild so gut wie irgendein anderes unsere Bedeutung; ganz sicher die Bedeutung dieser Zusammenkunft. Was immer uns hierher geführt hat, die Mengenverhältnisse sind nicht zu unseren Gunsten. So erfreut wir über unsere Zahl sein mögen, nach räumlichen Begriffen ist sie von infinitesimalem Gewicht.

Dies gilt, meine ich, für jede menschliche Versammlung; aber wenn es um Lyrik geht, trifft es ganz besonders zu. Einmal ist Lyrik – das Schreiben wie das Lesen – eine atomisierende Kunst; sie ist sehr viel weniger gesellig als Musik oder Malerei. Darüber hinaus hat Lyrik ein gewisses Verlangen nach Leere, nach der der Unendlichkeit zunächst einmal. Hauptsächlich aber, weil historisch gesehen das Zahlenverhältnis des Lyrikpublikums zur übrigen Gesellschaft nicht zugunsten des ersteren spricht. Darum sollten wir erfreut über einander sein, und sei es weil unser Hiersein, bei aller scheinbaren Bedeutungslosigkeit, jene Geschichte weiterführt, die nach einigen in dieser Stadt umlaufenden Gerüchten beendet sein soll.

Im Verlauf dessen, was wir geschichtliche Zeit nennen, scheint das Publikum für Lyrik ein Prozent der Gesamtbevölkerung nicht überschritten zu haben. Grundlage dieser Schätzung ist keine spezielle Untersuchung, sondern das geistige Klima der Welt, in der wir leben. Tatsächlich war die Wetterlage so, daß einem die genannte Zahl zeitweise etwas großzügig erscheint. Weder griechische noch römische Antike noch die glorreiche Renaissance oder das Zeitalter der Aufklärung vermitteln uns den Eindruck, Lyrik habe Scharen von Zuhörern gehabt, schon gar nicht Legionen oder Bataillone, oder eine breite Leserschaft.

Dem war auch nie so. Diejenigen, die wir Klassiker nennen, verdanken ihren Ruf nicht ihren Zeitgenossen, sondern der Nachwelt. Das soll nicht heißen, daß ihr Nachruhm der quantitative Ausdruck ihres Werts ist. Er verschafft ihnen bloß, wenn auch rückwirkend und mit einiger Mühe, eine Leserschaft von den Ausmaßen, wie sie ihnen von Anfang an zugestanden hätte. Man kann davon ausgehen, daß ihre Lebensumstände insgesamt ziemlich beengt waren; sie hofierten ihre Förderer oder scharten sich an den Höfen nicht viel anders, als Dichter heute an die Universitäten gehen. Das hatte offensichtlich mit der Hoffnung auf finanzielle Großzügigkeit zu tun, war aber zugleich Suche nach einem Publikum. Kenntnis des Lesens und Schreibens war das Privileg der wenigen – wo sonst also hätte ein Dichter ein geneigtes Ohr oder ein aufmerksames Auge für seine Verse finden sollen? Der Sitz der Macht war oft der Sitz der Kultur; die Kost war dort besser, die Gesellschaft weniger einförmig und umgänglicher als anderswo, Kloster inbegriffen.

Jahrhunderte vergingen. Die Sitze der Macht und die der Kultur trennten sich, anscheinend auf Dauer. Das ist nun einmal der Preis, den man für die Demokratie zahlt, für die Herrschaft des Volkes, durch das Volk und für das Volk, von dem nach wie vor nur ein Prozent Lyrik liest. Wenn ein moderner Dichter irgend etwas mit seinem Renaissancekollegen gemein hat, ist es die kümmerliche Verbreitung seines Werks. Je nach Temperament mag man an den archetypischen Aspekten dieses Geschicks Gefallen finden – sich stolz als Bannerträger der heiligen Tradition sehen oder ein vergleichbares Maß an Trost aus der an Präzedenzfällen so reichen eigenen Resignation beziehen. Es gibt nichts seelisch Aufbauenderes, als sich als Verbindungsglied zu den Herrlichkeiten der Vergangenheit zu sehen, wenn auch nur, weil die Vergangenheit klarer vernehmlich ist als die Gegenwart und erst recht als die Zukunft.

Ein Dichter kann sich immer aus einem Schlamassel herausreden; das ist schließlich sein Metier. Aber ich bin nicht hier, um über das Los des Dichters zu sprechen, der letztlich nie Opfer ist. Ich bin hier, um über die Misere seines Publikums zu sprechen, über Ihre Misere demnach. Da ich dieses Jahr von der Library of Congress bezahlt werde, unterziehe ich mich dieser Aufgabe im Geist eines Angestellten im öffentlichen Dienst, nicht anders. Um was es mir also geht, ist das Publikum für Lyrik in diesem Land; und der Diener der Öffentlichkeit in mir ist es, der den Anteil von einem Prozent erschreckend und skandalös, um nicht zu sagen tragisch findet. Weder mein Temperament noch der Ärger eines Autors über seine trostlosen Verkaufszahlen haben mit dieser Einschätzung etwas zu tun.

Die Standardauflage eines ersten oder zweiten Gedichtbandes in diesem Land liegt bei jedem Lyriker irgendwo zwischen 2000 und 10000 Exemplaren (und ich spreche nur von den kaufmännisch geführten Verlagshäusern). Die jüngste Schätzung, die ich gesehen habe, gibt die Bevölkerung der Vereinigten Staaten mit annähernd 250 Millionen an. Das bedeutet, daß ein normaler kommerzieller Verlag mit der Veröffentlichung des ersten oder zweiten Bandes dieses oder jenes Autors auf lediglich 0,001 Prozent der gesamten Bevölkerung abzielt. Das erscheint mir absurd.

Was jahrhundertelang einem breiteren Zugang zur Lyrik im Weg stand, waren das Fehlen der Presse und die begrenzte Kenntnis des Lesens und Schreibens. Heute ist beides praktisch Allgemeingut, und das obengenannte proportionale Verhältnis läßt sich nicht länger rechtfertigen. Ja, selbst wenn wir von diesem einen Prozent ausgehen, müßten die Verlage nicht zwei- bis zehntausend Exemplare eines Gedichtbandes drucken, sondern 2,5 Millionen. Gibt es so viele Lyrikleser in diesem Land? Meiner Meinung nach ja; ich glaube sogar, daß es erheblich mehr gibt. Wie viele genau ließe sich durch Marktforschung feststellen, aber genau das sollte man vermeiden.

Denn Marktforschung ist per definitionem restriktiv. Dasselbe gilt für jede soziologische Aufschlüsselung von Volkszählungsergebnissen nach Gruppen, Klassen und Kategorien. Diese setzen gewisse bindende Merkmale für jede gesellschaftliche Gruppe an, aus denen man deren vorschriftsmäßige Behandlung ableitet. Das führt schlicht und einfach zu einem Weniger an geistiger Nahrung für die Menschen, zu intellektueller Parzellierung. Den Markt für Lyrik sieht man bei den Leuten mit Collegebildung, und also werden die von den Verlegern angepeilt. Von der Menge im Blaukittel nimmt man nicht an, daß sie Horaz liest, noch vom Farmer in seiner Arbeitskluft, daß er sich mit Montale oder Marvell beschäftigt. Ebensowenig wird vom Politiker erwartet, Gerard Manley Hopkins oder Elizabeth Bishop auswendig zu können.

Das ist so dumm wie gefährlich. Mehr darüber später. Für den Augenblick möchte ich nur darauf bestehen, daß die Verbreitung von Lyrik sich nicht an Marktkriterien orientieren darf, da jede derartige Schätzung erklärtermaßen das bestehende Potential kleiner aussehen läßt, als es ist. Wenn es um Lyrik geht, ist das Ergebnis von Marktforschung ungeachtet aller Computer ausgeprägt mittelalterlich. Wir können alle lesen und schreiben, darum ist jedermann ein potentieller Leser von Lyrik: von dieser Annahme sollte der Buchvertrieb ausgehen, nicht von irgendeiner klaustrophobischen Vorstellung von Nachfrage. Auf kulturellem Gebiet schafft nämlich nicht die Nachfrage das Angebot, sondern umgekehrt. Man liest Dante, weil er die *Göttliche Komödie* geschrieben hat, nicht weil man einen Bedarf nach ihm empfunden hätte: man wäre außerstande gewesen, den Mann oder die Dichtung heraufzubeschwören.

Lyrik muß dem Publikum in sehr viel größerem Umfang zugänglich sein, als sie es ist. Sie müßte so allgegenwärtig sein wie die uns umgebende Natur, aus der die Lyrik viele ihrer Bilder bezieht; oder so allgegenwärtig wie Tankstellen wenn nicht gar Autos. Buchhandlungen müßten nicht nur auf dem Universitätsgelände oder an den Hauptgeschäftsstraßen liegen, sondern auch an Werkseingängen. Taschenbuchausgaben derer, die wir als Klassiker ansehen, müßten billig und in Supermärkten zu haben sein. Schließlich ist dies ein Land der Massenproduktion, und ich sehe nicht ein, warum das, was für Autos getan wird, nicht für Gedichtbände getan werden kann, die einen etwas weiter weg führen. Weil Sie gar nicht weiter weg wollen? Meinetwegen; aber wenn das so ist, dann weil es Ihnen an den Transportmitteln mangelt, nicht weil die Entfernungen und Ziele, die ich im Sinn habe, nicht existieren.

Selbst verständnisvollen Ohren klingt all dies vermutlich ein bißchen überdreht. Ist es aber nicht; es ist sogar auch wirtschaftlich vernünftig. Ein Gedichtband in einer Auflage von 2,5 Millionen und zu einem Ladenpreis von sagen wir zwei Dollar bringt am Ende mehr als 10 000 Exemplare derselben Ausgabe zu zwanzig Dollar. Es mag natürlich Lagerhaltungsprobleme geben, aber andererseits wäre man ja gezwungen, den Vertrieb in jeden Winkel des Landes auszudehnen. Wenn die Regierung darüber hinaus anerkennen würde, daß der Aufbau einer persönlichen Bibliothek für Ihr Innenleben so wesentlich ist wie Geschäftsessen für Ihr Berufsleben, könnten diejenigen, die Lyrik lesen, schreiben oder veröffentlichen, Steuerermäßigungen erhalten. Hauptverlierer wäre freilich der brasilianische Regenwald. Doch glaube ich, daß ein Baum, vor die Wahl gestellt, ein Gedichtband oder ein Stapel von Memos zu werden, sich lieber für ersteres entscheidet.

Ein Buch ist etwas von Dauer. Auf kulturellem Gebiet ist Overkill keine eventuell mögliche Strategie, sondern Notwendigkeit, weil ausgewählte kulturelle Ziele anzupeilen Niederlage bedeutet, egal wie sorgfältig man das Ziel anvisiert hat. In diesem Sinne also möchte ich – ohne irgendeine Vorstellung davon zu haben, wen konkret ich im Augenblick damit anspreche – darauf hinweisen, daß mit der gegenwärtig verfügbaren Niedrigkostentechnologie erkennbar Gelegenheit besteht, diese Nation in eine aufgeklärte Demokratie zu verwandeln. Und ich meine, diese Gelegenheit sollte ergriffen werden, bevor wir Alphabeten durch analphabetische Videoten ersetzt werden.

Ich empfehle, mit Lyrik zu beginnen, nicht nur weil wir auf diese Weise die Entwicklung unserer Zivilisation nachvollziehen würden – das Lied war vor der Geschichte da –, sondern auch weil sie billiger herzustellen ist. Ein Dutzend Titel wären ein passabler Anfang. Das Buchregal des durchschnittlichen Lyriklesers enthält, glaube ich, irgend etwas zwischen dreißig und fünfzig Gedichtbänden verschiedener Autoren. Die Hälfte davon läßt sich im amerikanischen Durchschnittshaushalt auf einem einzigen Bord oder einem Kaminsims unterbringen, schlimmstenfalls auf dem Fensterbrett. Die Kosten für ein Dutzend broschierter Gedichtbände würden – selbst zu heutigem Preis – höchstens ein Viertel des Preises für einen Fernseher betragen. Daß sich hier nichts tut, liegt nicht am fehlenden Verlangen breiter Schichten nach Lyrik, sondern an der fast vollständigen Unmöglichkeit, dieses Verlangen zu wecken: die Bücher sind nicht erhältlich.

Meiner Ansicht nach müßten Bücher einem an die Haustür gebracht werden wie Strom oder wie die Milch in England; sie müßten als Gebrauchsgüter gelten und ihr Preis dementsprechend gering sein. Außerdem müßte Lyrik in Drugstores zu kaufen sein (nicht zuletzt, weil sie Ihre Psychotherapeutenrechnungen drücken könnte). Als allermindestes müßte eine Anthologie amerikanischer Lyrik in jedem Motelzimmer dieses Landes in der Schublade liegen, gleich neben der Bibel, die bestimmt nichts gegen diese Nachbarschaft hätte, da sie auch die Nachbarschaft des Telefonbuchs hinnimmt.

All das ist machbar, erst recht in diesem Land. Denn die amerikanische Lyrik ist schlicht und einfach das großartigste Erbteil dieses Landes. Es bedarf eines Fremden, um einige Dinge klarer zu sehen. Dies ist eines davon, und ich bin jener Fremde. Die Quantität der Verse, die in den letzten anderthalb Jahrhunderten an diesen Gestaden verfaßt wurde, läßt die vergleichbaren Leistungen jeder Literatur unbedeutend daneben aussehen, ebenso unseren Jazz und unsere Filme, die in der ganzen Welt zu Recht geliebt werden. Dasselbe, möchte ich behaupten, gilt für die Qualität, denn es ist eine Lyrik, die vom Geist persönlicher Verantwortung beseelt ist. Nichts ist der amerikanischen Lyrik fremder als jene großen kontinentaleuropäischen Spezialitäten: die Empfindsamkeit des Opfers mitsamt ihrem wild oszillierenden tadelsdurstigen Finger; die Inkohärenz von Erhöhung; die prometheischen Anwandlungen und die Sophisterei. Sicher, amerikanische Lyrik hat ihre Untugenden – allzu viele Kirchspielvisionäre und geschwätzige Neurotiker. Aber sie ist außerordentlich kräftigendes Zeug, und das Festhalten an dem Verbreitungsmodus von einem Prozent beraubt diese Nation eines natürlichen Quells der Ausdauer, noch mehr einer Quelle des Stolzes.

Lyrik ist erklärtermaßen eine hoch individualistische Kunst; und in einem gewissen Sinn ist dies Land ihr logischer Aufenthalt. Jedenfalls ist es nur logisch, daß die Neigung zum Individualismus sich in diesem Land zu ihrem idiosynkratischen Extrem entwickelt hat, bei Modernisten wie Traditionalisten gleicherweise. (Tatsächlich hat dies die Modernisten entstehen lassen.) Für mein Auge wie für mein Ohr ist die amerikanische Lyrik eine schonungslose Non-stop-Predigt über menschliche Autonomie; der Gesang des Atoms, wenn Sie so wollen, das der Kettenreaktion trotzt. Ihr allgemeiner Tonus sind Spannkraft und Seelenstärke, ihr Ton ein Erzwingen des »vollen Blicks auf das Schlimmste« (Thomas Hardy) ohne ein Wimpernzucken. Sie hält entschieden die Augen offen, nicht so sehr aus Verwunderung oder in Positur für eine Offenbarung, sondern auf Ausschau nach Gefahr. Sie ist wortkarg im Trösten (dem Zeitvertreib so viel europäischer Lyrik, besonders der russischen); reich und von äußerster Klarheit im Detail; frei von Sehnsucht nach einem Goldenen Zeitalter; wortmächtig über Verwegenheit und Flucht. Suchte man nach einem Motto für sie, würde ich eine Zeile aus

Robert Frosts »A Servant to Servants« vorschlagen: »The best way out is always through« (Der beste Weg hinaus geht mittendurch).

Wenn ich mir erlaube, so pauschal über amerikanische Lyrik zu reden, dann nicht wegen Stärke und Unermeßlichkeit ihres Bestands, sondern weil mein Thema der öffentliche Zugang zu ihr ist. In diesem Zusammenhang muß deutlich gesagt werden, daß der alte Spruch über die Rolle des Dichters in seiner Gesellschaft oder über seine Pflicht ihr gegenüber die ganze Frage auf den Kopf stellt. Wenn man von der gesellschaftlichen Funktion eines Menschen sprechen kann, der im wesentlichen einem freien Beruf nachgeht, dann ist die gesellschaftliche Funktion eines Lyrikers zu schreiben, und das tut er nicht gemäß einer Vereinbarung mit der Gesellschaft, sondern aus eigenem Willen. Seine einzige Verpflichtung – die gegenüber seiner Sprache – ist, gut zu schreiben. Indem ein Dichter in seiner Sprache schreibt, vor allem indem er gut schreibt, macht er einen großen Schritt auf seine Gesellschaft zu. Es ist Sache der Gesellschaft ihm auf halbem Wege entgegen zu kommen, d. h. sein Buch aufzuschlagen und zu lesen.

Falls man hier von irgendwelcher Pflichtvergessenheit reden kann, dann nicht auf Seiten des Dichters, denn er schreibt weiter. Nun ist Lyrik ja die höchste Form menschlicher Rede in jeder Kultur. Wenn eine Gesellschaft es unterläßt, Dichtern zuzuhören oder sie zu lesen, verurteilt sie sich selbst zu niederen Ausdrucksweisen – denen des Politikers, des Handelvertreters, des Scharlatans –, kurz, zu ihren eigenen. Mit anderen Worten, sie verwirkt ihr Entwicklungspotential, denn was uns vom übrigen Tierreich unterscheidet, ist schließlich die Gabe der Rede. Die oft gegen Lyrik erhobene Anklage – sie sei schwierig, dunkel, hermetisch und was sonst noch – zeigt nicht den Zustand der Lyrik an, sondern, offen gesagt, die Sprosse der Evolutionsleiter, an der die Gesellschaft festsitzt.

Lyrischer Diskurs nämlich ist stetig; auch meidet er Klischee und Wiederholung. Das Fehlen dieser Dinge ist es, was Kunst beschleunigt und vom Leben unterscheidet, dessen hauptsächliches Stilmittel, wenn man so sagen kann, eben Klischee und Wiederholung sind, da es immer wieder bei Null anfängt. Kein Wunder, daß die heutige Gesellschaft bei einer zufälligen Begegnung mit diesem stetigen lyrischen Diskurs sich unsicher fühlt, als spränge sie auf einen fahrenden Zug auf. Ich habe andernorts angemerkt, daß Lyrik keine Form von Unterhaltung ist, in einem gewissen Sinn nicht einmal eine Kunstform, sondern unser anthropologisches, genetisches Ziel, unser sprach-evolutionärer Leitstern. Als Kinder scheinen wir das zu spüren, wenn wir Verse in uns aufsaugen und uns merken, um die Sprache zu meistern. Als Erwachsene aber geben wir dieses Bestreben auf, überzeugt, wir hätten sie gemeistert. Dabei haben wir allenfalls ein Idiom gemeistert, gut genug vielleicht, um einen Feind auszutricksen, etwas zu verkaufen, hereingelegt zu werden, eine Beförderung zu erlangen, aber sicher nicht gut genug, um Schmerz zu heilen oder Freude auszulösen. Bis man nicht gelernt hat, seine Sätze mit Bedeutungen vollzupacken wie einen Lastwagen oder in den Zügen des/der Geliebten eine »Pilgerseele« zu erkennen und zu lieben; bis man nicht sich dessen bewußt ist, daß »No memory of having starred / Atones for later disregard, / Or keeps the end from being hard« (Keine Erinnerung an früheren Glanz / Wiegt spätere Mißachtung auf / Oder bewahrt vor einem harten Ende) – bis so etwas wie diese Zeilen Frosts einem nicht in Fleisch und Blut übergegangen ist, gehört man noch zu den Subsprachlern. Die in der Mehrheit sind, falls einen das beruhigt.

Und wenn es nichts sonst wäre, ist das Lesen von Lyrik eine unglaubliche sprachliche Osmose. Es ist auch eine höchst ökonomische Form geistiger Beschleunigung. Innerhalb eines sehr kurzen Zeitraums legt ein Gedicht eine enorme geistige Strecke zurück und gewährt einem oft gegen Ende eine Epiphanie oder eine Offenbarung. Das geschieht, weil ein Dichter beim Schreiben – weitgehend unbewußt – die beiden unserer Spezies verfügbaren Erkenntnismodi einsetzt: den okzidentalen und den des Orients. (Natürlich gibt es beide Modi, wo immer es vordere Gehirnlappen gibt, aber die verschiedenen Traditionen haben mit unterschiedlich großen Vorurteilen von ihnen Gebrauch gemacht.) Der erste bewertet das Rationale am höchsten, die Analyse. Auf sozialer Ebene geht er einher mit der Selbstbehauptung des Menschen und ganz generell wird er durch Descartes' *Cogito ergo sum* illustriert. Der zweite verläßt sich hauptsächlich auf intuitive Synthese, verlangt Selbstverleugnung, und wird am besten von Buddha verkörpert. Mit anderen Worten, ein Gedicht bietet einem eine Probe tätigen menschlichen Wissens in seiner vollständigen, nicht zurechtgestutzten Form. Das macht den Hauptreiz von Lyrik aus, ganz abgesehen davon, daß sie rhythmische und euphonische Spracheigentümlichkeiten nutzt, die in sich durchaus erhellend sind. Ein Gedicht sagt seinem Leser gewissermaßen: »Sei wie ich.« Und im Augenblick des Lesens wird er zu dem, was er liest, er wird zu dem Sprachzustand, der ein Gedicht ist, und dessen Epiphanie oder Offenbarung sind seine. Sie sind immer noch seine, wenn er das Buch schließt, da er nicht in den Zustand davor zurückfallen kann. Das nämlich hat es mit der Evolution auf sich.

Nun ist der Zweck der Evolution weder das Überleben des Stärksten noch des Mickrigsten. Wäre ersteres richtig, hätten wir uns mit Arnold Schwarzenegger abzufinden; im zweiten, dem ethisch vertretbareren Fall, müßten wir uns mit Woody Allen anfreunden. Der Zweck der Evolution, ob Sie es glauben oder nicht, ist Schönheit, die das alles überlebt und die Wahrheit einfach dadurch erzeugt, daß sie Geistiges und Sinnliches verschmilzt. Da sie immer im Auge des Betrachters entsteht, kann sie nur in Worten gänzlich verkörpert werden: damit kündigt sich ein Gedicht an, das so unheilbar semantisch wie unheilbar euphonisch ist.

Keine andere Sprache hortet soviel davon wie das Englische. In diese Sprache hineingeboren zu werden oder in ihr zu landen ist die größte Wohltat, die einem widerfahren kann. Ihren Besitzern den vollen Zugang zu ihr zu verwehren ist ein anthropologisches Verbrechen, und darauf läuft das gegenwärtige Vertriebssystem für Lyrik hinaus. Ich weiß nicht recht, was schlimmer ist, Bücher zu verbrennen oder sie nicht zu lesen; allerdings meine ich, daß Scheinverlegerei irgendwie zwischen beidem steht. Es tut mir leid, daß ich mich so drastisch ausdrücke, aber wenn ich einerseits an die großen Werke der Dichter dieser Sprache denke, die man brutal der Mißachtung preisgibt, und andererseits die erschreckenden demographischen Perspektiven sehe, habe ich den Eindruck, daß wir dicht vor einem gewaltigen kulturellen Rückschritt stehen. Und nicht die Kultur macht mir dabei Sorge oder das Schicksal der großen oder nicht so großen dichterischen Werke. Mich beunruhigt, daß ein Mensch, der nicht fähig ist, sich zu artikulieren, sich angemessen auszudrücken, wieder zur Tat greift. Da das Vokabular der Tat nun einmal auf seinen Körper beschränkt ist, wird er zwangsläufig heftig, d. h. tätlich, und erweitert sein Vokabular um eine Waffe, wo ein Adjektiv hätte stehen sollen.

Kurz, die guten alten Schmalspurmethoden sollte man sein lassen. Es müßte einen landesweiten Vertrieb für Lyrik geben, für klassische wie moderne. Er müßte in privater Hand sein, denke ich mir, aber vom Staat unterstützt. Angesprochen werden sollte die Altersgruppe von fünfzehn an aufwärts. Der Schwerpunkt hätte bei den amerikanischen Klassikern zu liegen; wer oder was gedruckt werden soll, müßte ein Gremium von zwei oder drei Kennern entscheiden, von Dichtern also. Die Akademiker mit ihrem ideologischen Gekeife sollten außen vor bleiben, weil auf diesem Gebiet niemand aus anderen als Geschmacksgründen etwas zu verordnen berechtigt ist. Schönheit und in ihrem Gefolge die Wahrheit dürfen nicht irgendeiner philosophischen, politischen oder gar ethischen Doktrin untergeordnet werden, denn schließlich ist die Ästhetik die Mutter der Ethik und nicht umgekehrt. Sollten Sie anderer Meinung sein, versuchen Sie sich an die Lebenslagen zu erinnern, in denen Sie sich verlieben.

Was man jedoch nicht außer acht lassen darf, ist die Neigung der Gesellschaft, einen einzigen großen Dichter pro Epoche, oft sogar pro Jahrhundert zu ernennen. Damit entzieht man sich der Verpflichtung, andere Lyriker zu lesen oder eben auch den erwählten bzw. die erwählte, sollte einem sein oder ihr Temperament nicht zusagen. Tatsache aber ist, daß es in jeder Literatur zu jedem Zeitpunkt mehrere Dichter gleichen Gewichts und gleicher Bedeutung gibt, an die man sich halten kann. Wie groß ihre Zahl auch ist, am Ende entspricht sie in jedem Fall den bekannten Temperamenten, denn anders kann es nicht sein: daher ihre Verschiedenheit. Durch Gnade der Sprache sind sie da, um der Gesellschaft eine Hierarchie oder ein Spektrum ästhetischer Maßstäbe zu vermitteln, denen sie nacheifern, die sie ignorieren oder anerkennen kann. Sie sind weniger Rollenvorbilder als geistige Hirten, ob sie dies erkennen oder nicht – und es ist besser, sie tun es nicht. Die Gesellschaft braucht sie alle; und sollte das Projekt, von dem ich spreche, jemals in Angriff genommen werden, dürfte keiner gegenüber einem anderen bevorzugt werden. Auf diesen Höhen gibt es keine Hierarchie, und darum müßte jeder den gleichen Tusch bekommen.

Ich habe den Verdacht, daß die Gesellschaft sich deshalb für bloß einen entscheidet, weil man einen leichter abtun kann als mehrere. Eine Gesellschaft mit mehreren Dichtern als ihren weltlichen Heiligen wäre schwieriger zu regieren, da ein Politiker ein Niveau der Wahrnehmung und erst recht der Sprache aufzubieten hätte, das zumindest dem von den Dichtern gebotenen adäquat sein müßte: ein Niveau der Wahrnehmung und Sprache, das nicht mehr als außergewöhnlich gelten könnte. Aber eine solche Gesellschaft wäre vielleicht eine wahrere Demokratie als das, was wir bisher erlebt haben.

Zweck der Demokratie ist ja nicht die Demokratie selbst: das wäre redundant. Zweck der Demokratie ist ihre Aufklärung. Demokratie ohne Aufklärung ist bestenfalls ein gut überwachter Dschungel mit dem einen als groß betitelten Dichter darin als seinem Tarzan.

Ich rede hier über den Dschungel, nicht von den Tarzans. In Vergessenheit zu geraten ist für einen Dichter kein so außerordentliches Drama; das liegt an seinem Wirkungskreis: er kann es sich leisten. Anders als die Gesellschaft ist ein guter Lyriker immer schon im Besitz der Zukunft, und seine Gedichte sind sozusagen eine Aufforderung an uns, sie zu kosten. Und das Mindeste – vielleicht das Beste –, was man von uns sagen kann, ist, daß wir die Zukunft von Robert Frost, Marianne Moore, Wallace Stevens, Elizabeth Bishop sind, um nur einige wenige zu nennen ... Jede lebende Generation auf Erden ist die Zukunft, genauer, ein Teil der Zukunft jener, die gestorben sind, aber insbesondere der Dichter, weil wir beim Lesen ihrer Werke merken, daß sie uns kannten, daß die uns vorangegangene Lyrik im wesentlichen unser Genpool ist. Das verlangt nicht nach Ehrerbietung, sondern erfordert Bezugnahme.

Ich wiederhole: ein Dichter ist nie ein Verlierer; er weiß, daß andere an seine Stelle treten und die Spur dort aufnehmen werden, wo er sie verlassen hat. (Tatsächlich ist es die wachsende Zahl der anderen, die energisch und stimmbegabt nach Aufmerksamkeit verlangen, die ihn in Vergessenheit geraten läßt.) Er kann das wegstecken, auch, daß man ihn als Schwächling ansieht. Die Gesellschaft ist es, die es sich nicht leisten kann, vergeßlich zu sein, und die Gesellschaft ist es, die – verglichen mit der geistig-seelischen Zähigkeit praktisch jedes Dichters – sich schließlich als schwächlich und als der Verlierer erweist. Für die Gesellschaft, deren Hauptstärke ihre Fortpflanzung ist, kommt der Verlust eines Dichters der Zerstörung einer Gehirnzelle gleich. Das beeinträchtigt das Sprachvermögen, läßt einen ein Auslassungszeichen setzen, wo eine ethische Wahl zu treffen wäre; oder es läßt die gesprochene Sprache von Modifikatoren überwuchert werden, verwandelt einen in ein aufnahmebereites Gefäß für Demagogie oder einfach bloßen Lärm. Die Fortpflanzungsorgane allerdings sind nicht betroffen.

Es gibt wenige Heilmittel für erbliche Krankheiten (die beim einzelnen vielleicht nicht erkennbar sind, in der Menge aber auffallen), und was ich hier vorschlage, ist keines. Meine Hoffnung ist lediglich, daß diese Idee, sollte sie aufgegriffen werden, die Ausbreitung unserer kulturellen Malaise auf die nächste Generation etwas verlangsamen könnte. Wie gesagt, ich fasse diesen Auftritt als Dienst an der Öffentlichkeit auf, und vielleicht ist mir ja die Tatsache, daß ich von der Library of Congress bezahlt werde, zu Kopf gestiegen. Vielleicht sehe ich mich in meiner Phantasie als Chefarzt der Nation, der der derzeitigen Verpackung von Lyrik ein Etikett verpaßt. Etwas wie *Diese Art der Geschäftsführung gefährdet die allgemeine Gesundheit.* Daß wir leben, heißt ja nicht, daß wir nicht krank sind.

Schon oft ist gesagt worden – zuerst wohl von Santayana –, daß diejenigen, die sich der Geschichte nicht erinnern, dazu verurteilt sind, sie zu wiederholen. Lyrik stellt diesen Anspruch nicht. Dennoch hat sie mit Geschichte einiges gemein: sie setzt Erinnerung ein, und sie ist von Nutzen für die Zukunft, von der Gegenwart ganz abgesehen. Sie kann sicherlich nicht die Armut verringern, aber sie kann etwas gegen Unwissenheit tun. Außerdem ist sie die einzig verfügbare Versicherung gegen die Vulgarität des menschlichen Herzens. Darum sollte sie für jedermann in diesem Land und zu einem niedrigen Preis erhältlich sein.

Fünfzig Millionen Exemplare einer Anthologie amerikanischer Lyrik à zwei Dollar können in einem Land von 250 Millionen verkauft werden. Vielleicht nicht auf einen Schlag, aber innerhalb von zehn Jahren oder so werden sie sich nach und nach verkaufen. Bücher finden ihre Leser. Und wenn sie sich nicht verkaufen, soll man sie herumliegen, einstauben, verrotten, sich auflösen lassen. Es wird immer ein Kind geben, das sich ein Buch aus dem Müllhaufen fischt. Ich war so ein Kind, bei allem, was recht ist; vielleicht der eine oder andere von Ihnen auch.

In einer früheren Inkarnation in Rußland, vor einem Vierteljahrhundert, kannte ich einen Mann, der Robert Frost ins Russische übertrug. Ich hatte ihn kennengelernt, weil ich seine Übersetzungen gesehen hatte: sie waren phänomenale Gedichte auf Russisch, und ich wollte ebenso dringend die Bekanntschaft dieses Mannes machen wie die Originale sehen. Er zeigte mir eine gebundene Ausgabe (ich meine, eine von Holt), die sich von selbst auf der Seite aufschlug, auf der »Happiness Makes Up in Heigth for What It Lacks in Length« (Glück macht an Höhe wett, was ihm an Länge fehlt) stand. Quer über die Seite lief der riesige Abdruck eines Soldatenstiefels Größe 47. Die Titelseite des Buchs trug den Stempel »STALAG #3B«, was im Zweiten Weltkrieg ein Konzentrationslager für alliierte Kriegsgefangene irgendwo in Frankreich war.

Hier haben Sie den Fall eines Buchs mit Gedichten, das seinen Leser gefunden hat. Es brauchte nichts zu tun, als herumzuliegen. Andernfalls hätte keiner darauf treten, geschweige denn es aufheben können.

1991

Joseph Brodsky

Römische Elegien und andere Gedichte

Aus dem Russischen von Felix Philipp Ingold

Band 9540

»Brodsky ist ein Dichter von höchster Kultiviertheit; souverän bedient er sich der literarischen Überlieferungen, die er nach Modellen und Archetypen menschlichen Verhaltens abfragt. In diesem Sinn behandelt er die Problematik des Einzelnen gegenüber dem Zentrum der Macht. Das ist große philosophische Lyrik, welche die beiden Pole unserer Existenz umspannt: die Liebe, wie sie erlebt und erlitten wird, und den Tod als Vorahnung, als Angst. Der Liebe, wie dem Tod nähert er sich in diesen Gedichten mit einer Intensität an, die religiös genannt werden darf und die ihn als authentischen Nachfolger der großen metaphysischen Dichter Englands aufweist. Und gerade als Russe kann Brodsky, indem er eine alte westliche Tradition wieder aufnimmt, die Einheit der europäischen Kultur glaubhaft machen.«

Fischer Taschenbuch Verlag

fi 764 / 6

Joseph Brodsky

Flucht aus Byzanz

Essays

Band 9542

Für Kenner der modernen Literatur ist Joseph Brodsky nicht erst seit der Verleihung des Nobelpreises auch einer der bedeutendsten Essayisten der Gegenwart. Anna Achmatowa und Marina Zwetajewa, Mandelstam, Auden, Kavafis und Montale sind einige der herausragenden Gestalten, denen seine interpretatorische Liebe gilt. Es kann nicht verwundern, daß er sie auch zu sich in Beziehung setzt: Einigen von ihnen ist er noch persönlich begegnet, andere haben mittelbar auf ihn gewirkt. Diese Fähigkeit, sich an anderen durch einen intensiven Dialog zu messen, erreicht ihren Höhepunkt in dem Titel-Essay *Flucht aus Byzanz*: Auf den Spuren Konstantins, dessen Fußstapfen folgend, gelingt es ihm mit fast übermütiger Leichtigkeit, Entwicklung und Veränderung gegensätzlicher religiöser, politischer und philosophischer Sehweisen und deren Ursachen sichtbar zu machen.

Fischer Taschenbuch Verlag

fi 1615 / 6

Joseph Brodsky

Erinnerungen an Leningrad

Aus dem Amerikanischen von Sylvia List und Marianne Frisch

Band 9539

In seinen *Erinnerungen an Leningrad* beschreibt J. Brodsky die anderthalb Zimmer eines riesigen alten Petersburger Hauses, die er ab dem Zweiten Weltkrieg über zwanzig Jahre mit seinen Eltern bewohnte. Eigentlich war es nur ein Raum, in dem sich Brodsky mit einer Konstruktion aus Brettern, Ziegeln und Regalen eine Enklave abtrennte, die durch eine Schrankwand zu betreten war. In der Beschreibung dieses Zimmers verdichtet sich die Erinnerung an die Eltern, an die Stadt Petersburg, wie Brodsky Leningrad zu benennen vorzieht: es wird zum Paradigma für die verlorene Welt. Zugleich steht es auch für das »warme Zimmer«, das er – ein inzwischen Heimatloser – in der Dichtung gefunden hat.

Fischer Taschenbuch Verlag

fi 767 / 6

Joseph Brodsky

Ufer der Verlorenen

Aus dem Italienischen von Jörg Trobitius

Band 14960

Joseph Brodskys Liebeserklärung an Venedig, »die Stadt des Auges«, die auf keinem festen Fundament steht, ist eine hymnische Hommage an das winterliche Venedig, an seine Kunst, seine Architektur, seine inspirierende Schönheit. Ein Buch, das die Lagunenstadt in jenem klaren Licht heraufbeschwört, das den Bildern Canalettos eigen ist.

»Brodskys ›Ufer der Verlorenen‹ gehört zum Poetischsten und Tiefsinnigsten, was in unserer Zeit über die schönste Stadt der Welt gedacht und geschrieben worden ist«
Die Welt

Fischer Taschenbuch Verlag

fi 14960 / 1

Fjodor Dostojewskij

Verbrechen und Strafe

Roman

Aus dem Russischen neu übersetzt von Swetlana Geier

Band 12997

Raskolnikow entstammt einer verarmten bürgerlichen Familie. In der schrankähnlichen Enge seines Zimmers ist der »euklidische Verstand«, der der Diener des Lebens sein sollte, zum Herrscher geworden. Raskolnikow ist Utilitarist. Um eines naturgemäß unklar gefaßten Begriffs des wissenschaftlichen oder sozialen Fortschritts willen, scheint es ihm erlaubt, eine alte Wucherin, die »nicht besser als eine Laus ist«, zu töten und mit dem geraubten Geld sein Studium zu finanzieren. Sein Herz wehrt sich ebenso wie sein Unterbewußtsein gegen die geplante Tat, doch von sozialer Not gedrängt und gefangen in lebensfeindlichen Ideen, wird er zum Mörder. Das Delirium und die grenzenlose Einsamkeit, die dem Verbrechen folgen, lassen ihn erkennen, daß die Funktionen des »euklidischen Verstandes« nicht die einzige bestimmende Dimension der menschlichen Persönlichkeit ausmachen. Leidvoll, aber bereichert durch die einfühlsame Scharfsicht des Untersuchungsrichters Porfirij und durch die frisch erwachte Liebe zu Sonja Marmeladowa, erfährt er, daß der Weg aus der Vereinsamung nur über Geständnis *und* Strafe führen kann. Auch wenn die »Reue« ihm eher fremd ist, die Liebe errettet ihn schließlich.

Fischer Taschenbuch Verlag

fi 1561 / 7